BEST 嚴選

奇幻基地出版

大腦切除師

The Lobotomist's Wife

薩曼莎．格林．伍德洛 著
朱崇旻 譯

Samantha Greene Woodruff

給我的丈夫，從我們在一起開始，他就一直告訴我：「我只要妳幸福。」

以及

我的母親，她從以前就相信我什麼都做得到（也始終盼望我成為作家）。

沒有人為邪惡而選擇邪惡，他不過是將之誤認為幸福，以及他所追尋的善。

——瑪麗．沃斯通克拉夫特（Mary Wollstonecraft）*

* 十八世紀英國作家、哲學家與女性主義者，亦是小說《科學怪人》作者瑪麗．雪萊的母親。

楔子

一九五二年

瑪格麗特（Margaret）環顧客廳裡的一眾朋友與鄰居，她這是初次舉辦展示會，見如此多人捧場，她本該喜不自勝才是。然而，她實在高興不起來。努力和米豪斯太太閒話家常的同時，瑪格麗特滿腦子記掛著自己最喜愛的這件收腰洋裝，想著腰間布料被小腹皮肉繃出了一圈又一圈。她幾乎無法呼吸。

也許她本就不該穿這件洋裝，應該聽母親的話，換上法蘭克（Frank）買給她的那件明黃色直筒連身裙，至少用寬鬆的布料藏起肥肉。該死的法蘭克。瑪格麗特知道他只是想讓她開心起來，讓她再次感到幸福又美麗，但她卻感覺自己被法蘭克放棄了。她分明才二十七歲，法蘭克該不會認爲她成了「那種女人」，需要用服裝來掩飾身材缺陷吧？

她又羨又妒地看向卡洛琳．卡特森，只見卡洛琳腰間繫著粉紅腰帶，更顯得腰肢纖細。瑪格麗特和卡洛琳同樣在八週前生了孩子，而現在，卡洛琳竟然已經能穿上孕前的服飾，一頭濃豔的紅褐髮鬈得恰到好處。至於瑪格麗特呢，她還得請母親幫忙，才有辦法拉上洋裝的拉鍊，往昔如窗簾絲繩流蘇般柔順的金髮，如今變得黯淡無光，再怎麼捲也無法定型。她只能往頭上別一頂小小的編織軟帽，試圖遮掩一頭亂髮，同時引開眾人的目光，並掩飾自己蒼白無神的面龐。

近來，她對鏡子極為反感——每每面對鏡中的自己，她就會看見孕前原本絢爛美麗的藍眸（通常搭配她今日穿的蛋殼藍裙裝，瞳色又會被襯得更加明豔），現在卻變成了褪色的灰。這是她怎麼也無法逃避的難堪現實。從前她的面頰總是帶著一抹玫瑰紅，彷彿整個下午都在外溜冰；如今，她的肌膚蠟黃，即使今日塗上色調鮮明的口紅，看上去仍如女鬼般面色慘淡。卡洛琳就不同了，站在咖啡具組旁的她從頭到腳容光煥發，輕鬆歡快地笑著。相較之下，瑪格麗特只覺得自己宛若一片愁雲慘霧，使身邊事物都蒙上一層陰影。

她感覺鼻子微酸，淚珠在眼角成形。不行，現在不行。拜託別在這個時候哭出來啊。她雙手握拳，尖銳的指甲深深刺入手心——她甚至連剪指甲的動力也幾乎全無，自然也沒塗上特地為今天購買的紅色指甲油。她硬是從滿懷傷悲中轉移注意力，對米豪斯太太擠出更大的笑容。

現在絕不是憂鬱的時候。嬰兒已經交給她的母親照顧了，年紀較大的兩個孩子都在學校，現在是她發光發熱的時刻。她將開啟人生中的新篇章，不再僅僅是法蘭克的妻子，不再僅僅是約翰、梅西與威廉的母親。

她的好友露西從客廳另一頭走來，拉住她的手臂，嫣紅雙唇咧成大大的假笑。「米豪斯太太，真的很抱歉啊，我有事得和我們的東道主談談。」露西真是她的天使。她被好友拉著走向餐具櫃，櫃上擺滿了從店裡買回來的各式糖果——換作是卡洛琳，想必就不需要去店裡買零嘴了。昔日的瑪格麗特也是個優秀的烘焙師，根本不必買現成的點心，可惜她的烘焙技藝也隨著身材一同走樣了。

她想起昨天試著烤奶油酥餅的慘痛經歷，不禁全身一顫。麵粉撒得到處都是，奶油怎麼也打不成霜，最後她好不容易將差強人意的麵糊放進烤箱，結果卻是被母親猛然搖醒，一睜眼就看見滿室的煙霧，聞到撲鼻而來的惡臭。

「瑪格，親愛的，妳好像該開始囉！」露西打斷了她片刻的出神，聞言，瑪格麗特朝壁爐臺上的時鐘望去。孩子們不久後就會回家了，時間怎麼就這樣悄悄溜走呢？她對接下來的展示毫無信心，怎麼會有人想聽她說話？

露西彷彿察覺到她的猶豫，提高音量宣布道：「各位女士，我們的東道主想請大家注意這邊。」露西一面說，一面領著瑪格麗特走到壁爐前那張臨時擺好的展示桌邊。桌上被瑪格麗特鋪上公司提供的白桌布，用來突顯各個物件繽紛的粉彩、不同的大小與功用。當初登記成爲經銷商時，瑪格麗特是眞心喜歡這些創新的產品，不過比起產品，她更喜歡在家舉辦派對、對家庭與社群做出貢獻的這份機會。

到了此時此刻，她站在這裡面對著滿廳看似怡然自得的女性，不禁對自己當初的想法產生懷疑。她已不再是這些人的同類了，現在的瑪格麗特不再是那個替朋友顧小孩的鄰居，不再每週舉辦女子打牌茶會。如今，瑪格麗特與其他人格格不入，她是那個一夕間失去了美貌的女人，是烤個餅乾也能差點把廚房燒毀的女人。也許我直接把整棟房子都燒了還比較好。不，這樣不對。她知道這樣不對。

她集中精神，目光投向卡洛琳，只見對方還以完美的啦啦隊式燦笑。瑪格麗特恨不得當場掐死她，但還是壓下了這份衝動，怯怯地出聲打斷眾人的閒聊：「女士們，今天很感謝各位來捧場。」妳一定做得到。妳一定得做到。

「我這邊有些新產品，相信在場一些人已經對這種奇蹟產品再熟悉不過——我今天要對大家介紹的，就是特百惠的塑膠容器。」她生硬地擠出大大的假笑，右手轉而手心朝上，沿著桌緣一擺，對眾人展示桌上的產品。「我知道，大家都是能省則省，我也對各位保證，今天不是來賣東西給妳們的。我只是想向各位分享，特百惠容器是如何讓我成爲更優秀的妻子、更優秀的母親。」一派胡言。「有了特百惠容器，一頓飯就可以吃得更久，今晚的烤肉變成明天的三明治，再變成後天晚餐的燉肉。我們下廚一次，就能吃三頓飯！若是以前，很多食物都會被浪費掉，現在這些食物可以輕鬆地裝入容器、疊好後存放起來，節省妳們的時間、金錢和冰箱裡的空間。」

瑪格麗特環視友人與鄰居們親切的笑容，心中多了幾分底氣。她繼續展示產品，示範如何將一整頓火雞大餐的剩菜裝起來保存數天。包括卡洛琳在內，好幾個同樣在使用特百惠容器的朋友，都被她請出來分享使用經驗。一路介紹下來，瑪格麗特只須展示最後一件產品，就能開始幫眾人寫訂單了，她確信這次能收到非常多下訂。

她對眾人粲然一笑。「最後呢，我非常想和各位分享這件創新的發明。這是系列最新的產品，就連幾位經常使用特百惠容器的朋友，可能也沒見過這東西。」她穿過客廳、走進廚房，回來時手裡捧著一個圓環鍋狀的塑膠容器，容器還附了個形狀像盤子的蓋子。「果凍模這樣的好東西，哪有人不喜歡呢？

「果凍的賣相非常好，一擺上桌就能吸引所有人的目光。問題是，妳們還得找個尺寸剛剛好的盤子，把果凍脫模後倒上盤子。假如一頓飯吃完以後，還剩下一些果凍，那該怎麼讓它維持形狀呢？特百惠新推出的這件產品，正好一次性解決了這兩大問題。只要把模具翻轉過來，果凍就會剛剛好落到蓋子上，我們可以直接把蓋子當盤子使用。就算擺在家裡最精緻的瓷器旁邊，也不會顯得突兀！」瑪格麗特喜孜孜地示範模具的用法，舉起嵌著白色棉花糖和鮮紅酒漬櫻桃的紅橘黃條紋果凍，沐浴在滿堂掌聲下。

「然後，到了收拾剩菜的時候，妳們只須把模具蓋回盤子上，扣緊就行了！」她抓著蓋子與模具底部，試圖將容器扣緊。然而容器太大了，她一手根本拿不穩。她得找一張桌子來支撐盤子，但是後方的展示桌上已擺滿了塑膠容器。無奈之下，她只能抬起單膝撐著蓋子，對眾人示範那最重要的「喀」密封功能——沒想到傳入耳中的不是「喀」聲，而是撕裂聲。本就太緊的洋裝，被她突然的動作直接扯破，腰帶上方的布料接縫裂開，將她身側的肥肉直接擠了出來。瑪格麗特焦急地試圖遮住身體，不慎將整盤果凍撒在了胸前。果凍在她胸口碎開，淅淅瀝瀝滑到地上。

瑪格麗特聽見眾人的驚呼，接著是一片死寂。她倉皇地跪下，開始徒手從棕色地毯上撈起那些色彩繽紛的果凍碎塊。妳們看看這位返校節皇后——她照顧不了自己的小孩，衣服都穿不下，甚至連該死的塑膠容器要怎麼用也示範不好。瑪格麗特緊緊蜷縮成一團，盡可能摀住自己的臉龐和雙耳，然後開始低聲啜泣。

恍惚中，她隱約聽見露西將眾人聚集起來、匆促送客。她嗅到母親的香水，感覺到幾雙強而有力的手將她扶上樓，回到她的床上。她聽見孩子們央求著要進房看媽咪，但此時的她只能祈禱其他人把孩子阻隔在門外，祈禱自己能一輩子躲在被毯下不出來。因為，她再也無法面對他們之中任何一個人。

第一部

盧絲：一九三三～一九三六年

第1章

盧絲（Ruth）走向高大的磚頭建築，打開華麗的鍛鐵院門，過程中盡量無視與視線等高的黑鐵牌，以及鐵牌上的家族姓氏——那也是她的姓氏。然而在盧絲心目中，自己不過是這所醫院的員工罷了。

進入院門後，只見外院栽滿了樹木，樹葉才剛開始變色，透出些許鮮豔的紅、紫與金。接下來數週，庭院將會從夏季花園轉變成五顏六色的秋季樂土，供新入住的病人和家屬休憩、療養。愛瑪汀醫院雖是位於紐約市中心的公共醫院，但從草創時期開始，她的家族便在各方面做了合宜的設計，不致讓它成爲冰冷、陰暗的公共精神病院——這裡沒有剝落的油漆，沒有昏暗的燈光，也沒有擁擠的上下鋪。愛瑪汀家族創造出新的病院願景：它雖是公共瘋人病院，照護服務及設施卻堪比私人鄉村莊園，此外，它還與一所醫學院直接合作，並設置了尖端的研究設施。

盧絲的父親——伯納・愛瑪汀——是大實業家湯瑪斯・愛瑪汀之子，沒想到他竟與盧絲同樣熱衷於建設和經營新醫院，這可說是一大奇蹟了。即使盧絲對科學與醫學的興趣是遺傳自父親，他們父女倆也只有這唯一的共同理想。當初是父親決定要成立一間醫院，無論病人出身哪一個社會階級，都能在這所醫院得到一流的照護。為此，他捐贈百萬美元給紐約瘋人病院（現更名為愛瑪汀醫院），而盧絲的兄長哈利在歐戰[1]過後就醫的奢華病院——佩恩．惠特尼精神診療所[2]，則沒得到愛瑪汀家的捐款。

在當時，盧絲全心全意投入對哥哥的照護工作，沒放太多心思在父親成立醫院的計畫上。其實那時的她已經無暇顧及哥哥以外的任何事物，也不再從事婦女參政運動相關的活動——這點倒是令她父親頗為滿意。盧絲甚至多次放前未婚夫羅倫斯鴿子，最終對方放棄了她，改而和她在曼荷蓮女子學院[3]的同學結婚，畢竟那位同學比盧絲更有時間和心力陪伴他。

唯有失去哈利後，盧絲才轉而將所有精力投入新醫院。父親伯納和母親海倫暫且放下了日常工作，花時間為愛子哀悼與招待訪客。盧絲則盡可能讓自己忙碌起來，將悲痛轉化為力量，竭盡所能確保愛瑪汀家的鉅額餽贈被醫院用以建設尖端研究與照護設施，只希望能預防病人不必要的死亡，讓其他家庭免於失去至親的傷痛。

1. Great War，即第一次世界大戰，但因為此時二戰尚未發生，便譯為歐戰。
2. Payne Whitney Psychiatric Clinic，一九三二年開始營業，位於紐約曼哈頓上東區，同樣也是由頗具影響力的望族成員捐款建立。
3. Mount Holyoke，美國著名的私立女子文理學院，培育出許多不同領域的女性領袖。

事後回想，盧絲甚至有些驚訝，沒想到父親竟會允許她直接和新院長查爾斯．海頓合作。她懷疑父親是希望她作爲下屬在醫院工作，直到下一段戀情展開爲止。然而，盧絲才剛接手工作，就立即變成醫院無可或缺的重要人物。十多年後的今天，她已成爲副院長，成天監督醫院日常營運的繁瑣細節、幫忙追蹤病人的病情，甚至協助院長做聘僱決策。她將畢生心血都投注在愛瑪汀醫院——更確切而言，她的生活除了醫院，什麼都不剩了。

失去了哈利，盧絲就只剩下這間醫院。即使是現在，即使知道她過去再怎麼努力，也無法拯救受困於自己內心牢籠的哈利，於是盧絲選擇將所有精力投入這間醫院。是啊，她已經三十四歲，無疑會成爲一輩子嫁不出去的老閨女，但她還有她的醫院、她的病人。每天走在第一大道上，她都能感受到內心小小的希望，盼望自己能成就更遠大的理想，爲世上形形色色的家庭改變命運，爲精神病人尋找更好的照護方法，甚至是根治他們的疾病。

盧絲走進醫院，行經有著高聳天花板和拱型大窗的紅磚入口，踩著鮮豔的中式地毯走下長廊，沐浴在水晶吊燈的光線下。在這裡，所有病人都能接受最高品質的照顧，這之中也有她的一份功勞，她爲此驕傲不已。愛瑪汀醫院裡鋪著暖色系木地板，設有開闊的庭院，甚至還有一間正規舞廳。比起病院，這裡更像是一個家，供病人逐步恢復健康。

她走進自己的辦公室，將棕色鱷魚提包放在窗邊的躺椅旁，接著摘下羽毛帽，把帽子掛在房間一角的黃銅衣帽架上。她撫平自己那頭深色長髮，將幾綹碎髮塞入盤緊的髮髻，往鏡子裡匆匆瞥了一眼。大學時期，她由於繼承了母親出眾的美貌而飽受注目，卻不願花時間在打扮上。話雖如此，盧絲仍稱得上愛瑪汀醫院的門面大使，必須打扮得體面些。幸好母親的裁縫師總會寄一些服飾給她，不讓她落後潮流。

盧絲今天一如往常地提早抵達，在正式開工前，可以在各間病房視察一圈。她也不看行事曆或辦公桌上堆積如山的資料夾，就出去做她最重視的工作環節。

她一般都從最遙遠的持續性照護病房開始巡視。那些病房裡的男女病人應該一輩子都無法出去醫院了，他們在多數醫師，甚至是自己的家屬眼裡，都已經無藥可醫。但盧絲並不這麼想——在她心目中，除了精神疾病的罪犯，所有病人都有痊癒的可能，至少有機會恢復到能安全返家的程度。至於精神病罪犯，則都關在布萊克韋爾島[4]監獄醫院一間上鎖的病房裡，就位於老八角樓[5]旁——後者因娜麗·布萊[6]寫的曝光報導而惡名

4. Blackwell's Island，位於美國紐約東河上的狹長島嶼，如今改名為「羅斯福島」（Roosevelt Island）。
5. The Octagon，如今被列為美國國家史蹟名錄，該建築原本是作為紐約精神病院（New York City Mental Health Hospital）的入口建物，該醫院於一八四一年開始營業。
6. Nellie Bly，美國新聞史上的傳奇性採訪記者，一八八七年因臥底進入精神病院並揭露院內不堪的內幕而聞名。

昭彰。病人要痊癒，就需要全面性的治療，除了尖端藥品，還需要醫護人員富含同情心的照料。

盧絲當然很希望僅僅是同理心和新鮮空氣就能讓病人康復，不過她親眼見證過精神疾病的影響，知道光是這些還無法救病人於水火之中。哈利在位於鄉間的佩恩・惠特尼診療所療養，充分呼吸了新鮮空氣，似乎在木工工作坊製作鳥屋時最爲放鬆。那段時期，盧絲幾乎天天花時間陪伴他、諮詢他的醫師，因此她知道醫師們都非常有同情心。儘管如此，哈利最終還是用床單綁了個繩結，選擇離開這個世界。她心裡明白，治療精神疾病並沒那麼容易，因此每一天都在努力找尋最有效的療法。

盧絲走得很快，不到兩分鐘便來到了持續照護病房所在的方院——這裡可是和她的辦公室相隔好幾幢建築物呢。她最先走向清寒病人的通鋪病房。愛瑪汀醫院是少數規模夠大的醫院之一，能夠住下貧富老少各種病人。有錢的病人當然可以包下單人房，但即使是最貧困的病人，也頂多住進十六人房。這裡和大多數的公共醫院不同，不會硬在病房裡塞滿窄小的床鋪，盧絲也一直以此爲傲。

然而她走進病房時，撲面而至的尖叫、歌唱與呢喃聲，還是幾乎淹沒了她的思緒。不知道其他醫院裡有多喧鬧？光是這些噪音就足以把人逼瘋了吧。

「愛瑪汀小姐——妳見過我的鸚鵡了嗎？」一名年紀較長的女人直奔而來，燦笑著指向繫在自己肩頭的枕頭套。

「還沒呢，奈莉小姐。他叫什麼名字？」盧絲親切地問，同時湊近觀察那隻不存在的鸚鵡。

「『他』？」奈莉嘎嘎大笑。「妳把鸚鵡當男的嗎！這裡可是女性病房，妳該不會是白痴吧？」奈莉突然面露怒色，伸出長長的指甲朝盧絲的臉抓來。

盧絲低頭閃過奈莉，這時一名護士與兩名護理員匆匆趕來幫忙。

「我沒事。」盧絲堅定地說，自己穩穩抓住奈莉的雙手。「我和奈莉去她的床上坐著，你們去拿拘束衣，讓她稍微冷靜一下。」

「不要拘束衣！我的鸚鵡會被悶死！賤婊子！盧絲妳這個死賤人！」奈莉不住尖叫掙扎，盧絲加重力道箝制她的雙手，病房裡其他女人則紛紛開始笑鬧起鬨。

盧絲很久以前就說服海頓先生停用籠子般的「嬰兒床」，也不再用皮帶和頭罩將病人束縛在椅子上。即使病情較嚴重的病人需要受外力拘束，愛瑪汀醫院的醫護人員也會選擇爲他們穿上拘束衣，用這種相對溫和的方式對待病人。

「奈莉，」盧絲語調堅定地大聲說，同時握緊女人不停扭動的雙臂。「我們會把妳的寵物放在床上，就放在妳身邊。如果妳能在他們拿著拘束衣回來前控制住自己，也許我們就不必穿拘束衣了。可是，目前看來，妳顯然無法自行鎮靜下來。還有，各位女士——」她嚴厲地環視房裡其他女病人。「——妳們也都有需要別人幫忙控制情緒的時候，現在麻煩注意禮貌，讓奈莉小姐獨自靜一靜、恢復鎮定。」

十五分鐘過後，奈莉的情緒明顯平靜許多，也安穩地被穿上拘束衣，盧絲這才站起身，對奈莉保證很快就會幫她解除拘束。說罷，她穿著白棕色綁帶牛津鞋的雙腳轉了個方向，繼續去巡視病房。她看了看錶，失望地發現此時已將近九點鐘——這下若想去探視昨晚剛入住的新病人，就沒時間去有色人種病房或女性單人房了。新來的那名女病人是從包厘街[7]送來的，送到醫院時滿身瘀傷、滿臉是血，而且左眼腫得睜不開，若非她不停大叫大嚷，本該被帶往醫務側廳療傷才對。

「他再想碰我，我就先殺了他！」那女人被護理員帶進來時，一次又一次尖銳地哭號著。盧絲一想到這可憐的女人可能遭遇過的痛苦，不禁微微一顫。

盧絲直接走進水療室，她猜新病人應該是被醫師送過來了。水療室設有水流不斷的溫水浴池，雖算不上尖端科技，但在她看來，水療仍是安撫病人的最佳方法之一。

房間兩側共有八個金屬浴缸，乍看下每一缸都漂著一顆頭——實際上，每個浴缸都裝著以浴缸長邊爲軸的掀蓋，女病人們只有頭部從蓋子邊伸出水面，頸部以下則都泡在水中。這種掀蓋設計是用來確保病人能泡在水下、不在水中掙扎，而缸裡的水還能手動調整成極燙或極冷的溫度，達到刺激或舒緩病人身心的功效。盧絲找到了昨晚入院的女人，只見對方靜靜躺在浴缸裡，讓護士餵著喝湯。

「我們這位新病人今天狀況如何？」盧絲一面問護士，一面對缸裡的女人露出親切微笑。

「已經鎮靜下來了，但現在不肯說話。」護士無奈地抬眉。

「歡迎入住愛瑪汀醫院。」盧絲拉了張椅子過來，在女人的浴缸旁坐下。女人別過頭。「妳現在想必很害怕吧，但我對妳保證，妳在這裡非常安全，我們只是想幫助妳。能請妳看著我嗎？」

女人稍微朝盧絲的方向轉頭，盧絲不禁駭然。她費了一番工夫才掩飾住內心的震驚。近看下，眼前的病人根本稱不上女人，還只是個小女孩，看樣子頂多十二歲。「甜心，我叫盧絲‧愛瑪汀，是這間醫院的副院長。我不是醫師，我的工作是確保這裡的醫師、護士都竭盡所能地幫助妳。可以告訴我妳叫什麼名字嗎？」

「瑪莉。」女孩用細若蚊鳴的聲音回答。

「那麼，瑪莉小姐，妳知道自己爲什麼在這裡嗎？」

瑪莉點點頭。

7. Bowery，美國紐約市曼哈頓的一處小型街區，二戰前以治安不佳聞名。

「能告訴我嗎？」

「因為這次，我試著動手殺他。」回答問題時，女孩從喉頭發出了低沉的語音，盧絲也聽見對方語調中的痛苦。

「妳想殺的人是誰呢？」盧絲平靜地問。她明白，這女孩若當真試圖殺人，現在就不會躺在溫水浴缸裡，而是身在布萊克韋爾島上，與某個跟盧絲截然不同的看守人進行截然不同的問答。「妳似乎被某人傷得很嚴重，可以告訴我那個人是誰嗎？」

「他死了嗎？如果他沒死，我就不能告訴妳。」

「親愛的，我不知道妳說的人是誰，也不知道妳身邊有哪些人，所以恐怕無法幫妳確認那個人的死活。」

盧絲看著瑪莉的臉蛋逐漸失去血色，女孩開始驚恐地東張西望。「他會來找我。他會來抓我。他說過，我要是告訴任何人，他就要殺了我。他要殺了我，然後對我的屍體做那些事。我用指甲抓他，還有用力踢他，跟他說上帝不准我們做那種事情，可是他都不聽。他一直拿刀抵著我，然後……」她又別過頭，顯然羞窘萬分。

「別擔心，妳沒有做錯事。放心吧，有什麼話都可以告訴我。」盧絲伸手摸了摸女孩的頭。

「總之，這次他又想做，我就打算給他好看。我偷了他的刀子，藏在床墊裡。他滿身酸臭地回家，又開始對我毛手毛腳，我就試著嚇退他。」說到此處，女孩停了下來，再度開始如昨夜那般尖叫哭喊。

盧絲處變不驚，靜靜等著瑪莉發洩情緒。她心裡也不好受，畢竟此類悲痛的故事，自己已經不是第一次聽到，愛瑪汀醫院有太多太多的女病人都經歷過類似折磨。半晌過後，女孩在水療的幫助下冷靜下來，盧絲這才柔聲說：「瑪莉，我們可以派警察過去嚇嚇他，他以後就不敢再欺負妳了。那人是妳父親嗎？」

「我父親？」瑪莉面露困惑。「他早就死了。」

「那妳是和誰同住呢，親愛的？」

「我媽——還有我哥。」

「啊。」盧絲又深吸一口氣，繼續撫摸瑪莉的頭。「妳雖然遭遇了那些事情，但那並不是妳的錯，知道嗎？」她溫柔地捧著瑪莉的臉，將女孩輕輕轉過來，直視著對方的雙眼。「我知道妳很害怕，但妳並沒有做錯任何事。我們會幫助妳，讓妳好起來。我也對妳保證，我一定會確保妳安全無虞。這裡是我的醫院，妳哥哥動不了妳。妳就在這裡恢復健康，再重新開始吧。」

瑪莉看著盧絲，眼裡仍帶有一絲懷疑，但還是哭著點了點頭。「謝謝妳。」她很輕、很輕地說。

「瑪莉，妳喜歡鮮花嗎？」盧絲問，女孩納悶地瞅著她。「我們這裡有好幾座漂亮的花園，如果我不在時，妳也能乖乖保持冷靜，也許我們晚點可以去看看花園裡的花。」她接著說：「我現在得去開會了，不過護士們會好好照顧妳，也會保證妳的安全。可不可以讓她們照顧妳、保護妳，等我回來？」盧絲站起身，瑪莉有些猶疑地點點頭。

盧絲眞希望自己能多待一會兒，不過院長可能已經到了，而她自己習慣在晨間會議開始前，先一步了解當日的日程。於是，她指示護士別讓任何人探訪瑪莉，若眞的有人來找瑪莉，就立刻前來向她報告。說罷，盧絲匆匆走回行政側廳。

她在自己辦公桌前坐下，注意到桌上的彩玻璃檯燈旁又多了一疊新資料夾。彩玻璃檯燈是母親堅持要她擺在辦公桌上的，淺綠和柔紫色玻璃形成了水波般的紫丁香花紋，爲牆上鑲有深色木板的辦公室增添一分女性氛圍。那疊資料夾上，還有一張海頓院長給她的字條：**今早十點鐘面試**。她迅速起身，朝走廊另一頭走去。

「查爾斯！」盧絲將頭探進上司的辦公室。「早知道你會提早來，我就改在下午查房了。」

「哎，說什麼話呢！我只是稍早開了一場會而已——對了，這也和妳桌上那疊資料有關。臨時把事情塞給妳，眞的很不好意思，但這位醫師只有今天待在城裡，馬上又要離開了。」她的上司繼續解釋：「我昨晚和大學教務長一起見了他一面，大學那邊很想請他去擔任神經學系的系主任。眞是個有趣的傢伙，不僅是神經科醫師，同時也是精神專科醫師，且十分熱衷於研究。妳之前也說過，我們最缺的就是這種人才了。可以的話，我本想讓妳先和他見一見，可惜昨晚的晚餐是學校臨時安排的。總之，既然這次的徵才是由妳主導，我想安排你們兩個今天面談。」

「面談當然沒問題，也非常感謝你。」盧絲保持平穩又專業的語音，內心卻恨不得衝上去擁抱對方，感謝他一直以來的信賴。若撇開家族與出身不談，她也很清楚自己身爲女性能走到這一步已經非常幸運，而職場上這種願意尊重她、將她視爲平等同僚的男性，更是寥寥無幾。

「妳看看他的履歷吧，他可是耶魯大學極力推薦的人才，還有和歐洲一些創新的醫學研究者合作。大學那邊對他青睞有加喔。」

「話是這麼說，但大學不也對之前來的三個應徵者青睞有加？那三人可沒比十三年前負責治療我哥哥的醫師進步多少，甚至可說是有所不及。」盧絲轉了轉小巧的腕錶。

「妳還眞是嚴厲啊，愛瑪汀小姐，不過也正好適合這份工作。繼續嚴格審查應徵者吧，我們這裡需要新的觀點、新的見解，就麻煩妳幫病人尋覓能帶來改變的創新人才了！」海頓先生激動得一拳敲在氣派的木製辦公桌上，面上露出微笑時，花白的小鬍子微微上揚，眼角也皺起來。

盧絲還是不敢相信自己能如此幸運，得到這麼一位上司的倚重。

「我一定會辦到的，院長。」

盧絲回到自己的辦公室，開始閱讀應徵者的履歷。

假如這位醫師本人也如履歷所寫的這般能幹，思想也如此進步，那麼或許真能符合愛瑪汀醫院的需求。然而，對方走進辦公室時，盧絲因希望而膨脹的心不禁洩了氣。

男人從頭到腳打扮得光鮮亮麗，只見他身上穿著裁剪得一絲不苟的西裝，臉上還留了可笑的山羊鬍，看樣子又是個刻意裝扮成成功人士、實則一事無成的傢伙。在精神專科領域，許多看似前途無量的醫師，最終都會因無法突破現狀而將滿腔熱血消磨殆盡。在盧絲看來，眼前的男人想必也會重蹈前人的覆轍，精緻的西裝最終被骯髒的襯衫取而代之。當你的病人全身沾滿了他們不肯吃下肚的食物，甚至在暴怒之下塗了滿身自己的排泄物，醫師打扮得再光鮮亮麗又有何意義？

盧絲想像著男人看清現實、雙眼失去神采的模樣，想像對方無奈地回歸軟墊病室、鎖鏈禁錮等古早方法。這可不符合愛瑪汀醫院的宗旨，他們的目標是做得更多、更好。

但就在這時，眼前的這名男子——羅伯特·阿普特（Robert Apter）醫師——張口說話了：「愛瑪汀小姐，我想和妳談談這間醫院的療程。老闆，只要對目前的治療方法做一些改動，妳就能爲病人提供更好的服務。」

盧絲歪過頭。「首先，我並不是老闆。況且，我們甚至還沒互相自我介紹，你就開始批評我們的醫院？這間醫院的每一處都經過精心設計，使用了最新的設備、最新的療法，目的是守護病人的尊嚴。我們這裡住的是病得最重的病人，其中許多人對自己和他人都構成了危害。我每天都在竭力尋找新方法，讓病人過得更舒適，幫助他們過上仍存有些許人性的生活，同時研究能最有效地減輕病人痛苦的療法。」

盧絲煩躁得後頸汗毛直豎。這人是哪來的無禮狂徒啊？她望向窗外，盡量平復情緒，沒想到轉回來面對辦公室時，阿普特醫師竟已從房間另一頭走到了她身旁。他拉起盧絲的手，握在自己手裡。他這是在做什麼？

「非常抱歉，愛瑪汀小姐。我是羅伯特·阿普特醫師，很高興認識妳。」他是在諷刺她嗎？在她的辦公室裡譏諷她？「那麼，我們可以接著談正事了嗎？」他那雙色彩鮮明的棕色眼眸直視著盧絲雙眼，然後拋了個媚眼。居然對她拋媚眼！他可是來精神病院面試的，竟然一上來就對面試官拋媚眼？這男人究竟是誰啊？

「愛瑪汀小姐，這所醫院的名聲我自然早已耳聞，也知道你們的行政團隊思想前衛，所以我才會對妳如此直白——因爲，我相信妳是難得和我想法一致的人。」

「是……是這樣嗎。」盧絲結結巴巴地回道，同時站起身，從男人身邊退開一步，盡可能恢復鎮定。「你才剛來沒幾個鐘頭，就自認對我們的醫院瞭若指掌，有資格評價我們和醫師們的心血？」

「我無意冒犯，只不過是想擴展妳的思維而已。」

「擴展我的思維？這位先生，只要是關於瘋癲、精神疾病和相關療法的醫學期刊，我都會仔細閱讀，其中甚至包括我們院內醫師也沒在讀的幾份期刊。沒有人比我更致力於應用最先進、最有潛力的療法，也沒有人比我更努力尋求治癒病人的方法。所以，你有什麼話想說，就趕緊說重點吧，別浪費我的時間。」儘管語調犀利，盧絲眼裡卻多了一絲細微的亮光，而熟悉她性格的人會看得出，她其實對眼前的男子相當感興趣。

「嗯，但如果我直接說重點，那不就少了許多神祕感和趣味？」男子玩味地說：「妳得先傾聽序曲，才能充分品味接下來的樂曲高潮啊！」

「我確實喜歡交響樂，只可惜我的辦公室不適合演奏音樂。」她對男子戲劇化的表現感到不耐，卻幾乎忍不住唇角的笑意。「醫師，麻煩告訴我，你爲什麼會對這份工作感興趣？假如加入敝院，你打算如何工作？等你回答完，我就能回去辦我的正事了。」

「好吧，既然妳如此堅持，那我就直話直說了。」他精實的身體坐回辦公桌對面的皮革椅，盧絲也跟著坐了下來，不過她的坐姿莊重許多，直挺著背脊端坐在木椅上。

「你們是最早用痙攣療法治療病人的醫院之一，對吧？」男子問。

「是的。我們以美德佐強心劑引起痙攣，希望能達到改變行爲的效果。我們已經對持續照護區的幾名男性病人做了初步實驗，結果相當不錯，也很期待後續的發展。」

「是，是。」男子打斷了她。「我很了解這種療法的益處，畢竟我就是最初推動痙攣療法的人之一。從你們使用痙攣療法這一點可以看出，你們知道瘋癲是不可能用精神分析法根治的。而我很欣賞你們這份認知。」

老天，這男人說話也太直率了吧，而且還從骨子裡散發出傲慢。儘管如此，盧絲卻不想中斷對話。「我並不盡信佛洛伊德醫師提出的理論——你指的想必就是那些理論吧？病人生命的早期階段，的確有一些可能影響精神疾病的因素，但我見過這麼多病人，實在無法相信僅僅靠談論自己的過去，就能治癒精神疾病。」*至少我哥哥就沒能因此痊癒。*她遺憾地心想。

「沒錯！正是如此。精神病院該做的，是治癒精神上的疾病，而不是讓病人一再回憶過往的不公。」他頓了頓。盧絲當然看得出對方選在此時停頓，是爲了營造戲劇效果，但她的胃口還是被吊了起來，迫不及待地等著他說下去。「愛瑪汀小姐，不知妳在閱讀論文時，有沒有看過任何一篇討論大腦機制的文章？」

「大腦機制……你這是什麼意思？」

「啊，妳沒聽過也不意外，這畢竟是相當激進的新觀念。即使神經系統和精神疾病之間的關聯已有大量文獻佐證，美國精神病學界至今仍未接受這種想法。」

盧絲注意到對方凝視著她，詫異地發現自己竟心跳加速了。「阿普特醫師，你想必也知道，愛瑪汀醫院並不排斥激進的想法，甚至鼓勵院內的醫師積極提出新療法，只要能減輕病人與家屬的痛苦，我們都願意一試。」

「減輕痛苦。愛瑪汀小姐，這就是問題所在了。」

「敢問你這是何意？」盧絲向前靠著辦公桌，試圖再次對上他的目光。

「我相信你們絕對是立意良善，問題是，你們醫院的行政人員花太多時間去同情病人，治療方法也都治標不治本。但實際上，這些病人需要的是極端措施！」他從椅子上一躍而起，誇張地在空中揮動雙臂。

「極端措施？」

「是的，接下來終於說到我的重點了：經過這些年的研究，我認爲至少以最極端的病例而言，精神病人罹病的根源就在他們大腦之中，他們的大腦存在某種致病的物理問題。我也確信，只要徹底研究病人腦部，就能找出這些異常的構造，並且處理掉這些問題。如此一來，病人的生活便能得到改善，他們不僅可以出院，還能回歸正常生活、融入社會。而且，這會是永久性的解決方法。」他再次注視著盧絲，眼中的熱情和突如其來的眞摯深深吸引了盧絲，她發現自己竟移不開雙眼。

男子微微一笑，接著說了下去：「愛瑪汀小姐，我打算堅持不懈地尋找最佳解法，因爲我深知，這就是我一生的使命。」

盧絲仔細端詳眼前的男人。

他在傳統意義上算不上英俊，以面部比例而言鼻子稍嫌太大，下顎線條也不夠方正，而是偏長（再加上山羊鬍，下巴又顯得更長了），身形也不怎麼高䠷。儘管如此，這些特質拼組起來，卻仍然引人注目。而且不知爲何，聽完這位羅伯特．阿普特醫師的一番言論，盧絲竟迫切想幫助對方完成他所設下的每一個目標。

盧絲的心在胸中怦怦亂跳。她強行凝神，掙脫了對方魅力的箝制，這才開始考慮他的提議。「阿普特醫師，你的理論十分有趣，但容我冒昧問一句——你打算如何研究病人的大腦呢？」

「如果妳事先讀過我的履歷，就會知道我前幾年都在歐洲一間研究機構工作。在我看來，愛瑪汀醫院和紐約醫學院之間有學術合作關係，我若能在這裡設置研究室，那就再理想不過了。在此，我不僅能用病人做活體行爲研究，還能對屍體進行眞正的實驗。」

「屍體？」

「沒錯，就是屍體。」他雲淡風輕地答道，彷彿盧絲問的不過是今天的天氣預報。「我必須研究死去的病人——或者說『前病人』——的大腦。我們能憑藉醫學院及貴醫院優良的名聲，輕鬆取得實驗所需的所有樣本。愛瑪汀小姐，我確信一旦研究夠多的人腦，必定能找出罹病大腦和健康大腦之間的差異。」他走向盧絲，在辦公桌前停步，直勾勾地盯著她。「在找到答案之前，我不打算停手。這是我的眞心話。」

盧絲意識到自己正屏著一口氣。她起身穩住心神，從辦公桌後方走了出來，堂堂正正地走上前面對這位陌生男人。她發覺自己的身高略勝一籌，於是憑著身高優勢對上了男人的視線。

「阿普特醫師——」

「請叫我羅伯特就好。」

「阿普特醫師，」盧絲加強了語氣，堅定地說：「假如你提出的理論可能爲眞，那就有機會全面革新我們照護精神病患者的方法。」

「是的，愛瑪汀小姐，我知道這份研究非常有潛力。既然說到這裡，我也想問妳一個問題：妳希不希望這間醫院成爲實現那份潛力的所在？我們甚至能在此改寫歷史。」

盧絲不禁紅了臉。儘管出身高門望族——或者說，正因爲她出身高門望族——盧絲向來注重隱私。從小到大，長輩都教育她謹愼行事、別引人注目，因此她在生活和工作上也盡量保持低調，遠離公眾視線。她當然非常想革新治療瘋癲的方法，也願意窮盡一切達成此目標，但一想到自己得特地為醫院拋頭露面，盧絲心中就冒出了一股厭惡。

她的目標並不是成名，而是進步、找到更好的療法，以及根除瘋癲。阿普特醫師不可能明白盧絲對這些目標的渴望，卻似乎猜到了她心底的願望。

盧絲過去面試過不少人，但未曾有應徵者被她當場錄用，她其實也無權直接錄用任何人。話雖如此，眼前的男人似乎有某種特質，儘管傲慢的態度可能惹人厭，但他那滿腔的熱情卻能啓發人心。「阿普特醫師，請多說說你從事研究所需的詳細條件。我想邀請你加入我們的團隊，立即成為我們醫院的醫師。」

在多年祈願過後，終於有人帶著根治疾病的希望走進了醫院大門，她絕不能錯失這份大好機會。

第2章

在認識羅伯特．阿普特醫師之前，盧絲一直認定電影裡那種「一見傾心」的感覺，不過是戲劇式的奇想罷了。她並非對異性的魅力免疫，只不過出現在她生命中的男性當中，沒有一人在她心裡留下深刻的印象。在她眼裡，談戀愛基本上就是一樁例行公事，尤其在哈利死後，盧絲即使和男性交往，對象也往往是母親替她挑選，每個都和她的前未婚夫羅倫斯大同小異——身家背景無可挑剔，個性則無趣至極。其中有幾個對象在床第之間還能勉強引起她的興致，但在其他方面，盧絲總覺得他們的人格如紙片般單薄。

還記得一九二〇年代晚期的某段時間裡，盧絲因摯友蘇西．戴文波的關係，社交生活異常活躍。盧絲和蘇西過去是曼荷蓮學院同一個姊妹會的成員，卻直到一九一七年才互相認識。當時她們在華府參加示威活動，一同被指派去舉布條（「**總統先生，您願意為女性參政權做些什麼？**」），不相熟的兩人只能尷尬地舉著布條兩端。

「他們也眞是的，偏偏把花栗鼠和長頸鹿湊成一組。」蘇西戲謔道：「妳能不能稍微蹲下來一點啊？不然我們這條橫幅也歪得太誇張了？」

盧絲笑了出來，畢竟校內極少有同學敢拿她開玩笑。她環顧四周，找了個垃圾桶倒扣在地上，讓蘇西站上去。

「喔，我懂了。」蘇西粲然一笑，在盧絲的攙扶下爬上了臨時的墊腳石。「妳頭抬得那麼高，不是因爲妳自以爲高人一等，而是因爲妳眞的高得離譜，整顆頭都在雲裡霧裡。」

「妳覺得我自認高人一等？」盧絲詫異不已。她在學校甚少和他人交流，但那是因爲她非常認眞精進學業。既然父母不准她隨哥哥到前線當志工、作爲醫務助理盡一份力，那她就轉而將所有精力投入學習，不能白白錯失接受大學教育的機會。

「這個嘛，我是不這麼覺得啦。畢竟大家都知道，和我們波士頓的戴文波家族相比，你們愛瑪汀家還不算什麼呢。我母親可是把我們的族譜記得滾瓜爛熟，可以一路回推到五月花號的先祖。」蘇西翻了個白眼，咯咯笑了起來。「可是這對誰都沒有好處啊，鹿鹿妳說是不是？」

「鹿鹿？」盧絲疑惑地睨了蘇西一眼。「我叫……盧絲吧？」她今天雖是初次和這位女青年見面，但她們好歹也住在同一棟姊妹會宿舍，難道她當眞是隱形人，對方連她叫什麼名字也不曉得？

「眞是的，妳怎麼這麼呆呢。」蘇西笑嘻嘻地說著，若無其事地伸手摟住盧絲的腰間。「妳的名字是盧絲，可是站在我旁邊就像長頸鹿一樣高。所以呀，妳要是對此沒意見，我就叫妳鹿鹿囉。」

「那就叫鹿鹿吧。」盧絲還以一笑。自己的綽號叫什麼，她顯然沒得選，但這也無所謂。除了哈利，從沒有人和她親近到為她取綽號，這下她似乎終於找到了人生中第一個好朋友。

大學畢業後，蘇西直接拒絕了家族為她制定的人生計畫，她沒有和另一個上流階級的家族聯姻，而是搬到了紐約市格林威治村，和贏得她芳心的女性攝影師——梅格——共度「自由」人生。盧絲很羨慕蘇西這份勇氣，她雖然未曾對女性產生過戀慕之情，卻也恨不得住進格林威治村，和意氣相投、思想激進的同儕共居。儘管如此，她最重視的仍是自己在愛瑪汀醫院的工作，絕不可能堂而皇之地無視社會規則，讓家族蒙羞。一個格林威治村的激進藝術家，怎麼可能同時兼任愛瑪汀醫院的副院長呢？因此，當她從父母在格拉梅西公園區的宅第中搬出來，住進自己的連棟別墅時，她選的新住址是在麥迪遜廣場公園附近一個富有貴族氣息的「體面」社區，就位於老家北邊不遠處。

獨立自居初期，蘇西經常提醒她，盧絲雖不住在城市鬧區，還是能充分享受都市生活，於是盧絲經常作為電燈泡，隨著蘇西與梅格出沒在她們喜愛的爵士俱樂部和沙龍。

蘇西在鬧區的那群朋友對盧絲好奇不已，她明明是擁有驚豔美貌的大家閨秀，卻似乎完全不在意外貌或出身。哈特．克萊恩[8]邀她參加他的讀詩會；柯爾．波特[9]為《格林威治村音樂劇》[10]寫了新歌也會來詢問她的意見；甚至有一段時期，哈林區棉花俱樂部[11]的門衛見了她都會親切地喊她名字。應該說，門衛都親切地稱呼她「鹿鹿」，不過這得歸咎於蘇西。

在那些年裡，沒了哈利的生活彷彿血淋淋的創口，而她和梅格、蘇西與她們的男性朋友外出遊樂的夜晚，宛若敷在傷口上的一層膏藥。但到了最後，盧絲生活中的那道溝壑，逐漸被醫院及工作填滿。

等到僱用阿普特醫師時，盧絲已經接受了現實——她最能熱情從事的活動就是照料病人，而沒在工作時，她也安於悠閒地在城市裡漫步，或者捧著書本在連棟別墅的客廳壁爐前靜靜閱讀。她十分享受獨自一人的生活，也沒花多少心思找對象。

因此，阿普特醫師剛開始在醫院工作那幾週，盧絲只以為自己那奇異的飄忽感，純

8. Hart Crane，一八九九～一九三二年，美國詩人。
9. Cole Porter，一八九一～一九六四年，美國作曲家。
10. *Greenwich Village Follies*，一九一九～一九二七年在紐約演出的舞臺表演劇，由歌唱、舞蹈、笑話和短劇組成，內容常取材於時事。
11. Cotton Club，位於美國哈林區的著名夜總會。

粹是出於專業上的興奮之情：他似乎比她更積極找尋根治瘋癲的方法。然而阿普特醫師工作六個月後，盧絲卻發現自己想和對方相處的渴望竟與日俱增。她知道阿普特醫師何時午休，於是會特地在那個時間點前往員工用餐區。她試圖用職業興趣解釋自己的行爲，但眞相是什麼，她心裡清楚得很：她對阿普特醫師產生了戀慕之情。這種情愫不僅不專業，還令她羞愧不已，她著實沒料到自己會產生這樣的感覺。盧絲就是無法遠離阿普特醫師，她此生還是第一次如此深受一名男性吸引，而她越是努力隱藏心底的渴望，心中的盼望貌似就越發明顯。

盧絲甚至認爲，阿普特醫師巧妙地利用了她這份單相思——兩人單獨面談時，他似乎總會不經意擦過她的膝蓋，或是從她身後搭著她的肩，低頭閱讀辦公桌上的文件。兩人獨處時，他想必注意到了盧絲的面紅耳赤，瞥見了她眉額間的薄汗。只要事情和阿普特醫師扯上關係，盧絲對自身的控制就所剩無幾；她實在無法相信自己的自制力如此薄弱，過去她可從未遭遇過這種難題！一般而言，職場上若有人用如此曖昧的態度對待她，她只會感到備受侮辱，然而對象換作是阿普特醫師，她卻發現自己心中悄悄萌生了渴望，渴望對方更加在意她。

在夜裡，她滿腦子都是對阿普特醫師的幻想。盧絲獨自剖析他的每一個眼神、每一次若無其事的觸碰，滿心希望這些言行舉止能透露出對方的心思，希望對方也對她懷有相同的情愫。而每每到了早晨，她就會暗自發誓，絕不在情感驅使下採取任何行動。

盧絲向來很晚下班，近來她更是經常刻意留在醫院工作，直到確定自己一回家就會累癱在床上爲止。如此一來，她就不必像青少女般輾轉難眠，花好幾個鐘頭思來想去、愁腸百結。然而，某天夜裡，就在她忙著閱讀辦公桌上成堆的文件時，阿普特醫師打斷了她。

「愛瑪汀大小姐，又在挑燈夜戰了？」

盧絲微微一笑。全世界就只有他能拿她的身家背景開玩笑，換作是別人，她絕對會氣得七竅生煙。「阿普特醫師，相信你也知道，和我們病人相關的文件資料可是堆積如山。我只能趁現在夜深人靜，病人全都熟睡了，趕緊把資料讀完。」才聊了這麼兩句，她就感到臉頰開始發燙。檯燈應該夠暗吧？拜託別讓他看見我臉紅。

「我自然是完全同意，不過工作之餘也不能忘了休息啊。休息是很重要的，這樣才能清空思緒，在腦中理出一塊空間，進而產生新的想法。」

「我都在睡覺時休息。」

「吃飯時也總該休息吧？不過依我看，妳每餐的間隔也太久了吧！食物可是大腦的燃料，不如和我共進晚餐吧？」

盧絲感到五臟六腑都在體內翻騰。這是眞的嗎？他莫非想邀她到餐廳約會？還是說，對方不過是想盡量打好跟醫院行政主管的關係？

「你打算去哪裡吃飯？」也許能從他選擇的餐廳類型探出線索，揣測對方心裡考慮的究竟是公事還是私事。

「妳這是答應了嗎？如果是的話，我提議不如充分享受今晚，去『摩洛哥之味』[12]用餐如何？」

「摩洛哥之味啊。這就傷腦筋了，我今天的穿著打扮不適合去那麼高檔的地方。」還真的是約會。

「胡說，妳無論何時都優美動人。」

「我明天還有不少工作要做。」她掃了辦公桌一眼，不能讓對方看出自己的熱切。

「如果我答應在十點鐘前送妳到家呢？」

「九點半。」盧絲努力掩飾一抹燦笑，感覺體內的忐忑和悸動變得更加激烈。

「太好了。」他露出大大的笑容。「妳的外套呢？我似乎得盡快帶妳離開這裡，免得妳臨時改變心意。」

盧絲收拾好隨身物件，匆匆去了趟女化妝室。她一面小心翼翼地補口紅，一面端詳鏡中的倒影——三十四歲的她，此刻正興高采烈地準備外出約會，共進晚餐的對象還極可能是她達成人生志向的最大助力。她不認得鏡中那個回望著她的女子，但她已然樂不可支，歡喜得顧不上這些了。

來到城裡最新潮熱門的晚餐俱樂部時，盧絲訝異地發現，阿普特醫師顯然是這裡的常客。她當然聽聞過這個地方，不過她已經很久沒在夜間外出遊興，所以自然沒來過。服務生領著他們來到明顯是上等桌位的一張餐桌，可以清楚地觀賞今晚演出的樂團。面對用餐區周圍的斑馬紋沙發座和斑馬紋吧檯，以及各個裝扮得浮華絢麗的客人，盧絲只感到自己黯淡無光。她平時並不會對名星或豪門另眼相看，然而身邊一次出現如此多名人——艾羅爾·弗林、克拉克·蓋博、范德堡家族[13]的數代名媛與公子哥——她不禁覺得自己被生生比了下去。

他們甚至都還沒看菜單，服務生就先送上一瓶香檳。盧絲甚少飲酒，但今天難得和阿普特醫師來此用餐，她也產生了慶祝一番的念頭。她啜了一大口酩悅香檳，感受舌尖的氣泡、甜美及微辛，霎時恍若回到了童年的夏季——她依稀可見愛瑪汀家的水畔別

12. El Morocco，紐約曼哈頓的一家高級俱樂部，於一九三一年開幕。
13. 艾羅爾·弗林（Errol Flynn）是澳洲知名動作男演員，代表作品爲《羅賓漢冒險記》；克拉克·蓋博（Clark Gable）是美國國寶級男演員，著名代表角色爲《亂世佳人》的男主角白瑞德；范德堡（Vanderbilt）是於鍍金時代崛起的美國富豪家族。

墅、母親在屋前草坪舉辦的奢華派對，以及派對上的龍蝦、蛤蜊和大量香檳。

還記得第一次喝香檳是十五歲那年，當時十七歲的哈利想和妹妹分享飲酒的體驗，從其中一個冰桶裡偷了瓶香檳來給她嚐嚐。盧絲微微一笑，想起兄妹倆一同偷喝酒的光景——他們咯咯笑著躲在水灘上兩人最喜歡的大石頭後方，酒精令她飄飄欲仙，彷彿全身都冒出了小氣泡。過去的她是與現今截然不同的盧絲，她有個照亮她內心、逗她開心又最了解她的哥哥。哈利懂她的堅強，懂她的與眾不同。哥哥離世後，她將自己被人理解的需求封印起來，直到如今，封印解除了。

盧絲看向餐桌對面的阿普特醫師，注意到了對方的魅力，只見一個個女人在他們走進餐廳時不由自主地轉頭瞧來，此時她們甚至還試圖對他眉目傳情。盧絲腆然發覺，阿普特醫師其實能輕易獲得任何女性的芳心，這根本就不是什麼約會，僅僅是再普通不過的一頓晚餐罷了。

「想好要吃什麼了嗎？」阿普特醫師對盧絲揚眉。「我提議先點海鮮拼盤——這家店的海產都是從佛羅里達空運過來的鮮貨。啊，應該說，如果妳願意和我合點一份拼盤的話……」他的小鬍子兩端上揚，嘴唇微微抿起，露出整齊的白牙。在那一瞬間，盧絲心想，無論眼前的男人提出何種要求，她都會一口答應。

「聽起來很不錯。謝謝你，醫師。」

呼我了。」

「太好了。另外，既然我們即將分食鮮蝦和生蠔，那正是時候請妳用『羅伯特』稱

「好吧，如果你如此堅持，那我就恭敬不如從命。」她對上男人的視線，在香檳的作用下，打趣地緩緩唸出他的名字。「羅……伯……特。」她很喜歡唸這個名字時的感覺。「對了，你的那些解剖實驗，找到什麼頭緒了嗎？」她太過放肆，該回歸現實了。

「這個啊，盧絲——」羅伯特說出她的名字後頓了頓，彷彿在等她的批准。「如果有什麼蛛絲馬跡，我一定會第一個告訴妳，只可惜目前還沒找到什麼頭緒。我只知道自己肯定漏掉了什麼，不對，應該說，我知道自己還沒找到那關鍵的線索。」

「我眞的很佩服你這份毅力，但有時也覺得好奇——你怎麼都不會絕望呢？」

「我不能失去希望，這是我的使命，我必須完成它。不知道妳有沒有聽過我外公的名字？我外公是喬治．霍加醫師。」

「很抱歉，我沒聽過他的大名。他也是我們領域的人嗎？」

「應該說，他在各個領域都有涉獵。」羅伯特懷念地一笑。「他生前是外科醫師，也是內科醫師——還診治過幾任總統呢——是個創新的先驅，當年握有數十項專利。」

「那是我太孤陋寡聞了，竟沒聽過這號傑出的人物！」

「妳怎麼會孤陋寡聞呢，只不過是和他的世界沒有交集而已。但是在我眼裡……他

就是我的全世界。」他繼續說：「不瞞妳說，我父親也是內科醫師，當初我母親嫁給他，就是認爲他能和我外公同樣出色。可惜，她完全想錯了。我父親和外公簡直判若雲泥，他對醫學極其憎惡，每天都懷抱著厭惡去工作。對他而言，醫學只是一門技藝，他行醫不過是爲了繼續讓我母親過優渥的生活，供她聘僱傭人、穿絲綢，還有住在里滕豪斯廣場旁的豪宅裡。這樣的生活，妳想必覺得十分陌生吧。」羅伯特對她俏皮地一眨眼，他老愛拿盧絲的富貴出身開玩笑。

多數男性都對盧絲的姓氏感到又敬又畏，或者恨不得沾一沾他們家族的顯赫，只有羅伯特拿愛瑪汀家的財富開玩笑。「總之，我父親內心含怨，凡事都當成交易和買賣看待，我外公則是樂觀、創新又愛鼓勵他人。我不顧父親的強烈反對，毅然選擇學醫，就是拜外公所賜。外公幫助我找到了第一份工作、在歐洲的研究機會，也十分鼓勵我從事研究和實驗。任何領域的醫學只要能推動革新與進步，那就必然是好的醫學——這就是外公的理念。」

「聽起來，他眞的是很特別的人。」盧絲凝視著羅伯特雙眸，窺見了眼底的傷痛，以及他過去從未表露過的脆弱與眞誠。「你怎麼了？」

「在家裡，就只有他了解我。他去世時，我眞的失去了很多，也沒機會對他展現我的能力。總之，每當感到失望或氣餒，我就會想著他，爲了他繼續堅持下去。」羅伯特低頭看著餐盤，盧絲頓時爲這個男人內心深處的柔軟傾心。他和她是如此相似，兩個人都爲了家人而不屈不撓地追求某種更遠大的理想。這是爲家人付出的努力——也是爲世界付出的努力。

「羅伯特。」盧絲放下小巧的海鮮叉，大膽地伸手觸碰他的手。「從我對你的觀察來看，你絕對能完成自己設下的目標，甚至超越它。」

「不得不說，和妳相比，我這點小小的努力根本不值一提。」他從盧絲手裡抽出了手，爲雙方重新滿上了香檳，舉杯敬酒。「我從前當然聽過愛瑪汀醫院有位剛強的大家千金，卻絲毫沒料到，妳竟會是奇蹟一般的人物。敬妳這個活奇蹟一杯。」

盧絲猶豫地和他碰了碰酒杯，她實在不習慣受人欽慕。「別說了，我哪是什麼奇蹟……我倒是覺得這份工作……怎麼說呢，我總覺得從事這份工作，就是我此生的宿命。」她舉杯一飲而盡。

「宿命？」

盧絲別過了頭。醫院當然有許多人知道他們家的過往，不過從進醫院工作開始，盧絲就堅決不提自己的經歷，以免有心人士藉此質疑她的判斷力。但是今晚，她爲自己設下的所有禁忌，似乎都消失了。

「我哥哥，哈利，」盧絲說話時，語調染上了一層眷愛。「他很想改變世界，於是在一九一七年毅然參軍。我還記得他的驕傲自豪、勇敢無畏，還有使命感——」回想起哥哥當時的模樣，盧絲不禁微微一笑。「——我父親不准我隨哥哥去前線，而是逼我完成曼荷蓮女子學院的學業，我還為此大發脾氣。

「結果一年過後，哥哥從法國回來時，心靈已然殘破不堪。我們起初並沒有發現，因為他藏得很好，看上去就是回歸了正常生活，甚至還重新就讀哈佛大學，聲稱要接受完整的教育後加入父親的事業、闖出一片天地。」

她厚著臉皮為自己滿上一杯香檳，大口飲盡，這才接著說下去。

「他第一次意圖自殺，我父母認定是學校那邊出了問題。他們鼓勵哥哥到我們家的度假居所——木蘭崖居——那裡休養幾週，卻被拒絕了。哥哥只說自己那幾天過得不順心、考試壓力太大，除此之外沒有大礙。但我知道，問題沒有那麼簡單。我和哥哥相差不到兩歲，我卻一直覺得我們像雙胞胎——不是因為我們相像，其實我們兩人性格迥異，他親和、有魅力、善於社交，我則靦腆又彆扭。而且啊，他還比我矮了一吋呢。」盧絲笑了。「他英俊得要命，卻長得不高。無論如何，在某種超脫了語言的層面上，我們兩個可說是心意相通，他總能察覺到我的需求，當我受不住母親的關注或父親的……心不在焉，他就會來解救我。」她說得太多了。她推開調酒杯。「在紐約港看見他走下船那一瞬間，我就知道他心中有什麼東西消失了。只是當時的我還不知道，那東西一旦失去，就再也找不回來。」

羅伯特開口：「那時有很多可憐的男人都受到無可挽回的傷害。我從前在退伍軍人醫院上班，清楚看見軍人的那種眼神。在我看來，無論是誰都沒法眞正理解戰爭對男人的影響，妳千萬別爲此自責。」

盧絲淡淡一笑。「我當然知道你說的不假，但那時哈利的狀況似乎逐漸好轉了，我總覺得他還有救。父母接受了他罹患彈震症[14]一事時，立即把他送到佩恩．惠特尼精神診療所接受治療——你應該也知道，那裡號稱是全國最頂尖的精神病院之一。醫師都說他的病情已經好轉，然而他們並沒有認眞照顧我哥哥，哈利就是選在醫護人員不注意時，設法結束了自己的生命……事情就這麼結束了。」

她頓了頓，稍微整理思緒。「我當時已下定決心要花一輩子照顧哈利，既然他走了，那照理而言，我的下一步就該是幫助和他處境相似的其他人。父親也相當絕望，而他選擇將滿腔情緒投注在創立更好的醫院上，可是他沒興趣也沒時間處理醫院的日常公事，我卻正好有興趣也有時間做這些。我鐵下心想改變現狀；當我眞心想達到目的時，也是會鍥而不捨的。總之，後來我走到了這一步。」

14. shell shock，第一次世界大戰後，大量軍人出現的砲彈創傷後壓力症候群。

盧絲此生還是首次對人這般敞開心扉，她死死盯著面前的餐盤，生怕自己對上羅伯特的視線時，就會看見對方眼裡的鄙夷。問題是，對方並不想配合她。

羅伯特將椅子拉到她身旁，輕輕抬起她的下巴，盧絲因而不得不直視他那雙和善的栗色瞳眸。「妳該不會眞不曉得自己有多優秀吧？妳是我見過最美的女人，卻對自己的外表毫不在乎。妳絕頂聰明，聰明得嚇人，卻似乎認爲自己尸位素餐，一再貶抑自己的才智。我每天看著妳，不禁爲妳的幹練與關懷讚嘆不已。如果我外公還在世，他見到妳一定會叫我死死抓著妳、永遠別放手。妳這麼優秀，怎麼可能至今都沒被任何人占爲己有呢？」

盧絲紅了臉，別過頭不再注視羅伯特的眼眸，稍稍破除兩人之間的張力。「過去大部分時候，我都無意被任何人占爲己有。」

「那當然。妳需要的是生命伴侶，而不是將妳看作所有物的主人。」

「唔，是啊。」盧絲有些訝異。羅伯特不僅了解她，竟還能欣賞她這個人，無意改變她。世上眞有這麼好的事？「應該說，是，但也不是。我自己一人其實也過得很好。」

「那還用說，任誰見到妳、見識了妳所有的成就，都看得出妳一個人過得很好。」

他將椅子挪回自己的餐盤前，拿起刀叉，緊張兮兮地戳了戳盤子上那一塊結球萵苣。盧絲赫然看見，這位平時波瀾不驚的阿普特醫師，此時竟對她毫無防備。他的這份赤誠不僅令她驚訝，同時也大大增添了她對他的喜愛。她對眼前的男人、對此時此刻的判斷都貞切無誤；她分享了自己藏在內心最深處的祕密，對方卻仍同她坐在這裡，對著她微笑。

羅伯特傾身向前，靜靜地問：「盧絲，我有個想法——不對，是一份奢望——我想問妳，願不願意和人分享自己生命的一小部分呢？如果是我這樣的人，妳願意嗎？」

一股暖意忽然流遍了盧絲全身，宛如樂團演奏的樂音，吹奏高音的小喇叭與低沉的鼓聲，都對上了她心跳的節拍。

「嗯，羅伯特，我願意。」

他的笑容咧得更開了。羅伯特舉杯碰了碰她的酒杯，直視她雙眼。「盧絲．愛瑪汀，這可能是一場大冒險的開端喔。」

即使在當下，她也全心全意地相信他。

第3章

盧絲陡然驚醒，伸手調整大理石面床頭櫃上的時鐘，憑藉窗外路燈的光線看了看時間。她揉揉惺忪睡眼，打開檯燈以便看清這位短短數月便和她身心每一處角落密切交織的男人。

「羅伯特，都已經凌晨兩點了，你該不會現在才剛到家吧？」

「抱歉親愛的，吵醒妳了。我剛才在深入研究一個暴力精神病人的腦顱深處，似乎觀察到了視丘在構造上有顯著的特異之處。我想拿以前幾個樣本的照片做比較，直到做完後才離開醫院。」

「有什麼發現嗎？」盧絲忽然無比清醒，積極地靠向羅伯特，滿心期待他的研究得出奇蹟般的突破。

「很可惜，那不是我要找的東西。」羅伯特在床對面一角的單人沙發上坐下，嘆息著解開鞋帶。「不過，我從中得到了靈感，之後想朝幾個新方向做進一步探討。」他又站起身，解開襯衫釦子、脫下長褲，接著換上睡衣。他爬上床，輕輕撫摸盧絲的手，將她的手拉過去輕輕一吻。「親愛的，放心吧，我一定會找到答案。」他把盧絲拉入懷抱，開始輕柔地親吻她，先是吻在唇上，然後小心翼翼地順著脖頸向下吻去，輕吻落在了她嬌小酥胸之間的肌膚上。「我這輩子活到現在，還是第一次對一件事感到如此堅持，也是第一次這麼有靈感、有信心。」

在遇見羅伯特之前，盧絲從未感受過此種肉體上的渴望。羅伯特並不是被她邀到床上的第一個男人，卻是她一再希望對方能再回來的唯一一人。無論在閨房裡外，他們之間都存在一種包羅萬象的連結，每一次共赴歡愉，她都覺得兩人恰到好處地契合——身體的每一條曲線、細緻吻合的雙唇，甚至是一隻手被他握在手裡時，盧絲也總覺得兩人彷彿已經這般握著手數十年，動作再輕鬆自在不過。他們交往時盡量保持低調，避免同進同出，不過一起在家中時，他們彷彿合而爲一，兩人之間沒有任何祕密。正因如此，當羅伯特滾離她身邊，半側躺著用手肘撐起上半身，注視著她的眼神多了古怪的距離感、尷尬的緊張感時，盧絲不禁嚇了一跳。

「羅伯特，你這樣看我做什麼？」盧絲如玩弄毛線球的小貓，伸手朝他臉上輕拍。

「你還好嗎？」

「都好。嗯，都好嗎？」他微微一笑，愛憐地撫摸她的手。「『都好』這個概念還眞是有趣，我必須告訴妳，我並不『都好』。」

「不好嗎？」盧絲感到一陣天旋地轉，只能咬住下唇，試圖穩住心神。

「我並不好，而是目瞪口呆，像小孩子般樂得頭昏眼花——但其實我年紀小時，並沒有過這麼歡快的時候。」他輕笑出聲。「盧絲．愛瑪汀，從我走進妳辦公室那一刻，被我見過最美麗、最聰慧、最了不起的女人訓斥一頓開始，我心中一直揣著一絲微小的希望。我一直希望妳會是我的唯一。我優秀的盧絲，妳願不願意賜予我至高無上的殊榮，成爲我的妻子？」

他倏然跳下床，奔到她那一側跪了下來，戲劇化地欠身拉著她的手。客觀而論，盧絲也知道此時此刻的一切都堪稱鬧劇，幾乎所有方面都荒誕至極——這個時機、對方戲劇化的舉動、她的年齡，一切都再荒謬不過。儘管如此，她卻已淚流滿面。

盧絲深吸一口氣，奮力壓下滿腔的不可思議，試著恢復理智，卻發現自己做不到。排山倒海的情緒襲來，她忽然發現自己大笑著、大哭著，從很久以前就認定了與自己無緣的狂喜，此時從內心奔騰而出。

「盧絲？妳生氣了嗎？我知道我沒準備戒指，原本也不打算今天向妳求婚的，但我實在忍不住——」

「噢，羅伯特。」盧絲擦乾面頰。「戒指什麼的我才不在乎，我在乎的就只有你。我愛你。我願意，我願意。我願意成爲你的妻子。」

羅伯特一躍而起，抱住了她，儘管她比他高出一吋，羅伯特還是將她整個人抱了起來，欣喜地在房裡不住轉圈。「謝謝妳，我現在是全世界最幸福的男人了！」

「我也成了全世界最幸福的女人。」盧絲吻住他，感受到竄遍全身上下的電流。忽然間，有個想法如一桶冷水般當頭灌了下來。「只不過，我們前面還有一道難關。」她踩上地板，注視著羅伯特的雙眼，讓對方明白她接下來這句話的嚴重性。

「在正式許下任何約定之前，你恐怕得先和我父母見上一面。」

第4章

盧絲的父親——伯納．愛瑪汀——是業界的知名人物，以毫不留情的談判技巧與不近人情的姿態聞名。他除了讀醫學期刊之外沒什麼興趣嗜好，因此在社交界也是「晚餐會上最不受歡迎的鄰座」。世上少有人和伯納談得來，但其實他對寥寥無幾的摯友十分忠誠，也能和他們談笑風生，他只是不想和太多人深交罷了。

盧絲自認遺傳了父親對社交生活與種種俗套的漠不關心，倒是對學習和打磨心智較有興趣。童年時期的盧絲和父親一直沒太多共同點，而如今盧絲身為醫院的副院長，和父親多了些相同之處。但她仍覺得自己因不是兒子，時時刻刻受父親評判——與此同時，她也因表現得不夠淑女，時刻感受到母親對自己的批判。和父母共處時，盧絲總是如坐針氈，現在一想到要將論及婚嫁的對象介紹給他們，她就幾乎難以承受。

她父母知道今晚會和羅伯特見面，盧絲沒提訂婚的事，但表明了羅伯特是認真交往的潛在配偶。母親海倫堅持要在家中正式共進晚餐，這表示盧絲必須正裝打扮。為確保今晚萬事順利，她戴上祖母從前的珍珠項鍊，以及母親送她的孔雀胸針——那是她的二十一歲生日禮物。即使精心打扮過，盧絲仍然忐忑不安。她作為女兒都不完全受雙親認可了，怎能期待父母歡迎一個陌生男人成爲她的丈夫、加入這個家族？

和羅伯特一同穿行格拉梅西公園時，盧絲幾乎被排山倒海的焦慮呑沒，滿心只想帶著羅伯特躲回連棟別墅的臥室床上。不行，不能這麼做。她只能盡可能放慢腳步，假裝在欣賞附近豪宅窗內的聖誕花環與聖誕樹，只見家家戶戶都提前開始做裝飾，準備喜迎佳節。

「親愛的，妳怎麼臉色慘白？是太緊張了嗎？別擔心，妳看我這麼有魅力，就算是最多疑的贊助人也能被我說動。而且，妳父親應該不會比我父親難相處吧？從他願意在妳母親主辦的舞會上露面這點看來，他可比我父親親切太多了。」

「我知道你很有魅力，但問題是，我父親到現在還沒認同過我的任何一個決定。」不僅如此——盧絲心想：身爲醫院的董事長及主要贊助人，她父親非但能影響羅伯特的私生活，還一手掌控了他的職涯。當初僱用羅伯特時，盧絲當然沒少在父親面前談到這位新來的醫師——他身兼心理學者與神經學專家之職，多麼新奇有趣啊！——不過她一直小心地隱瞞兩人之間逐漸發展成形的戀情。可是說到底，她若想和羅伯特成婚，終究得讓父母好好認識他。

「那個……我們到了。」相比從前，家族富麗堂皇的都市豪宅更令盧絲難爲情了。她知道這是父親和祖父勞心勞神賺來的財富，但見到城裡許多人至今仍靠分配得來的食物餬口，窮得在小房間裡挨餓受凍，盧絲還是無法安然地享受富裕生活。「歡迎來到我的家。」她羞赧地低頭盯著自己雙腳。

「不得不說，我還以為你們家會更大、更氣派呢。」羅伯特笑著調侃一句，和盧絲一同走上臺階，來到華麗的鐵框大門前。盧絲開玩笑地伸出戴著手套的手，在他手臂上一拍，對他的好脾氣與全然的包容感激不已。兩人進入沉重的紅漆大門後，來到雙層樓高的門廳，踩上黑白相間的大理石地板。盧絲用親切的擁抱對管家打招呼。

「阿諾，你氣色真好！是不是今年聖誕節我母親不再讓你操勞了？」

「盧絲小姐，您也知道，愛瑪汀太太從不要求我做職責以外的工作。她無論對我或我一家老小都非常慷慨的。」

「何必騙我呢，阿諾，我以前和她生活過二十五年，怎麼可能不清楚真相。」她頑皮地揚眉，笑著和羅伯特一起將外套交給管家。「你剛出生的小孫女最近還好嗎？她是叫瑟琳娜，對不對？」

「謝謝盧絲小姐關心，她非常好，簡直是完美的小天使。」管家驕傲地從外套內側口袋取出一張照片給盧絲看。

「真是個漂亮的寶寶。恭喜你啊！」盧絲說：「哎，我怎麼這樣失禮，竟然還沒把你介紹給羅伯特．阿普特醫師認識！感覺你之後有機會和他多多親近呢。」

「是這樣嗎？醫師，很高興認識您。盧絲小姐眞的是非常特別的女孩子，您之後務必要好好對待她呀。」阿諾一面和羅伯特握手，一面用父親擔心女兒受欺侮的眼神，無聲地告誡他。

「我一定不會讓你擔心的。」羅伯特輕笑著說。

「我眞的想一整晚在這裡和你聊天，可惜母親多半已經爲我們遲到一事感到焦躁了。」盧絲親暱地一捏阿諾手臂，然後抓住羅伯特的手臂，領著他經過門廳中央那道闊氣的樓梯，進入右手邊的客廳。

「準備好了嗎？」她睜大自己那雙大眼睛，注視著羅伯特，默默給他最後一次逃走的機會。

「萬事俱全。」

無論對室內設計或時尚穿搭，盧絲都興致缺缺。在哈利去世後，母親試圖將家中修葺得煥然一新，驅逐如蛛網般藏在屋子角落的種種回憶，盧絲對此更是反感。沒想到如今，她看著和老宅歷史交織得嚴絲合縫的現代化裝潢擺飾，竟忍不住欣賞了起來。

除了老式吊燈上新裝的電燈泡，海倫還爲格拉梅西公園區這幢大宅增添不少新意，同時保留老家的熟悉感。盧絲母親精心留存了部分二十世紀初的風格——鉛框玻璃窗、莊嚴樓梯的鍍金扶手、寬闊廳堂兩側雕琢繁複的石壁爐……記得從前哈利總是騙她，說大壁爐有天會活起來，把她整個人吞下去。然而，除了保留屋子原始的細節，海倫也盡可能融入國際藝術及設計界時興的布料、擺設與色彩。只見牆壁糊上了雍容華貴的湖綠與孔雀藍壁紙，窗簾則是紫色天鵝絨和金色雲紋綢。海倫特地將最新款的擺設從歐洲與紐約時尚圈引入家中——一對雕以新藝術風流線型線條的木椅、一張鋪了祖母綠軟墊的現代樣式「貴妃椅」、一張阿爾弗雷德·史蒂格利茲的攝影作品，甚至還有畢卡索幾幅色調鮮明大膽的抽象畫。

單從重新裝修過的幾間正式會客廳來看，你也許會以為海倫·愛瑪汀是個思想開放的現代女性，然而令盧絲惋惜的是，母親開放的思想僅止於時尚與設計。海倫對女兒作為大醫院副院長的成就視而不見，只頻頻指出盧絲身為未嫁老閨女，有多麼對不起愛瑪汀家族。

也許今晚，盧絲能讓她的雙親產生些許對女兒的驕傲——但也許她不該懷抱這樣的奢望。他們兩人繞過雙拱門，走進寬敞的客廳。盧絲看見伯納與海倫坐在離門口最遠的座位區，沉默不語地在壁爐旁啜著調酒，擺在桌上的開胃小點則絲毫未動過。

「盧絲，親愛的，妳還是一如往常地姍姍來遲，像個大明星呢。」海倫轉過身，微笑著對女兒打招呼。

「母親、父親，這位是羅伯特．阿普特醫師。羅伯特，這是我父母，伯納．愛瑪汀夫婦。」

「阿普特醫師。」海倫．愛瑪汀伸出手，輕輕握了握羅伯特的手。

「很高興認識您，夫人。」羅伯特戲劇化地微一鞠躬，親吻海倫的手，盧絲曾見母親的唇角微微上揚。「非常感謝您今晚邀我來訪，您的家當眞是美輪美奐。還有，愛瑪汀先生，」羅伯特來到伯納所在的椅子前，直接對盧絲父親說：「我從之前就很期待和您見面了。」

「醫師。」伯納並沒有起身，甚至幾乎沒伸手回應羅伯特熱切的一握。他很快便鬆開手，轉向女兒。「盧絲——」他頓了下，上下打量她。「——妳今晚很好看。」

「父親，謝謝誇獎。」盧絲輕聲回應——如果父親不那麼重視她的外貌就好了——然後走到父親身邊，生硬地親了他臉頰一下。

「我餓了，我們到飯廳用餐吧。」

「伯納，就讓他們休息一下、喝一杯嘛。他們甚至連衣服都還沾著外頭的寒氣呢！我去知會廚師一聲，告訴他等會兒開飯，你們三個先坐下來喝杯調酒。」

盧絲看著父親對母親投以無奈的眼神，這才起身走向酒吧推車。「阿普特醫師，你喜歡怎麼喝馬丁尼？」

父親在各方面都盛氣凌人，面對母親卻罕見地隨順，盧絲每次見了都感訝然。在伯納的生命中，能讓他便得稍微柔和一些的，也就只有海倫與哈利兩人了。盧絲多希望自己也擁有這份能力。

「我習慣喝乾馬丁尼，加兩顆橄欖——如果有橄欖的話。」羅伯特毫不猶豫地回道。看見未來的夫婿不輕易被父親震懾，盧絲不禁心裡一暖，爲他感到驕傲。「愛瑪汀先生，我很想聽聽您對於我們醫院成長方向的見解。您對實驗室的研究發展還滿意嗎？」

「我覺得很有趣。」伯納用平板的語調敷衍一句，拿著兩杯調酒回到座位區。盧絲看見父親強硬地保持冷淡，不禁爲今晚的走向憂心起來。

「的確很有趣！近幾十年來，我們美國人實在過度執著於精神分析，都忘了精神健康也是醫學的其中一個領域。我們需要解構性研究的專業紀律，需要實際解剖、成像，以便進行生物學上的探索。光靠言語是無法讓病人走出精神病院、回歸社會的，我們需要採取醫學行動。」

伯納靜靜坐著，緊抿雙唇，雙眼眨也不眨地盯著羅伯特，幾乎在挑釁他，挑戰他是否敢接著說下去。盧絲下背冒出了冷汗，擔心父親又開始長篇大論地抨擊別人。她還未見過任何人挑戰羅伯特，只怕羅伯特受到刺激，會以火爆的方式捍衛自己的思想。

沒想到，父親竟開口說：「我完全贊同。」盧絲震驚不已，險些被一口調酒嗆到。「依我看，佛洛伊德醫師那些小小的理論，對於罹患輕症的人而言也許貼切，但我們可是在經營醫院，必須從醫學取向著手。所以我先前聽盧絲說醫院聘僱了你，當眞十分高興。」盧絲不禁心裡一陣怒火生起——父親若對她的聘僱決策感到高興，那怎麼沒用隻言片語對她表示讚賞？印象中，她對父親提及此事時，父親幾乎沒聽進去，遑論給出任何正面回饋。

「你或許不知，我自己雖沒受過正規的醫學訓練，卻把研究醫學當成第二事業。阿普特醫師，你想去我的書房看看嗎？」伯納站起身，羅伯特也跟著起身。

「羅伯特，你一定會喜歡的。」盧絲強顏歡笑道。父親對羅伯特產生興趣，她應當爲此高興才是，但見父親一如往常地將她排除在對話之外，盧絲仍舊黯然。「以私人的醫學文獻收藏而言，父親的藏書室可是全國第一呢。」

「規模甚至大過一些大學的圖書館。」伯納一面補充，一面領著羅伯特走出客廳，兩人沿走廊遠去。

盧絲目送未婚夫與父親走向木板牆走廊，痛苦的既視感襲來。她只覺自己從小就被拒之門外，而雙門的另一側，哈利與父親都在談論她最感興趣的議題：傳染病、病毒學、外科技術創新、治療試驗。

她和母親在客廳坐了將近一個鐘頭，過程中，海倫因遲遲未能開始用晚餐而越發焦躁，盧絲則耐著性子聽她講述本季派對行程相關的種種煩惱。

「聖誕季第一場派對向來是由洛克斐勒[15]家主辦，這本就是眾所周知的事，但今年沃爾沃斯家的小姐──妳也知道，就是那個芭芭拉．赫頓[16]──竟直接搶了洛克斐勒家的風頭。」盧絲不解地看著母親。「唉，盧絲，眞是的！妳該不會完全沒把我的話聽進去吧？我不是和妳說過嗎，妳之前不肯隨我們參加的那場活動──就是在新開幕的麗思卡爾頓飯店的那一場，他們不是千里迢迢從加州運了尤加利樹和歐洲銀樺過來嗎？而且還一口氣包下四支管弦樂團呢。雖然是有那麼一點俗豔，但也絕對成了全城焦點，稱得上是場獨一無二的派對。想當然耳，艾比．洛克斐勒可是氣壞了，這下她的聖誕舞會只會顯得平凡無奇。」

「那也太沒面子了吧。」盧絲毫無抑揚頓挫地應合，說話時一直緊盯著客廳拱門，焦慮地等著羅伯特與父親歸來。

「是啊，眞是太沒面子了！而且啊，瑪德琳．阿斯特．迪克也動了心思，想在紐約這裡多辦一場舞會──她說現在流行無預警的派對。老實說，我們可能一輩子都去不了棕櫚灘了。」

海倫怎麼會以爲盧絲在乎這些呢？社會上可是有人連三餐溫飽都成問題，她哪有閒情逸致去關心誰在何時何地辦派對？盧絲當然已經知曉答案了，卻還是有些傷心——海倫就和伯納一樣，並沒有眞正看見坐在他們面前的女人。若非得和女兒相處，海倫便直接將盧絲當成自己理想中的女兒看待。就在盧絲感到快崩潰爆炸時，兩個男人回來了，他們之間的氣氛變得輕鬆許多，盧絲父親身上更多了一分罕見的興致。

「伯納，眞是的！你們耗了這麼久，主菜應該早變得乾癟癟的了！」

「抱歉，親愛的，但我猜妳等等就沒心思關心主菜了。」伯納站到盧絲的身後，父親一隻手搭在她肩頭時，盧絲驚得差點跳起來。「我有好消息要宣布！我們家盧絲終於要嫁人了。」

「嫁人？」海倫掩飾震驚的同時，似乎也在竭力克制自己，盡量不表露出大大鬆一口氣的情緒。盧絲知道，母親很久以前就放棄了希望，打從心底不相信女兒能找到合適的對象。

「是眞的。這位傑出的醫師想娶盧絲爲妻。」盧絲盡量不去注意父親話語中那一絲

15. Rockefeller，跨足工業、政治、石油、銀行業的美國知名富豪家族，在二十世紀初成爲全世界最富有的豪門。

16. Barbara Hutton，一九一二～一九七九年，出身自富有的沃爾沃斯（Woolworth）家族，是美國傳奇性的名媛。

的不敢置信。

「愛瑪汀太太，我認爲您的女兒從頭到腳、從裡到外都再好不過。我本無非分之想，不過和她相處下來，我發現自己是眞心將她當成了伴侶。如果您同意的話，我打從心底希望能和她結爲夫妻，共度餘生。」

「噢天啊，太好了！」海倫激動得一躍而起，連連鼓掌。「好極了！」

第5章

盧絲沒時間也沒興趣結識話不投機的人。她在愛瑪汀醫院時與其他職員維持還算融洽的關係，也偶爾參加大學同學的非正式聚會，然而在哈利死後，她在這世上眞正的朋友就只剩一位：蘇西．戴文波。

蘇西和盧絲志同道合，同樣想幫助不幸之人——她除了從事社工工作，還主動爲曼哈頓市的貧寒人口爭取權益——此外，蘇西了解盧絲的心思，只希望她好好做自己，從不要求她產生其他感受，也從不試圖將她改造成另一個人。盧絲將蘇西當姊妹般珍愛，也唯獨相信蘇西的意見，所以聽到蘇西堅稱是時候帶羅伯特去木蘭崖居時，盧絲當然也知道好友說得沒錯。

儘管如此，盧絲還是猶豫了。在遇見羅伯特之前，盧絲一生中最快樂的日子，都是和哈利一起在木蘭崖居度過。她眞的需要羅伯特和自己同樣喜愛那幢度假別墅。然而在淡季，莊園大部分的區域都重門深鎖、無人管理，氣溫也相當寒冷，她擔心羅伯特會不喜歡這個時節的木蘭崖居。

「蘇西，我眞的不確定要不要帶他去。」盧絲對著電話說：「冬季去那邊實在不怎麼舒服，而且他平日都在辛勤工作，我知道他週末時喜歡好好休息。我帶妳和梅格去是一回事，但——」

「不好意思呀，我是在和盧絲．愛瑪汀講電話沒錯吧？我認識的那個盧絲．愛瑪汀可是親口對前未婚夫——對那個全姊妹會都恨不得搶到手、恨不得立刻結婚的那個男孩說過，她能撥出來陪伴男友的時間有限，對方要嘛接受這件事，要嘛去找別人。那才是我認識的盧絲．愛瑪汀。」

盧絲笑了出來。蘇西說得沒錯，過去的她從未這般費盡心思去迎合任何一個男人的需求（只有哈利除外）。她坐在那裡和好友講電話，聊著聊著忽然覺得自己儼然成了母親海倫的模樣。「妳的論點相當有說服力。」盧絲微微一笑。「話雖如此，我還是希望羅伯特能和我一樣愛木蘭崖居，我還是等春季再帶他去度假吧。」

「別說傻話了，妳明明就很喜歡冬天的木蘭崖居。我和梅格也喜歡那裡的冬天，妳知道爲什麼嗎？因爲在那裡，妳散發的喜悅也能完全傳染給我們。假如妳要嫁的男人無法爲妳愛屋及烏，那我看妳也不用在他身上浪費時間了。更何況，羅伯特已經通過伯納和海倫的考驗，相比之下，去海邊冷一個週末根本不算什麼。」

盧絲莞爾一笑。「那好吧，但妳不能一起來眞的太可惜了。」

「這週末有一場非常重要的集會，我們沒辦法缺席，但妳可要趕緊再邀我們去一次啊。我再怎麼愛過窮藝術家的生活，也沒法抗拒你們家避暑莊園的富麗堂皇。在這麼冷的時節，更是需要去好好享受一番！」

「蘇西．戴文波，妳這麼好，要我不永遠愛妳也難。」

木蘭崖居是西徹斯特郡水岸歷史最悠久的莊園之一，當初是盧絲的祖父——湯瑪斯．愛瑪汀——買下西部鐵路後興建的都鐸風別墅，堪稱夏季瑰寶。宅第飾以醒目的紅銅斜屋頂，優美的主屋則飾有堅固卻又雅緻的魚骨狀磚牆；較低處的灰泥牆上以色調相襯的木材爲輔，更是襯托出整體的美感。它座落在令人稱羨的絕佳位址，那塊突出的地皮三面環海，園子裡遼闊的草坪與花園也經過精心設計，供人充分享受清涼海風。儘管它乍看之下莊嚴正式，盧絲大多數珍貴的童年回憶都是以木蘭崖居爲背景。唯有在這裡，她和哈利才能無憂無慮地玩耍數週，開心地在海灣游泳，在僅屬他們的一小片沙地上沐浴日光，還有騎腳踏車去糖果店買花生糖和巧克力。

哈利剛去世的那幾年夏季，盧絲只覺得曾經的暑期樂園成了一幢鬼屋。剛修割過的青草香與海風淡淡的鹹味交融，長車道上林蔭所形成的溫柔懷抱，通往水岸的崎嶇岩石階梯——面對這一切，盧絲更深刻地感受到失去哥哥的孤獨。倘若哈利仍在世，想必會對這座寧靜小村的變化感到驚奇——只見電影導演D．W．格里菲斯在弗萊格先生的老莊園上開了一間工作室；如今盧絲母親的派對上多了演員范朋克與瑪麗・畢克馥的身影；附近那個遊艇俱樂部換了位址，現今俱樂部會員包括許多惹人厭煩的青年男性。如果哈利還在，他一定會鉅細靡遺地剖析那些年輕人的言行舉止，開玩笑地慫恿盧絲和他們交往。可是少了哈利，濱海這個家的種種樂趣也都隨之消散。

與羅伯特相識的這段時期，盧絲已經不再於夏季前去木蘭崖居，而是偏好在別墅空無一人時去小住。父母都認爲她瘋了，盧絲卻覺得冬季的木蘭崖居令她心安。也許是因爲濱海村鎮淡季的冷清，正好與她的心境相符吧。潮濕、陰暗的房間，蓋著防塵布的家具，朔風陣陣的海灘，以及空無一人的街道——不知爲何，這些在盧絲眼裡竟顯得格外寧靜祥和。

如今，盧絲已正式訂婚，是時候清除哈利留下的回憶與幽魂，收復她的樂園了。

「木蘭崖居難道沒有人能幫我們料理食物嗎？」羅伯特問。他好笑地看著盧絲將食材打包放入野餐籃，爲兩人第一次的週末小度假做準備。

盧絲笑了笑。「這次恐怕不像你們耶魯人暑期去紐波特度假那樣。吉爾伯特先生會把別墅稍微打理過，幫我們在臥房和書房的壁爐裡生火，不過淡季就只有他一個職員在別墅上班，大部分事情我們都得自己張羅。」她有些緊張地看向羅伯特，擔心他不高興，也不確定自己該如何應對未婚夫的不滿。「這樣可以嗎？」

「太好了！這簡直像露營一樣。我只要有書可以讀，有未婚妻在身邊，就心滿意足了。」喜悅湧上盧絲的心頭。很少有男人願意拋下舒適的連棟別墅與傭人的伺候，週末特地到海邊克難地度假、吹冷風。由此可見，他們當真是完美的一對。

車子駛到別墅前時，陽光已然黯淡，斜陽低懸在天邊。光禿禿的樹木被勁風吹彎了腰，尖斜的屋頂映出長長影子，遮蔽了屋子外牆繁複的裝飾。盧絲擔心這寒冷而不近人情的畫面會令羅伯特卻步。「不然今晚就在壁爐前暖暖身子，先別出門了吧？我們可以等到明天太陽出來、空氣稍微暖和一些，再去戶外逛一逛。」

「親愛的，假如妳今天是自己一個人來，會怎麼做呢？」

「這個嘛……」盧絲微微一頓。「如果是自己一個人，我會去海灘走走。」海灘總能讓盧絲聯想到哥哥；雖然這樣的想法很傻，但每一次走在水畔，她都覺得哥哥就在身邊，靜靜陪伴著她。

「那好，我們這就去海灘。」

盧絲按下門鈴。吉爾伯特先生打開了大門，匆匆出來幫他們搬行李，將行李挪入昏暗的門廳。羅伯特則伸出手臂讓盧絲挽著，讓盧絲帶領他走下石子步道，經過一座座花園與乍看下毫無生機的樹木，來到岩石滿布的崎嶇水岸。

「妳瞧，那座小島就像在邀請我們前去探險。夏天會有人游到小島上嗎？」

「當然囉！那座島其實是我們家莊園的一部分，我和哈利小時候喜歡游過去玩耍，比誰游得快。」

兒時回憶令盧絲輕輕一笑，思緒飄回了十三歲那年。十三歲的她剛和母親又吵了一架，海倫說什麼也無法理解盧絲那些怪異的興趣：爬樹、任由海水將頭髮浸濕，還有把本該用來試穿洋裝、參加派對的時間，用來研讀父親藏書室裡那些「令人毛骨悚然」的醫學書籍。「妳怎麼就不是男孩子呢，那麼一來，我就不必爲妳的終身大事煩惱了。」

吵完之後，盧絲到處去尋找哈利，終於發現他在打網球，對手是同樣住在岸邊、住處離木蘭崖居有段距離的女孩，名爲瑪芮。此時盧絲心煩意亂、惱怒至極，一找到哥哥就要求他放下球拍，陪盧絲去游泳。哈利叫她滾開，盧絲火冒三丈，氣呼呼地走了。那年夏季，哈利眼中就只裝得下瑪芮的一顰一笑。

當時的天氣已經如八月正暑般沉悶，但實際上也才五月底而已，至少該等七月四日獨立日之後再去游泳。儘管如此，面對誘人的海水，盧絲也不想理哈利了，滿腦子只想回應大海的呼喚。

盧絲緩緩走到水裡，充分感受寒意悄悄沿雙腿爬上軀幹的折磨。那天的海水冰寒徹骨，她走到及腰深的水中就快受不了，不想再拖下去，於是逼自己一口氣將全身泡入冰水。在那一瞬間，寒意抽空了她腦中其他所有念想，她清楚感受到自己的生命力。盧絲立即開始快速划動手腳，試圖讓身體暖起來。

盧絲的泳技極佳，甚至超越哈利。萬千思緒都被清掃而空，她迷失在穩定的划水節奏之中——纖長雙臂伸向了小島，雙腿快速打水、遠離岸邊，頭部規律地轉動並到水面上換氣。

踢、踢、踢、踢。划、划，換氣。

踢、踢、踢、踢。划、划，換氣。

她停頓片刻，想看看自己是否快抵達小島，卻見島嶼離自己仍有一大段距離，而身體已開始感到疲憊。也許今天的水太冷了。她不想冒險，決定掉頭回去，並加速打水，希望能早一些回到岸上。忽然間，一陣鮮明的刺痛襲來，一條腿的後側感覺像繃緊的橡皮筋，隨時可能繃斷。她本能地伸手抓住腿，痛楚卻隨之加劇。這下盧絲嚇得動彈不得，生怕自己一旦動了那條腿，腿就會硬生生撕裂開來。可是她也明白，若再不動，自己就會溺水。

她緊盯著岸上，希望能看到任何一絲動靜，看見前來營救她的人。但是，岸上一個人也沒有。她盡量保持冷靜，開始揮舞雙臂，努力用另一條腿打水。她尖聲喊救命，感覺身體開始下沉，手腳揮舞的動作變得更加激烈，彆扭的掙扎與扭轉卻使她沉得更快。

「救命！」

她嗆水咳嗽，用盡全力拍起水花。遠方恍若晃過了一道人影，那人似乎飛奔穿越草坪、朝水邊跑來，但那恐怕只是她的幻覺。接著，她整個人都沉到水面下。海水吞沒了她，感覺時間也戲劇性地緩了下來。盧絲試著回到水面，身體卻無比沉重，寒冷也浸透了骨髓。她不希望就此結束一生，不過想到自己即將緩緩沉到海底，心裡竟萌生一股詭譎的安詳。她只覺得無比寧靜，似乎可以放開手、放開一切，放下所有……但就在此時，他出現了——是哈利！他環抱盧絲腰間，把她拉回水面上。

哈利彷彿力大無窮，一面踩水一面翻轉盧絲的身體，讓她仰躺著浮在水面、呼吸空氣，這才帶著她游回安全的岩岸。

「妳到底在想什麼！」哈利厲聲嘶吼，甚至不去強忍滾落面龐的淚水，不停大口大口地喘息。

「我抽筋了。」盧絲頭暈目眩，還不完全明白方才發生的一切。「我有試著喊你，可是……」

「在這麼冷的海水裡游泳，妳以為不會出事嗎？我就跟妳說了，現在還太早，不可以出來玩水！結果妳還是來了，而且還是自己一個人。」

「是你自己說了『不用，謝謝』。最近不管我找你做什麼，你都這樣拒絕我。我——」她咳嗽幾聲，咳出一些唾沫和鹽水。「既然你現在這麼討厭我，那我就早點習慣獨處好了。」

「討厭妳？」哈利左臉頰中央浮現出酒窩。他一向討厭那個酒窩，它會害哈利藏不住自己發自內心的喜悅。他用盡全力抱緊了盧絲。「盧盧，妳是我最好的朋友，我最愛的家人。對我來說，妳就是全世界最重要的人。」哈利正色注視著她。

盧絲在哥哥眼底看見了眞相：她錯得太離譜了，哈利再怎麼暗戀瑪芮，心裡最在意的人仍舊是盧絲，而盧絲最在意的人也仍然是他。

「盧盧。」他勾住她的小指。「我對妳發誓，不管發生什麼事，不管我們去到了哪裡，我一定永遠站在妳這一邊。永遠永遠。」

「永遠。」她也勾著哥哥的小指起誓，然後輕輕撞了撞他的肩膀，露出燦爛的笑容。

第6章

第一次小度假結束後，盧絲與羅伯特養成了週末前往木蘭崖居的習慣，幾乎每週末都會都去一趟。他們享受在木鑲板藏書室裡度過無數個鐘頭，舒舒服服地蜷縮在皮革單人沙發上，面前擺著裝滿白蘭地的小酒杯，沐浴在壁爐的溫暖火光之中。

羅伯特熱愛海邊的寧靜，喜歡藉著這個無人打擾的機會，專注從事醫院以外的工作。他預計在隔年夏季的倫敦神經學研討會上發表最新的研究成果：一種能照出大腦活動的新成像技術。盧絲與羅伯特一致認同，那將是最理想的的蜜月行程——因此，儘管研討會是數月後的事，他們仍打算在會期前舉辦婚禮。男女雙方年紀都不小了（也早已背著盧絲父母同居），盧絲本想盡快成親，不過「工作蜜月」對她也有深深的吸引力，而且婚期稍微推遲一些，她母親才有時間充分規劃。

在海倫·愛瑪汀的操辦下，盧絲在一九三五年六月的婚禮，成了那年夏季最盛大的一場活動。在婚禮這方面，盧絲在意的細節並不多，只堅持要和羅伯特在夕陽下互道結婚誓詞，將酸蘋果園的步道當作「走道」，「聖壇」則是園中一片空地，站在那裡可以眺望海灣對面的牡蠣灣鎮。此外，雖然海倫挑的是一件飾有華麗垂墜布料的薇歐奈緞布禮服，盧絲自己卻選了一件樣式簡單的可可．香奈兒白套裝。但除此之外，她都聽任母親的安排。

豪華婚禮完完全全展示出了木蘭崖居的夏季之美。在簡單的儀式結束後，賓客移至大草坪，侍者端來如今越發稀缺的貝魯迦鱘魚子醬。除了一磅磅高檔魚子醬，現場還有用銀托盤送來的洛克斐勒式焗烤生蠔，滋味如奶油般綿密香濃。愛瑪汀家這次特地請知名酒器品牌巴卡拉製作了樣式簡潔的立體風格調酒杯，用特製酒杯奉上香檳，背景則是紐約愛樂弦樂部演奏的悠揚樂音。傍晚雞尾酒時間結束後，接著是豐盛的晚餐——華爾道夫沙拉與咖哩小羊排（羅伯特的最愛）——以及在隔壁舞廳的舞會。海倫設法包下了路易．阿姆斯壯[17]的樂團，奢華盛宴的種種鋪張之中，盧絲真正認同的就只有這一點。歡快的大樂團爵士樂已深深烙印在她腦海中，令她聯想起在摩洛哥之味用餐那晚，她發現羅伯特就是自己眞命天子的那一刻。

婚禮當天有許多値得銘記一輩子的特別時刻：父親挽著她的手朝聖壇走去時，臉上那近似驕傲的神情；在樂團的搖擺音律伴隨下，歡快地和羅伯特共舞，直到她雙腳痠痛得再也站不住；然後，還有蘇西的敬酒致詞。

17. Louis Armstrong，一九〇一～一九七一年，被譽爲「爵士樂之父」的美國爵士樂音樂家。

羅伯特的知心好友不多，他平時也不和自家兄弟聯絡，所以他們並沒有依照傳統做法，請手足當伴郎、伴娘。盧絲與羅伯特各自擔任對方伴郎與伴娘的角色，也沒料到會有人爲他們致詞。儘管如此，當身材嬌小卻個性十足的紅髮女人站起身，用餐刀輕碰酒杯、吸引眾人的注意時，盧絲並未感到太過意外。她畢竟是蘇西·戴文波。

「我跟大家打勾勾，保證不占用太多時間。」她戲劇化地揮了揮小拇指。「不過今天參加這場歷史性的活動，我總不能連一句話也不說吧？首先，我敬愛瑪汀先生和愛瑪汀太太一杯，感謝兩位今晚舉辦這場盛會。我也是參加過一、兩場聚會的，可以信心十足地對大家宣布，今晚絕對是最盛大的一場。海倫·愛瑪汀——我們絕對忘不了妳辦的這場派對！」

此時賓客已經暢飲了數小時的調酒，就連最莊重正經的客人聞言也哈哈大笑、連連點頭。蘇西有種魅力，總是能讓所有人喜歡上她，即使今晚梅格以她的伴侶身分共赴婚宴，眾人也不以爲意。

「我們接著講正題——這位身穿白紗的美麗長頸鹿，還有她優秀的新郎。鹿鹿，妳是世界上獨一無二的存在，是最心善、最聰明，腿也最長的女人，我還沒見過誰的腿比妳還長呢。有了妳，世界變得美好許多。還有，羅伯特，你讓這個燦爛耀眼的女孩子更加特別，謝謝你讓她認識到愛情的美好。敬我見過最有活力的女人，還有第一個跟上她步調的男人，祝你們永遠所向無敵！」

在場所有人——甚至包括伯納與海倫——都笑著再次舉杯。盧絲通常不喜歡受人矚目，但此時此刻，她還是忍不住因眾人的讚揚而心生愉悅，父母的嘉許更是令她喜上眉梢。她此生第一次成爲父母喜悅的根源。她的家庭經歷了許多的磨難，此時的欣喜是他們應得的——然而，儘管此時此刻已經極盡完美，他們卻片刻也忘不了，倘若哈利今天也能與他們同慶，那該有多好。

第7章

一九三五年七月十七日，新婚燕爾的阿普特夫婦搭上曼哈頓號客輪——第二屆國際神經學研討會的官方蒸汽船——出發去倫敦參加研討會。

羅伯特爲夫妻倆報名參加了全程活動。在抵達倫敦前，他們會先在英格蘭地區停留幾站，倫敦最主要的研討會結束後，接著再前往布魯塞爾與巴黎參與延伸活動。對大多數新婚夫妻而言，在一眾美國神經學者伴隨下旅行三週——中間還得在某間大學禮堂參加爲時多日的會議——那無疑是噩夢般的蜜月之旅。但在盧絲眼裡，這彷若美夢成眞。她本不願在研討會結束後繼續到歐陸旅行，如果馬上回國，她就能提前一週回去照料病人……不過換個角度想，若能在月光下的巴黎和羅伯特散步，甚至在艾菲爾鐵塔前甜蜜一吻，那應該很浪漫吧。至少這趟旅程絕對會遠勝之前幾次的巴黎之旅，她不必被母親硬拖去愛瑪汀家的備用屋，不必在一個個知名女裝設計師的工作室虛度多日時光。

在歐陸旅行途中，盧絲和其他美國神經學界代表人物相處多日，也得到了難得的機會，和該領域最傑出的人才交流。她認爲自己沒機會參加研討會本身，於是把握時機在客輪上結識其他男士們，盡量和他們交談。

幸好即使在這種場合，羅伯特依然將她當同僚看待。在輪船上享用豪華晚餐時，羅伯特忙著和其他神經學者談話，仍不忘製造機會讓盧絲加入討論。其他太太們都趁著丈夫參加研討會的機會來歐洲度假，忙著討論客艙和餐廳的裝潢擺設，或是客輪廚師的廚藝優劣。羅伯特並沒有將盧絲晾在一旁和太太們聊那些無趣至極的話題，而是歡迎她一同議論幼兒階段的創傷可能對發育中的大腦造成何種影響，並一起探討腦脊髓液用以診斷疾病的可能性。

研討會前的旅途中，最有趣的旅伴無疑是約翰．弗爾頓[18]。沒想到輪船貨艙裡竟有幾隻黑猩猩，他準備將黑猩猩運至研討會場，用於大腦前額葉相關的演說。盧絲對此頗感驚奇，弗爾頓醫師竟然帶猴子搭上洲際輪船，而她也從羅伯特口中得知，這項針對大腦前額葉的研究，有希望奠定基礎，幫助醫界尋得治療瘋癲的新方法。她暗自決定，到時要鼓勵羅伯特去聽弗爾頓醫師的會報——她自己當然也很想去旁聽，但那樣的想法有些不切實際了。

第二屆國際神經學研討會的第一天終於到來，天才剛亮，盧絲就被羅伯特喚醒。

18. John Fulton，一八九九～一九六〇年，著名的美國神經學者，他於一九三五年帶領研究小組切除黑猩猩的前額葉。

「醒醒！我們得趕緊吃早餐，趁研討會開始前先把我們的展覽攤位布置好。」

盧絲困惑地看著他。「我們的展覽攤位？」

「是啊，我們得把我那些照片和研究資料全部擺好，讓越多與會者看見越好！」

「你要我跟你一起去？」她作夢都不敢奢望羅伯特邀她一同參與正式的研討會，甚至已經在母親的強烈要求下，安排和社交名媛莫娜‧馮‧俾斯麥外出購物，做好心理準備要整天和對方聊最新的流行，以及莫娜那些年長、富裕的交往對象。光是有藉口取消上述行程，盧絲就已經喜出望外，沒想到她竟然還能參加研討會……她已經迫不及待去開開眼界了。

「當然，親愛的。我知道妳對這些多麼感興趣，也希望妳全程都在我身邊，和我一起參加研討會。況且，會場想必會有非常多展示，我們需要兩雙眼睛才看得完呢！」

盧絲手忙腳亂地下床，立刻走到衣櫥前。她很可能是唯一與會的女性，必須盡量打扮得專業些。於是，她挑了件棕色西裝外套，搭配簡單的乾燥玫瑰色褶裙，以及一頂端莊而不顯眼的帽子。她一面繫上牛津鞋的鞋帶，一面想像母親看見她穿平底鞋的駭異表情，忍不住笑了起來。她今天會站一整天，可不能因腿腳不適而分神。

他們吃完雞蛋配吐司的簡便早餐，同時由羅伯特說明接下來數日的大致安排，接著搭計程車到高爾街的倫敦大學學院。他們走在大學氣勢宏偉的柱廊上，只見兩百多名男性正忙著架設各自的小展出，盧絲整個人都看呆了。她緊抓著展覽地圖，擔心自己迷路，羅伯特則從容地漫步在展區，對同行點頭微笑，全然神態自若。羅伯特數年前參加過在瑞士伯恩市舉辦的第一屆研討會，早已認識在場多位歐洲神經學界代表，因此能輕鬆地向這些準備在大廳展示最新研究成果的醫師與學者打招呼。

盧絲此時激動不已。童年每一次被輕視，每一次被鎖在伯納的書房門外，每一次被當作「傻女孩」看待，那些陰影都無法遮蓋此時此刻的光明。她終於有機會和在場的諸位大思想家相處，得以傾聽他們的言論、向他們學習。

「噢，太好了，看來我們被安排在埃加斯．莫尼斯[19]醫師旁邊的攤位。」羅伯特揮手，對方是個氣色不佳的年長男子。「莫尼斯醫師？」羅伯特率先大步上前，伸手去握隔壁攤位那名男子腫脹的手。「我是羅伯特．阿普特醫師，很榮幸認識您。我聽了您關於大腦血管造影的演說，實在印象深刻。我自己也開發了一種捕捉大腦影像的技術，將在這週和與會者分享並展示出來！」

「話雖如此，最終被醫學界採用的方法想必只會有一種。」

盧絲費了一番工夫，才聽懂對方帶著濃濃口音的回答，不過他那尖銳挖苦的語氣倒

19. Egas Moniz，一八七四～一九五五年，葡萄牙神經外科醫師，發明最原始版本的前額葉腦白質切除術。

是聽得一清二楚。眞是失禮，他們可是同行呢。所有研究都能導向進步——在研討會這樣的場合分享研究成果，不正是爲了讓整個神經學界一同邁進嗎？

「啊，莫尼斯醫師，您說得很對，但我還是很想讓您看看我的這門技術，也想聽聽您的高見。」羅伯特笑了笑，吹著口哨從手提箱取出一疊紙張與圖像。

盧絲爲羅伯特感到驕傲，面對如此不善的男人，他竟能保持友好與禮貌。羅伯特將幾張照片拿給莫尼斯醫師瞧，對方開始點頭表露出讚許。盧絲將這一幕看在眼裡，又一次對信心看似永遠用不完的丈夫刮目相看。

爲期四天的研討會一晃眼就結束了，最後一晚，他們終於回到大都會飯店的套房時，盧絲已精疲力竭，每個動作都彷彿與汪洋海流相抗。她費盡力氣走到中型沙發前，挪開自己這幾天收集的那疊文件，終於像布娃娃般癱倒在沙發上。至於羅伯特呢，他居然精神抖擻、興奮無比地在房裡踱起步來，滔滔不絕地說著話。

「……可見癲癇並不是單一疾病，而是腦中多種疾病的集合。」

「我同意。」儘管從內到外都疲憊不堪，盧絲仍強撐著和他討論。「而且他們用腦波圖去深入認識癲癇發作時的大腦活動，這種想法眞的非常有趣。我們也該多多應用醫院的器材設備，做一些不同的研究，這樣花在那幾臺機器上的經費也不算白費了。」

「好主意，我之後如果對妳提出採購計畫，也會考慮這一點。」他一面讚許地點頭，一面倒了杯水，接著繼續談論過去幾日的趣事。「妳有沒有看到奧托・斯汀那篇論文？他主張佛洛伊德提出關於潛意識的理論時，其實已經晚了休林・傑克遜[20]一步！」

「我就知道你會喜歡那篇論文。」盧絲微微一笑。她知道羅伯特認爲許多精神疾病都是神經方面的問題所致，因此他十分不屑佛洛伊德從精神分析角度去治療精神疾病的理論。看到領域內多數人大力推崇那位著名心理學家的做法，羅伯特深感嫌惡，也樂見別人推翻佛洛伊德那些理論的獨創性。「你對耶魯出身的那幾位醫師有什麼看法？」

「他們眞是了不起！妳果然獨具慧眼，在船上就注意到了弗爾頓醫師的不凡。他和雅克布森醫師[21]在他的靈長類實驗室做了十分出色的研究，他們這回的會報可說是整場研討會的精華！」

「我也這麼認爲。不瞞你說，我甚至想在回國後辦一場客座演講，邀請他們來分享研究成果。你覺得呢？」

「我贊成，也很樂意和他們多多交流。我認爲，他們對於大腦額葉的研究非常有潛

20. 全名John Hughlings Jackson，一八三五～一九一一年，英國精神病學家，因其對於癲癇的研究而聞名。
21. Carlyle Jacobsen，一九〇二～一九七四年，耶魯大學的神經學家。

力，有機會造就重大的突破。而且我相信這當中必定存在一些有助於治療瘋癲病人的東西。這部分我目前還沒整理出整合性的理論，但已經等不及要從這方面著手進行研究了。」

當盧絲和羅伯特接著討論這些天接觸到的研究成果，她有些訝異地發現，丈夫竟對他自己的展出隻字不提——他絲毫沒談到自己關於大腦成像的研究。盧絲從頭到尾觀察著研討會的安排及眾人迴響，認爲和埃加斯·莫尼斯的大腦血管造影技術相比，羅伯特的大腦成像技術明顯黯然失色。畢竟主辦方排了專門的時段讓莫尼斯分享自己的研究，羅伯特卻只能在大展廳擺攤。她原以爲此次歐洲行的動機是推廣羅伯特的新技術，沒想到羅伯特的想法未受重視，他居然還能眉飛色舞地談論研討會上的種種。

盧絲不愛拐彎抹角，此時也不例外：「你對莫尼斯醫師的展演有什麼看法？我起初覺得那男人太過自負無禮，聽完他的演講我才發現，他的想法其實非常有意思。」

「我就說吧。先前參加第一屆研討會，我就對他印象深刻了。」

「那這回聽到他關於大腦血管造影的演說，你有什麼看法？」

「喔，那個啊。」羅伯特漫不經心地偏過頭，彷若對她的提問不以爲意，盧絲忽然擔心自己無意間傷了他的心。「莫尼斯醫師顯然找到了很好的方法，醫學界也會重視他的發明，畢竟用他那一套方法做大腦成像，可以降低風險。既然有人已經找出更優秀的解方，那我自然不會再為次之的想法搖旗吶喊。」

「羅伯特，你真是了不起。」丈夫踱步經過時，盧絲溫柔地握住他的手。「換作是器量較小的男人，也許還會覺得自己的自尊和地位受到了威脅。」

「怎麼會呢，我反而深受那位葡萄牙醫師的研究啓發。這次有機會和他多多認識，我也覺得十分幸運。這幾天相處下來，我們雙方也親近了不少，希望之後可以和他合作。妳有沒有注意到，弗爾頓和雅克布森在演說時，莫尼斯醫師不停埋頭做筆記？不知他是否想到了什麼……」

「你有什麼猜想嗎？」

「這個啊，妳應該還記得弗爾頓和雅克布森的研究主題吧？」羅伯特頓了頓，切換至更專業的語調，動作及用字遣詞變得浮誇許多，似乎想確保盧絲完全聽懂他的意思。盧絲若非迷戀這位新婚丈夫，也許會為此心生不悅。她當然記得那兩人的研究主題，他們方才還正在討論這件事呢。儘管如此，她仍對羅伯特興致勃勃的模樣深感著迷。

「他們移除了黑猩猩部分的腦白質[22]，確切而言是移除了前額葉的連接部分。貝琪與露西——也就是之前和我們一同搭船來歐洲的兩位靈長類旅伴——」他俏皮地一眨

22.「白質」是大腦和脊髓的主要組成之一，控制神經元的訊號，協調腦區之間的正常運作。

眼。「——牠們在術前原本有暴力傾向，經常亂發脾氣，結果在術後就不再好鬥了。過去，牠們犯下特定的錯誤後，往往會大發雷霆；然而在術後，即使犯下相同的錯誤，受到相同的刺激，牠們也不再產生相同的暴力反應。」

「你認為那兩隻黑猩猩的腦額葉經過改變後，牠們便能冷靜下來，而這能進一步推論……」

「沒錯！我認為我的假說可能為眞。好鬥與難以預期的行為，很可能眞的和額葉的神經學條件相關。妳想想看，假如我們成功找出這些關聯處，並且斷開負面的連結，那能達到何種效果呢？這樣就有機會排除各種負面行為了。」他繼續說：「我對這其中的作用機制還不太清楚，但幾乎可以肯定，莫尼斯醫師也想到了這一塊。這份研究或許開啓了精神病療法的全新篇章！它比我的大腦成像研究重要太多太多了。眼下雖然還無法明確地預測這方面的發展與進程，不過，我覺得我們已然面臨某種重大的進步。」

羅伯特從房間另一頭走回到盧絲身邊，握住她的手將她拉起身。「我知道妳累了，可是今晚絕不能白白浪費！來吧，我們出去好好慶祝一番，好不好？」

盧絲已經快睜不開雙眼了，遑論站起身，但為了羅伯特，她願意竭盡全力。見他這般高興，盧絲怎麼能阻止他慶祝呢？

第8章

盧絲踩著歡快的腳步走下長廊，走廊兩側門扉開啓，門前地板反射了明豔的陽光，邀她入內。她十分享受度蜜月的每分每秒，但現在終於回來工作，她還是喜不自勝。辦公桌上一疊疊文件看來得花費好幾天才整理得完，但既然已經放這麼久了，多放幾個鐘頭想必也無妨。她今天最重要的任務，就是去探視病人。

精神病院總是混雜著叨叨絮絮、嘻嘻笑笑、哀嘆呻吟的背景音，然而今天盧絲將這一切聽在耳裡，竟覺得連難受的呻吟聲也相當悅耳。她決定不按照平時的巡視路線，而是逆著來，先去探望私人病房的病人，如此她便能先確認所有富裕「太太、小姐」們的狀況，接著再到醫院的其他區域探視較貧困的公費病人。

此時，私人病房的女病人們正在上晨間繪畫課，盧絲走進畫室，開心地站在一旁看著兩個女人用炭筆素描。她耐心地等待病人注意到她，但那兩人都聚精會神地作畫，於是她輕輕走近。「女士們，早安，妳們今天在畫什麼呀？」

「愛瑪汀小姐！」年紀較長的女病人從椅子上一躍而起，藍色帽子上高高豎著的羽毛險些掉了下來。「妳來了！」

「雷頓太太！妳今天打扮得眞是喜慶啊。」盧絲仔細端詳面前的女人，只見女人濃妝豔抹，好幾顆門牙都沾上了粉色口紅。除了華麗的帽子，雷頓太太還穿了件曳地長洋裝，戴上好幾條項鍊和手環。「哇，妳穿了這件洋裝、戴了這頂帽子，還有這許多件首飾……是不是早就料到我會來看妳們？」

「都只是些廉價的玩意兒罷了。」女人嫌惡地說：「我可不敢在露依絲面前亮出眞鑽首飾。」雷頓太太故意扭頭不看身旁另一位女病人。「那些都好好地收在我的銀行保險箱裡。我才不跟妳說是哪一箱，免得妳也想偷我的寶貝。」

「我怎麼敢呢。」盧絲微微一哂，心想終於回到她所熟悉的瘋狂世界了。艾芙琳．雷頓過去曾是知名百老匯演員，直到她和某位男星的緋聞傳開，她似乎陷入了無可治癒的精神錯亂狀態。她丈夫聲稱自己實在無法應付她的歇斯底里——畢竟他自己也飽受被戴綠帽的折磨——於是將她送進了愛瑪汀醫院。但是盧絲明白，艾芙琳的丈夫依舊很愛她。時至今日，他還是花大錢讓艾芙琳住單人病房，費心將她大部分的衣裝都搬進了醫院，甚至偶爾安排妻子在醫護人員陪同下，到醫院外觀賞非公開的戲劇演出。

「露依絲，妳看吧，我就說她會回來——」雷頓太太洋洋得意地原地轉圈。「——她果然就回來了！」

「艾芙琳妳這個老不死的，別學小孩子那種幼稚的舉動了。」露依絲目光不離畫紙，盧絲感覺對方是刻意不轉頭過來看自己。

「迪靈頓太太，妳是擔心我不回來了嗎？」盧絲繞到露依絲的座椅旁。女人身穿整潔的花呢套裝，一頭短金髮卻油膩地垂在臉畔。不知她上一次洗澡是什麼時候的事？盧絲心裡雖這麼想，但還是握住露依絲．迪靈頓沾滿炭灰的雙手，低頭試著直視對方雙眼。「我這次眞的離開了很久，是不是？」

「妳不在的時候，我都老了兩歲！」露依絲從盧絲手裡抽回雙手，視線仍緊緊盯著畫紙。

「親愛的，我只是外出幾週而已，而且妳今年十月才滿三十歲，我可是一清二楚喔。我們之前不是討論過要怎麼幫妳慶生嗎？還說要特別幫妳準備草莓奶油蛋糕？」只見露依絲臉上逐漸浮現了恍然，勉強一點頭。盧絲接著說：「哇，妳瞧，妳素描的這隻鴿子畫得眞好。我不在的這段期間，妳是不是多上了幾堂藝術課啊？」

「沒，就照平常的時間上課而已。」露依絲語調平板地回答。她似乎心情陰鬱，甚至不願和盧絲開玩笑。在露依絲心情稍微好些時，她其實會主動和盧絲逗趣談笑，盧絲也樂於看到女人在週末心情好時，和每週六固定來訪的丈夫愉快相處。可是今天，對方顯然沒心情說笑。

「迪靈頓太太，妳應該知道我前陣子爲什麼不在吧？我不久前結了婚，去度蜜月呢。」露依絲又點點頭，姿態卻依然生冷。「我可以對妳保證，短期內我不會再外出了，希望妳願意和之前一樣，下午和我去散步。我的水畔木板道工程就快完工了，很想帶妳去看看最新的進展。好了，女士們，今天是我出遠門後回醫院上班的第一天，恐怕只能和妳們簡短地打聲招呼。但我保證，這幾天會再回來陪妳們多聊一會兒，也希望兩位願意讓我看看妳們最新的繪畫作品！」

盧絲走出畫室時，露依絲微微點頭，表示聽見了。艾芙琳則是揮揮手。「歡迎回家。」

家啊……直到此時，盧絲才意識到自己有多麼想念這種家的感覺。她步伐堅定地走下廊道，同時暗暗決定要抽空找露依絲．迪靈頓的主治醫師談談，也許得用冰浴或痙攣療法幫助她破除目前的憂鬱狀態。

盧絲當然很想好好探視醫院裡所有的病人，不過她有個最想見的女孩子——潘妮洛普．康納。這女孩已經在愛瑪汀醫院住了幾年，兒時不幸因大型流感失去了父母，後來嫁給一個圖她錢財的男人。男人發現她的財產都鎖死在由姑姑管控的信託時，絕情地離她而去。潘妮洛普搬回姑姑家居住，開始爲了「保持乾淨」而自殘，後來演變成不時發作的暴怒。

潘妮洛普的姑姑用那筆存在信託中的金錢，讓潘妮洛普舒舒服服地住進了愛瑪汀醫院，這些年來一次也未曾遲交費用。儘管如此，那位姑姑自從數年前送潘妮洛普入院、將大包小包的行李帶來之後，就連一次也沒來探望過姪女。盧絲很是同情潘妮洛普，也相信在得到適當的支持後，這個可憐的女孩定然能痊癒。

盧絲本以爲會在繪畫班遇到潘妮洛普，沒想到對方不在那裡。她又來到潘妮洛普的病房，只見房裡空無一人，似乎已經多日無人使用。盧絲不禁心跳加速。莫非那女孩出事了？

「萊利護士？」她對走廊另一頭喊道，叫住了一個頭戴小白帽、匆忙走過的人影。「是妳嗎？」

「愛瑪汀小姐，歡迎回來！」

「現在是阿普特太太了。」盧絲微笑著對走近的護士說。「潘妮洛普．康納去哪了？我今早本想來看看她的。」

「啊，恭喜妳呀，阿普特太太！」萊利護士握著盧絲的手賀喜，臉上的笑容卻逐漸變得苦澀。「潘妮洛普恐怕已經轉到安全病房了。」

「什麼？怎麼會！發生什麼事？」

「愛瑪汀小……阿普特太太，我早就告訴過他們，妳聽到她被轉過去，肯定不樂意。妳不在的時候，潘妮洛普又發作了，不僅會摳自己皮膚，還頻繁洗手，洗到手指都出血。她臉上結了好多痂，我甚至擔心她會因此皮膚感染。」護士繼續說：「我試著讓她躺入水療室的浴池，沒想到她開始亂砸東西，我的眼睛都差點被書本的尖角砸傷了！我跟醫師說我沒事，但他還是堅持要束縛潘妮洛普，我也沒資格反對。我只是個普普通通的護士——哪像妳呢。」她對盧絲討好地一笑。

「天啊。」盧絲搖了搖頭，快步朝側廳的出口走去。「萊利護士，謝謝妳，妳已經盡力了。」她回頭喊道：「妳做得非常好，之後也麻煩妳繼續這樣盡心地照護病人。」

盧絲匆匆穿行多幢建築，穿過醫院的其中一座庭院，接著下樓到安全病房所在的低樓層。整座醫院外圍都設有十英尺高的鐵柵欄，以免病人不慎走出院區，在曼哈頓街道上遊蕩。不過平時病人都享有相對的自由，得以在自己的病房內走動。話雖如此，安全病房又是另一回事了。這幾個側廳和監獄較爲相似，在多處設置了鐵柵及門戶。精神病院不能沒有安全區域，如此才能確保病人與職員的安全，然而當盧絲用萬能鑰匙開啓該區大門時，還是忍不住全身一顫。潘妮洛普不是向來溫順嗎？怎麼會被關到這種地方？

終於來到潘妮洛普的房間時，盧絲盡量歡快地打了聲招呼：「妳好啊，潘妮！」結果話還未說完，就硬生生變成了駭異的驚呼，她驚恐地將房內情景收入眼底。

「她怎麼被這樣拘著？」盧絲怒不可遏。潘妮洛普身形纖瘦，體重不超九十五英磅，然而女孩不僅被挪出了女病人側廳那間舒適的單人病房，和愛瑪汀醫院那些最暴力、最不受控的病人一起關入安全病房，甚至還被拘束衣緊緊束縛。

「這是醫師的指示，小姐您得去問問他了。」護理員表示。

「我就是這麼打算的，但在那之前，請你幫她脫下拘束衣。潘妮洛普可是溫和得像隻小綿羊，根本沒必要這樣綁著。潘妮，親愛的，妳還好嗎？」潘妮洛普點點頭，然而盧絲細細端詳她的臉，卻發現對方臉上滿是抓痕和結痂，眼睛也哭得紅腫，還因失眠而多了深深的黑眼圈。「噢，親愛的，妳又在搓臉和抓臉了嗎？」盧絲試著對上她的視線，潘妮洛普卻垂頭盯著地板。

「對不起。」

「沒關係的。」盧絲輕柔地抱住潘妮洛普，然後再次轉向一旁的護理員，平靜但堅定地說：「請立刻脫除她的拘束衣，這個女人並不需要被如此束縛。」她看見護理員臉上的猶豫不決。「這位先生，你知道我是誰嗎？」對方宛如受驚的鹿，愣愣盯著她。「我是這間醫院的副院長，我可以向你保證，基松醫師若知道我對你下了這個指令，必然也會同意的。我可以另外對你保證，我馬上就會去和他談話，討論你們進行這些不適當處置的理由。」

男人遲疑地遵從指令的同時，盧絲走到廊上，用洗手臺的溫水沾濕了毛巾，然後回到潘妮洛普床邊，開始溫柔地替女孩擦額頭。護理員離開房間的瞬間，潘妮洛普便開始號啕大哭。

「我以為妳走了，以為妳丟下我！眞的很對不起，我眞的太緊張了。我只是想維持乾淨、維持健康而已。可是他們叫我別再洗手，還不讓我把臉弄乾淨，可是我非得弄乾淨不可啊！」

「沒事了，潘妮洛普。還記得我之前說的話嗎？我前陣子結婚，度蜜月去了。我不是說我過一陣子就回來嗎？」

「可是他們當初也說母親和父親只要去療養院住一小陣子，很快就回來，結果他們就再也沒回來了。」

「親愛的，我知道妳很思念他們。那場恐怖的流感奪去太多條性命，但是——」她抬起潘妮洛普的下巴，凝視她的雙眸。「——還記得我們先前的談話嗎？那場疾病並沒有奪去妳的性命！妳很堅強，妳活下來了，而妳這些成見也都可以消除。我們一定會讓妳好起來。」

「我想要好起來。眞的。可是有時候我會被這些情緒吞噬，怎麼也克制不了它們。」

「我們現在的首要任務，就是帶妳離開這間病房。讓我們回歸原本的規律，好不好？偶爾下下西洋棋，甚至可以去交際廳稍微跳個舞，怎麼樣？」盧絲試圖用微笑安慰她，看著潘妮洛普的臉上逐漸恢復神采。「我可能得花一點時間，才有辦法把妳轉回私人病房。在調度完成之前，我們帶妳去水療室，泡個暖洋洋的澡吧。」

「不要，我不要泡澡！」潘妮洛普掙扎了起來。

「爲什麼不要？妳不是最愛泡溫水澡嗎？」

「妳不在的時候他們騙我去泡澡，可是水好冰好冰，我都感覺不到自己的身體。然後他們都不放我出去，他們都……」她緊閉著雙眼狂亂地搖頭，彷彿又一次經歷了當時的不適感。

「也許他們是不知道妳怕冷。眞的很抱歉，原來我不在的這段期間，院裡是這麼混亂！我對妳保證，這次的水一定會很溫暖，我會親自幫妳確認。」盧絲微笑著握住潘妮洛普的手。「妳在這裡等著，我會幫妳準備好一切。」

等到盧絲與羅伯特終於辦完工作、準備離開醫院時，時間已來到晚間九點了。離去前，盧絲特意去確認潘妮洛普的狀況。見女孩回到雅致的單人病房、寧靜地在床上熟睡著，盧絲便安心下來。潘妮洛普的頭髮洗乾淨了，身上穿著一塵不染的睡裙與睡袍，臉上也不見新的痂。

「親愛的，祝妳一夜好眠。」盧絲一面溫柔地幫纖瘦的潘妮洛普掖好被毯，一面輕聲說。回來的第一天雖然漫長，卻也十分充實。

第9章

「好美的花呀！盧絲啊，看來妳終於同意讓賈尼先生把妳加入每週訂一束鮮花的客戶名單了？」

盧絲強行擠出了假笑，對母親點點頭。盧絲很喜歡鮮花，還記得從前在木蘭崖居的花園裡，她總是和祖母索菲亞一同摘採鮮花，那些都是快樂的回憶。盧絲和祖母沒什麼共同點，索菲亞是那種典型的社交名媛，見盧絲對交際興致缺缺，她甚至比海倫更爲納悶。儘管如此，她和孫女還是有個共同愛好：同樣熱愛大自然。唯有在花園裡，索菲亞才會允許自己身上沾染塵土，還盡可能撥空照料她親手栽種的蔬菜、香草與各式各樣的奇花異卉。盧絲也喜歡幫忙照顧花草，一做就是好幾個鐘頭。

盧絲喜歡牡丹花盛開時，花瓣那天鵝絨般的觸感，還有花朵清幽的芬芳。她喜歡將色彩妍麗的長莖劍蘭花按彩虹色序排列，也喜歡輕啃現採的薄荷和羅勒。話雖如此，若要特地請人把鮮花送上門，看著花朵在短短幾日後凋萎，再丟棄它們，感覺實在太浪費了。她寧願將錢用來救助他人。但羅伯特喜歡在家中擺放鮮花，而且盧絲父母現在每月都會來共進晚餐，母親對他們的鮮花擺飾相當滿意，盧絲也只好妥協了。

她現在每週會花一筆錢訂購花束，同時將金額相當的另一筆錢交給蘇西，請蘇西代為分發給移民社區的住戶。如此一來，她至少能稍微抵銷每週購買鮮花的奢侈，把錢用在值得的地方。

和羅伯特婚後這九個月，盧絲的生活發生了許多小變化，連她自己也感到驚奇。

他們雖已在婚前同居，但「正式」搬入她的四層樓連棟別墅，也是度蜜月回來之後的事。連棟別墅位於東二十六街，地點相當理想，除了能輕鬆地通勤到醫院上班，它還在麥迪遜廣場公園旁，但剛好位於轉角，稍微遠離了公園的喧囂。當夫妻倆坐在中庭花園時，可以享受與世隔絕的寧靜。

這幢連棟別墅原本是盧絲輕鬆的獨居寓所，屋裡放了些奇奇怪怪、雜七雜八的物件，大多是海倫不要的東西，而如今在羅伯特與海倫的努力下，它搖身變成了新婚夫妻正式的住家。

羅伯特認為，既然他們是醫學界的創新人士，那他們的房子也該反映出這份前衛思想。他開始添購包浩斯風格的簡潔家具，比起裝飾性，他更重視家中擺設的功能性。此外，他還徵求岳母的幫助，逐步實踐他的理想。海倫熱愛現代居家裝飾，雖然最新的設計趨勢完全不符合她與伯納居住的那幾棟房子，她卻認同羅伯特的想法，認為包浩斯風格完美符合他與盧絲的性格。於是，經過羅伯特欣然同意與盧絲不太情願的允准下，海倫將盧絲以往多種風格大雜燴的屋子，改造成了符合當代美學標準的傑作。

盧絲從未住過這樣的房子。屋裡沒了天鵝絨、印花布或雕木，取而代之的是亮面金屬、皮革與亮漆，彷彿在迎接全新的時代。她挺喜歡這種新穎感。

羅伯特提議了每月邀伯納與海倫來共進晚餐。海倫見女兒終於開始扮演妻子的角色，簡直是喜上眉梢（但事實和海倫的幻想大相逕庭）。盧絲不曾招待過賓客，儘管家中有廚師和管家幫忙，但每到海倫與伯納來訪的日子，她仍感到異常焦慮。臨近父母拜訪的時日，她就會提前一週開始規劃晚餐菜色，苦思當晚是否該邀其他客人來用餐、自己該如何打扮。她實在無法體會母親對這些繁瑣乏味之事的享受，卻還是進一步認識了這其中的辛苦。

羅伯特與海倫有了設計這門共同愛好，關係變得相當親近，可惜他和盧絲的父親就沒有那般和睦了。伯納起初很欣賞羅伯特，然而過去數月來，盧絲觀察到了某種變化，使得他們夫妻與岳父母團聚時的氣氛更加尷尬。今晚，他們用完晚餐後一同坐在客廳，海倫與盧絲坐在鋪著緊緻椅墊的流線型沙發裡，伯納和羅伯特則坐在壁爐前的單人椅上。盧絲感受到房裡氣氛變得越發緊繃，壓力逐漸攀升。

「父親，你眞該去聽聽羅伯特的週末講座，他每次辦活動都人滿爲患。」

「是啊。」羅伯特得意地說：「據說附近的醫學生現在有了新流行，喜歡相約來聽講座呢。紐約醫學院後來只能提前售票，這才能確保每一位觀眾都有位子坐。」

「售票？不過是醫學院的講課，哪有這麼誇張？真的還假的啊。」

「伯納！」海倫對丈夫投了個譴責的眼神。「既然他都這麼說了，那自然是真的。羅伯特，那聽起來是很值得期待的活動，我是不是也該去瞧瞧呢？」

「當然很歡迎，人多才熱鬧嘛。不過我得先警告妳，講座的內容可能有點血腥。」

「妳不會對那些東西感興趣的，海倫。」伯納粗聲說道。

「縱使母親不喜歡，父親想必還是能聽出其中趣味吧。羅伯特的演說很富戲劇性，學生都聽得目不轉睛呢。」

「戲劇性？醫學課程何必搞得像表演一樣？」

「您說得沒錯，確實沒有那個必要，但以我過往的經驗，班上學生越是專注地聽我演講，就能學到越多。說來神奇，比起只看著醫學課本中的插圖，學生旁觀我解剖屍體大腦的過程，反倒更能挑起他們對於神經解剖學的興趣。」羅伯特又往椅子上靠了靠，輕扯山羊鬍，然後啜一口餐後酒。

「我倒認爲，只有無法自然地吸引觀眾注意力的人，才需要這樣譁眾取寵。但既然大學喜歡這種教學方法，那也輪不到我來評說什麼。」

盧絲看著羅伯特的神情變得生硬。她父親雖未曾抬手，卻彷彿一巴掌搧在了羅伯特臉上。盧絲太熟悉這種感受了，但沒料到父親也會同樣用言語打臉羅伯特。她全身僵硬地坐在原位，心中義憤填膺，恨不得出聲責罵父親，但又不敢面對此種行爲的後果。忽然間，她母親又一次插話。

「伯納，這的確輪不到你來評說。」海倫對丈夫投了個輕巧卻帶有譴責意味的眼神。「屍體啊……看來那不是我能看的場面，不過想必非常值得一觀。」

盧絲聞言心中五味雜陳。她感激母親站出來替羅伯特說話，卻也恨母親未曾這樣幫過她。

「我的學生也都這麼說。」羅伯特對海倫笑了笑。「時間不早了，您兩位是不是該早點回家了？」羅伯特站起身，盧絲還是頭一次聽到他語調如此森冷。「海倫，我每次見到您都非常高興，這次當然也不例外。」他伸手扶起海倫，無視了伯納，領著岳母走出客廳、朝大門走去。一時間，客廳裡只剩盧絲與伯納兩人乾坐著。

「父親，」盧絲遲疑了。她眞的要冒著再次惹怒父親的風險，出言責怪他嗎？見父親頭也不抬，她接著說：「剛才那樣說，有點刻薄了吧？羅伯特眞的爲醫院貢獻了不少，我們不是該對他表示支持嗎？」

「面對他人的空洞淺薄，我當然有指正的責任。一個男人若需要從阿諛奉承中得到自信，那還算什麼男人？」

盧絲不禁感到怒火中燒，只默默隨伯納起身走到前門。

「晚安。」伯納生硬地說了一句，但不算是對特定某一人打招呼。他既沒有和羅伯特握手，也沒有親吻盧絲的臉頰。

「晚安，親愛的。」海倫尷尬地抱了抱女兒，然後盧絲雙親就這樣走下前門臺階，上了車，讓等候已久的司機送他們返家。盧絲握住羅伯特的手，緊緊握著不放。

她知道父親想當家中唯一的主宰者，但他的地位岌岌可危。盧絲敢肯定，羅伯特在研究與事業上就快有重大突破，這只不過是遲早的問題罷了。

第10章

盧絲與羅伯特沒花太多心力就培養出規律的生活。

平日早晨，他們會來到連棟別墅俯瞰花園的早餐區，坐在小餐桌旁用餐，然後一同去醫院上班。他們的工作時間比大多數職員長得多——畢竟到了夜間，病人終於睡去後，羅伯特才好進行研究。夫妻倆婚後便不常光顧摩洛哥之味或鸛鳥夜總會，但羅伯特仍喜歡在夜間去城裡遊樂，而且老實說，盧絲也愛上了外出用餐和跳舞的這些夜晚，幾乎和丈夫玩得同樣盡興。當班尼·古德曼[23]或其他大爵士樂團在餐館演出時，夫妻倆偶爾會讓自己放縱一下，暫且遠離工作、外出享樂。

到了週末，他們便會前去木蘭崖居。此時還未到夏季，不必擔心會在木蘭崖居碰到盧絲父母。在這種寧靜的週末時光，盧絲會穿上厚外套，到外頭悠閒地散步，留羅伯特在別墅裡工作。

某個大風陣陣的春日，盧絲散步回來，就見羅伯特在別墅的主廊道來回踱步。只見她的丈夫一頭亂髮，想必是在苦苦思索的過程中，雙手無數次撥過了頭髮。壁爐旁的皮革飛翼扶手椅附近有一堆堆紙張散落，而羅伯特皺巴巴的上衣沒有紮好，長褲的吊帶也垂在腿邊。

「就是這個！盧盧，我百分之百肯定，答案就是這個。」羅伯特抬頭看向她，抬手晃了晃手裡一本厚厚的期刊雜誌，雙腳仍不停踱步。「莫尼斯成功了。記得之前的黑猩猩實驗嗎？莫尼斯用人類受試者進行了同樣實驗，受試者是二十個病人。二十個！」

「羅伯特，你到底在說什麼？」

「妳問我在說什麼？那我告訴妳：莫尼斯對二十個病人的大腦做了手術。去年參加研討會時，我就覺得他似乎在規劃什麼，我當時不就跟妳說過嗎？我看得出，他一定是有了某種想法。果不其然，我近來想探討的這個假設，被他給證實了！」

「他證實了什麼假設？」

「他證明了關於額葉連結的假設！」

盧絲踩著長長的中式地毯走過去，不偏不倚地擋在羅伯特面前，阻止他繼續來回踱步。「我們坐下來討論吧？這樣我才能暖暖身體，你也能放慢步調，好好跟我解釋這件事的來龍去脈。」她拉起丈夫的手，領著他回到書房，然後爲他和自己各倒了一小杯白蘭地。

---

23. Benny Goodman，美國知名單簧管演奏家，被譽爲「搖擺樂之王」。

他們在壁爐前坐了下來，小口啜飲白蘭地。盧絲開口：「現在你能仔細告訴我了吧？莫尼斯醫師究竟做了什麼？」

「還記得我們在倫敦聽的那場會報嗎？弗爾頓和雅克布森的黑猩猩？」盧絲點點頭，她當然記得。「莫尼斯改用二十個病人做實驗，這些人患有嚴重程度不一的精神失常和躁動型憂鬱症，莫尼斯對他們進行了手術──他稱這種手術為『腦白質切除術[24]』。術後，不僅所有病人都存活下來，他們的病症也好轉了，每個人都變得較不暴力、較溫順，甚至是更加快樂。盧絲，這就是問題的答案！答案就是外科手術。我們得剃除大腦的核心部分。愛瑪汀醫院有望成為將腦白質切除術引入美國的起始點，我也能成為將這項技術引入美國的人！」

「你眞如此認爲嗎？」盧絲心跳加速。羅伯特的興奮雀躍傳染給了她，她不禁跟著激動起來。

「盧絲，我不只是這麼『認爲』，我是萬分肯定！」羅伯特一躍而起，方才被他放在地面的小酒杯頓時碎了一地。

盧絲低頭看著地上的水晶碎片，以及那一灘顏色逐漸加深的緋紅酒水，杯中剩餘的白蘭地就這樣滲入了地毯。記憶中，上次有玻璃碎在這座壁爐前，就是哈利最後一次來木蘭崖居之時。當時伯納要他前往佩恩．惠特尼精神診療所接受治療，哈利氣得抬手將酒杯往壁爐前的地上一砸——盧絲還是頭一次見哥哥如此對父親發火。現在想來，假如當初哈利有機會接受腦白質切除術，盧絲的人生軌跡是否會變得完全不同？哈利有沒有可能活到今天，一直陪伴著她？

她揮開了這個想法，羅伯特則接著說了下去，沒注意到她方才那片刻的憂愁。

「我們必須僱一位神經外科醫師……越快徵到這方面的人才越好。我大概知道該選誰了。我自己雖然對大腦的每一個角落都十分了解，可能也有能力實際探索人腦，但我沒辦法獨力對活人做開顱手術。可是呢，一旦有這位外科醫師幫忙……」羅伯特轉向盧絲，熱情地抱住她。「親愛的，這就是答案！我打從心底相信，這就是問題的解答。」

愛德華．威金遜（Edward Wilkinson）是個年輕的神經外科醫師，過去曾在耶魯大學工作，當時就是在弗爾頓的靈長類實驗室從事研究。他對羅伯特的研究方向十分感興趣，有一回羅伯特在紐哈芬市客座演講，活動結束後威金遜醫師還特地找羅伯特聊了一番。羅伯特被吹捧得相當愉悅，也認爲對方是可塑之才，因此過去數年一直和這位年輕

24. leucotomy，又稱腦白質切斷術。

醫師保持聯繫。羅伯特確信，愛德華絕對會是執行這項新計畫的完美搭檔。

威金遜醫師目前還未累積太多專業經驗，卻已受到多位教授大力舉薦，而且充滿熱忱和決心——羅伯特告訴盧絲，那人很像從前的自己。一旦決定了方向，將神經外科視爲精神疾病新療法的關鍵時，羅伯特心裡已經很清楚：愛德華·威金遜是絕佳人選。

話雖如此，盧絲還是堅持按部就班地跑一次徵才流程，和數十位醫師面談，確保自己充分調查過所有的候選人。到最後，她終於認同羅伯特的想法，相信愛德華就是他們的不二人選。

「他和我面試過的大多數人全然不同，這也是大大的好事。」盧絲興奮地對上司說。

「啊，沒錯。」查爾斯·海頓笑道：「神經外科醫師大多傲慢又難相處，對吧？」

「還眞是傲慢得驚人！他們每個都對自己和自己的成就無比自豪，卻似乎對我們這裡想從事的工作毫無興趣。至於威金遜醫師呢，他不僅有在靈長類實驗室工作的經驗，還是所有應徵者當中，唯一聽過莫尼斯醫師那項腦白質切除研究的人。」

「但其實在神經外科領域內，應該還沒幾個人聽過那項研究。如果不是聽妳和妳丈夫的說明，我現在也會對腦白質切除術一無所知。」

「你說得也對。」盧絲思忖著，頓了頓。「我也許是被羅伯特影響了吧。想當初，我還笑他老是擅自認定，所有人都了解他在研究的那些尖端科學和技術。結果現在，連我也開始這樣說話了！」想到這裡，盧絲微微一笑。「無論如何，我認爲威金遜醫師就是最合適的人選。」

愛德華．威金遜的言行舉止極其低調，必須仔細端詳，才會發覺這個人實際上身材高䠷、儀表堂堂。他謙虛的姿態，再加上顯而易見的聰明才智，讓他在盧絲眼裡顯得格外出眾，最後也博得海頓院長的青睞。

「威金遜醫師，我很想親耳聽你說說，爲什麼對這份工作感興趣？它畢竟和傳統神經外科醫師的工作大不相同。」

「好的，沒問題。我感興趣的部分，或許不能完全劃入傳統神經外科的範疇吧。」他原先盯著自己躁動不安的雙手，此時抬頭直視盧絲與查爾斯，當他額前鬆軟的金髮不再遮擋雙眼時，盧絲因那雙眼眸中鮮明的蔚藍而怔愣片刻。「海頓先生、阿普特夫人，我對人心這道謎題非常感興趣，一直很想觸碰它、治癒它。我想盡可能成爲最可靠、最精確、最有效的外科醫師，但同時也想用自己的能力造就進步。」

「原來是這樣，很好的志向呢。那麼你想要帶動的，是什麼樣的進步呢？」查爾斯點點頭，鼓勵他說下去。

盧絲暗自一笑。聽威金遜醫師說話的語氣，大腦手術對他而言彷彿像早上送牛奶般稀鬆平常。不僅盧絲對此受到吸引，相信查爾斯聽了也同樣對他刮目相看。

「阿普特醫師的研究——也就是院長您支持的這些研究——基本上是靠外科手段重新整理大腦連結，達到增進病人健康的效果。在我看來，一個神經外科醫師受過的所有訓練、學過的所有技巧，就是該用在這種地方。阿普特醫師提出了許多了不起的想法，而且能夠應用他對於神經學和心理學的知識，再結合我的外科專業……相信我們一定能找到幫助病人的新方法。我的職涯中如果能有這樣的成就，就再好不過了。」

「既然如此，威金遜醫師，我們很樂意邀請你加入敝醫院的團隊。」查爾斯站起身，伸出手走向年輕男子。「你什麼時候能開始上班？」

第11章

愛德華的出身並不高貴，是在愛荷華州的玉米田間長大；他出身農家，是七個孩子中的第三子。從小他就對事情運作的機制感興趣，農場上有什麼器械故障都是由他來修理，他也總是耐心又細心地將機械拆解、修復後組裝回去。當愛德華年紀更大一些，這份興趣便轉而朝醫學領域發展。對他的家庭而言，光是送他去讀大學就已經很吃力，遑論供他讀醫學院，但醫學可說是愛德華的天職。他努力不懈地申請上耶魯大學，並費心爭取到多項獎學金，確保自己能完成學業。儘管家人在經濟方面幫不了他多少，他們仍對愛德華的成就驕傲不已。

盧絲從沒遇過和羅伯特同樣不屈不撓的醫師——然而現在，她發現愛德華在工作時，也同樣不知疲倦。兩個男人開始日夜勤奮不懈地工作，往往在醫院待到深夜，忙著完善他們的腦白質切除技術。

愛德華雖然生性靦腆，不久後卻能和盧絲自在相處。兩人的身家背景判若雲泥，但是價值觀十分相似——他們都將幫助他人視爲第一要務——因此短短數月過後，他們就培養出了默契。有時羅伯特不會認眞聽盧絲的話，愛德華卻總是能仔細傾聽，盧絲也很快便將對方視爲重要的同仁與好友。

盧絲都會在醫院待到羅伯特準備收工回家爲止，而既然羅伯特與愛德華在密切合作，他們三人往往會同時下班、一起離開醫院。

「我聽羅伯特說，你的外科技術可說是神乎其技。」某晚，盧絲與愛德華在她的辦公室等羅伯特時，她對愛德華說：「相信你已經對他這個人有所認識，知道他不會輕易讚美別人吧？而且他也大力誇讚你對大腦的了解，說你不僅知道大腦每一個部位的位置，還能說出每道褶皺和每處角落的功能。羅伯特說，你的這些學識對研究非常有幫助，大大加快了進展呢。」

愛德華聞言紅了臉。「其實我們能在研究上有所進步，都是妳丈夫的功勞。」

「別這樣說，在我看來，他是多虧了你的技術，才能做出這些成果。話雖如此，我確實有點擔心……我和羅伯特成天泡在醫院是一回事，但連你也整天待在這裡工作……」她微微一頓，對愛德華笑了笑。「除了工作以外，花點時間經營私生活也是好事，這你應該明白吧？」盧絲實在不敢相信自己對愛德華提出了這種建議，說起話來怎麼像三姑六婆似的？

「妳不用爲我擔心，反正我本來就不怎麼喜歡交際，而且我們的研究進展得很快，眞的很令人期待。感覺我們每天都能更進一步，很快就能完善這門技術，在醫院裡應用這種療法了。」愛德華繼續說：「精神疾病在生理上似乎無跡可尋，在心理方面卻再明顯不過。如果能用外科手術治癒這種疾病、改變病人的人生，那不是很了不起嗎？有時，我和妳丈夫在實驗室裡工作，卻感覺自己像是和羅阿爾．阿蒙森[25]航行在南極洲寒冷的海上，即將發現地球的南極點。」

盧絲注視著愛德華，知道自己找到了意氣相投的伙伴。她再怎麼催促愛德華交友都沒有用，因爲和他們開創性的研究相比，任何女性都只會黯然失色。儘管如此，她還是希望愛德華能找到自己的伴侶——盧絲正想這麼告訴他時，卻見羅伯特興沖沖地開門衝了進來。

「愛德華，我又收到了莫尼斯的回信，他眞是太大方了！」

「大方？」盧絲不禁莞爾。「莫尼斯醫師再怎麼樣也稱不上大方吧。」

「盧絲，這次我就不得不認同妳丈夫的說法了。我從前只知道莫尼斯醫師的風評不佳，後來羅伯特開始和他書信往來，我才發現，他其實很樂意和別人分享自己的研究細節。」

「確實如此，而且這還是目前爲止最詳盡的一封信！看看這個——」羅伯特一把將

25. Roald Amundsen，挪威極地探險家，於一九一一年率領團隊成爲首次抵達南極點的探險隊。

信紙推到愛德華面前。「他不僅把手術的細節告訴我們，甚至還幫我們介紹了替他製造白質切除器的法國製造商！」

「這樣太好了！用現有的這些器材，總是難以好好切入腦葉。」愛德華看向盧絲，對她解釋道：「我們必須用器材在大腦內進行特定的操作，但如此一來，勢必會擴大傷口，所以我們還在尋找盡可能縮小創口的方法。」

「沒錯！再看看這個。」羅伯特攤開一卷圖示。「莫尼斯還眞聰明，這細棒的尖端有個可伸縮的圓環，看樣子你可以把棒子插入之後，張開或收緊圓環部分，再把切除器尖端從頭顱內取出。」

盧絲挪近一些，隔著羅伯特的肩膀看向圖紙，而兩個男人都興致勃勃地研究起來。「羅伯特，我想有了這些資訊，我們很快就可以開始做眞正的實驗了。」愛德華表示。

羅伯特拍一拍他的背。「那當然，我也想盡快開始對活體受試者進行手術，但我們得先做大量的練習。累積足夠經驗後，我才敢建議醫院對病人實驗新療法。」

「當然，當然，你說得沒錯。」愛德華耳朵都紅了。「我也不是要明天就開始實驗，我只是相信，有了這些詳盡的資料，很快就能自己應用腦白質切除術了。」

「那該有多好啊！」盧絲興奮地附和。

「我們回家吧？」羅伯特向盧絲伸出手。

「愛德華，現在時間也不早了，你不如來借宿一晚吧？」她提出邀請。畢竟他們的連棟別墅就在附近，而愛德華的公寓離醫院有好一段距離，他還得搭很久的高架鐵路才回得了家。

「那會打擾到你們吧。」愛德華難爲情地瞅著他們，搖頭甩開垂到了面前的頭髮。

「客氣什麼呢，我們還恨不得邀請你來作客！」羅伯特微笑著拍了拍年輕搭檔的背，三人一同走出盧絲的辦公室。

盧絲踩著輕快的步伐，和羅伯特與愛德華一起走出這幢建築。這下，她人生中的一切似乎都步入正軌了。

第12章

潘妮洛普走進娛樂室時，盧絲不由得全身一震。過去數月來，潘妮洛普的病情似乎正持續好轉，然而今日，這位本就纖瘦的女孩竟顯得骨瘦如柴，盧絲從房間另一頭就能看見她臉上的抓痕。

盧絲站起身，盡量掩飾自己的失望和恐懼，等著對方走到凸窗前。這是潘妮洛普最喜歡的座位，她們每週都在此下西洋棋。

「妳好啊，潘妮！」盧絲試圖保持語音輕快，決定別多提對方凹陷的臉頰或臉上深深的抓傷。她瞄了潘妮洛普的指甲一眼，想看看對方指甲是否長到能抓出如此深的傷口，這才注意到女孩的指緣破了皮在滲血，雙手也嚴重乾裂。

「不要再看我了！」潘妮洛普怒斥道。

「潘妮，對不起，我只是擔心而已。妳的臉會不會痛？我們之前討論過吃飯的問題，妳有沒有照我們說的那樣好好吃飯？」

「別再問東問西了！」潘妮洛普拖著椅子遠離小棋桌，力道大得引起附近幾個病人的注意力，他們紛紛好奇地轉頭望來。「你們看什麼看？」

「潘妮——冷靜點。」盧絲努力保持堅定又平和的語調。「妳知道如果妳這樣表現，就不能來這裡了。」她感覺自己腹中一緊，瞬間回想起從前探望哥哥的情景，哈利的言行有時也充滿了敵意，會在意料之外的時刻突然暴怒。「我一直很期待本週的對弈，甚至還找我丈夫練習了幾次，說不定這回我就不會輸得那麼慘了呢。」盧絲擠出假笑，開始將自己的棋子排在棋盤上。潘妮洛普也默默地擺起了自己的棋子。「潘妮，我是不是做了什麼，惹妳不高興了？」

「要下棋就快下。」盧絲從未見過這樣的潘妮洛普，彷彿她在愛瑪汀醫院這些年來所有的進步都消失無蹤，甚至還退步了。潘妮洛普整個人看似狀態極差，盧絲說什麼也不肯接受這樣的發展。

「既然上週的贏家是妳，就由妳決定要當先手還是後手吧。」盧絲保持平穩輕快的語調，這是她多年前探望哈利時練就的技巧。潘妮洛普頑固地沉默不語，只將自己的一枚小卒推出一格。「感覺妳從一開始就想引誘我進攻呢。妳真是聰明，難怪我喜歡和妳下棋。」盧絲抬頭看了下她，伸手輕拍對方的手臂，想看看女孩的怒氣是否消散。

「換妳了，快下。」潘妮洛普收回手臂，躲開盧絲的觸碰。她見盧絲將一枚小卒往前挪兩格，又說：「我就知道妳會這樣出招。」

潘妮洛普今日的言行都再幼稚不過，即使此時對盧絲吐舌頭挑釁，盧絲也不會覺得意外。

隨著棋局逐步發展，盧絲心中的擔憂越發強烈。她是不是辜負了潘妮洛普？他們已經嘗試過手上所有的療法，甚至試過精神分析法，對方的狀態卻只是不斷惡化。盧絲原本深信自己耐心地和潘妮洛普相處，用自己的平穩鎮定影響對方，再用上一些最新開發的療法，就能夠使潘妮洛普痊癒。這個過去聰明又富有的女孩，只需要一點幫助就能重新控制住自己、重新振作起來。但如今，她卻明顯沒在進食，甚至想動手撕毀自己的身體，而盧絲所做的一切都無濟於事。

「妳今天也許累了，還是我們這局棋就到此為止，出去散散步怎麼樣？或者妳想回房休息？」

「不要！」潘妮洛普尖叫道：「快走啦！」

「妳要我離開？」盧絲微微一縮。

「不是！」潘妮洛普一一抓起棋盤上的棋子，朝盧絲丟來。「我——」她扔出一枚小卒，棋子碰到盧絲的胸口後彈開。「——是說——」一枚騎士砸到盧絲的肩膀。「——換妳走下一步！可是都被妳毀了！」

城堡、王后和國王都疾速朝盧絲的臉龐飛來，擦過她的臉頰，這時兩名護理員快步跑來，強行壓制住潘妮洛普。

「沒事的，我沒事。」盧絲摀著臉頰站起身，臉頰肌膚剛才被其中一枚棋子劃出了一道小傷口。「潘妮。」她目光銳利地注視著女孩。「妳得去休息了。」她轉向兩名護理員，低聲指示道：「請確保她身邊有人陪著，我會請醫師盡快過去。」

「我下午花了三個小時查資料，讀了關於潘妮洛普這種疾病的診治概況，卻還是看不出她心理狀態衰退的原因。」

晚間，盧絲、羅伯特與愛德華在連棟別墅後的小花園用晚餐時，盧絲對兩名男士哀嘆道：「她現在越來越容易發怒，自我傷害的情形也變得更嚴重。儘管增加了發熱室和美德佐致休克療法，她的強迫行爲和躁狂發作時的舉止還是越來越激烈。試了這麼多不同的療法，她的病情怎麼還是不見起色？」

「盧絲，妳必須控制自己對病人的情緒依附。他們會這麼喜愛妳，當然是因爲妳對他們付出了眞心，但妳之所以擅長這份工作，不是因爲妳的心，而是因爲妳的頭腦。妳也明白，她那樣的病人很容易受刺激，而且很多時候他們的情勢一旦開始惡化，就幾乎無法用已知的治療方式來逆轉病勢。或者說，『目前』已知的治療方式——」羅伯特看向愛德華，小鬍子一角揚了起來，顯露出微微笑容。「你說是不是啊，愛德華？」

「羅伯特？你這是什麼意思？」

「從莫尼斯最新的研究看來，他在治療強迫傾向和躁動型憂鬱症這方面最爲成功。所以我們認爲，也許康納小姐就是我們最合適的治療對象。」

「愛德華？」盧絲轉向愛德華，尋求他的認同。「你也覺得該把潘妮洛普當作你的第一位實驗對象嗎？你準備周全了嗎？」

「我們在耶魯實驗室就已經用靈長類做過實驗，實驗結果甚至超越了弗爾頓醫師與雅克布森醫師的成果。」

「你這話可不能讓他們聽見。」羅伯特打趣地提醒他。

「也是。」愛德華微微一笑。「但是，我們既然能對狀態不佳的猿猴進行這種手術，那我相信，我們已經做足準備，可以對活體受試者動手術了。」

「眞是的，你們兩個居然拖到現在才跟我說這些。先前你們從紐哈芬回來時，怎麼沒把這些進展告訴我！」盧絲對兩個男人投以指控的眼神，因自己被瞞到現在而有些受傷。

「親愛的，別生氣。我們得等到實驗的長期結果出來，而前幾天也才結果出爐啊。在那之前，我們一面做研究，一面討論愛瑪汀醫院各個病人的狀況，列出了一張候選病人清單。等到實驗完成、技術完善後，就可以從名單中挑出合適的病人來接受手術。」

「你們兩個都覺得技術足夠完善了嗎？你們確定？」盧絲的注意力大多集中在羅伯

特身上，幾乎沒去看愛德華。

「很確定。」羅伯特斷然回道。

盧絲深吸一口氣。「天啊，這太刺激了。眞是超乎想像……而且竟然是潘妮洛普！假如手術成功了，她就有機會眞正過上充實的生活。」她頓了頓，細細思索這場對話眞正的含意——在這一瞬間，她幻想自己走上另一條路：假若在哈利過去最黑暗的時日，有人爲他做了這種手術，那盧絲今天過的會是什麼樣的生活？她搖搖頭，拋開了那份妄想。在往昔回憶與幻想中流連忘返也於事無補。「但你們之前不是說過，想要先從較極端的個案開始治療嗎？」

愛德華選在這時插話：「盧絲，我對康納小姐臨床心理學上的詳細病情了解得較少，但我知道，她幾乎完全符合莫尼斯提出的那類病人側寫。而且，我聽過一些關於她病情的評估，我認爲腦白質切除術有機會顯著改善她的生活品質。」

羅伯特鼓起掌來。「正是。愛德華，說得好！」

「而且盧絲，康納小姐年紀還輕——她的大腦皮質應該很健康，整體系統也比較強健。」愛德華對她露出安慰的微笑。

盧絲從餐桌邊站起身，開始來回踱步。

「我們當然得先徵求查爾斯的同意，並且讓全醫院做好準備。另外，還有父親……」盧絲頓時面無血色；她知道伯納近來對羅伯特的研究抱持越來越多疑慮，如今他們想對技術上而言健康的人腦動手術，她該如何說服父親，讓愛瑪汀醫院成為全美第一間施行這項手術的醫院？盧絲實在無法想像那樣的對話。

「盧絲，妳父親雖然是醫院的董事長，不過我們其實只需要海頓的批准，只要在術後將正面結果向妳父親和董事會報告就行。」

盧絲想了想。理論上是這樣沒錯，他們的確不必在每一次試用新療法前知會她父親。話雖如此，但這可是大腦手術啊！他們眞的能瞞著她父親，直接動手術嗎？倘若被他發現……

她一直盡可能區隔自己和父親之間不同的角色與定位，將父女間的私人關係，與醫院代表及董事長之間的職業關係分隔得涇渭分明。但技術上而言，她作為醫院的代表，並沒有必要徵求董事長的同意，只有在查爾斯要求她徵詢伯納意見時除外。

盧絲看向愛德華，希望能從他那邊獲得些許安慰或意見，但他只聳了聳肩。他也明白，這裡還輪不到他置喙。

「好吧，這麼說也不無道理。那麼，我們只須將你們的最新進展告知查爾斯了。我安排你們三個下週開會，如何？」

「只要他有空，我們越早開會越好。對了，盧絲？」

「什麼事？」

「妳自己也空出時間，一起來開會吧。這是我們大放異彩的時刻，之前若不是妳一步步支持，我們也不可能走到這裡。」

盧絲的心在胸中怦怦狂跳，卻也暖了起來。她深切意識到，她的醫院此時來到了稍微進步與全然激進之間的分水嶺。儘管害怕，她也已迫不及待想越過這道界線了。

第13章

盧絲輕輕擦拭額前汗水，同羅伯特與愛德華一起走出查爾斯．海頓的辦公室，三人回到她的辦公室討論會議結果。

「嗯，剛才那場會比我預期中更具挑戰性。」羅伯特抬眉強調道。他此時會惱怒也是無可厚非。

「我本該察覺到這些難處的。」盧絲抱歉地說：「我都有定期向查爾斯匯報你們的研究進度，但他畢竟不像我這樣每晚聽你們講解當日的研究詳情。現在看來，要他從實驗室的初步成果和猿猴研究，一口氣跳躍到對醫院裡的病人進行大腦手術，那眞是太勉強了。」

「盧絲，妳不用道歉。」愛德華注視著她，眼中的和善與羅伯特眼底的失望形成了鮮明對比。「該說服海頓先生進展到下一步的人是我們，而不是妳。海頓先生會感到擔憂也很正常，不管是什麼類型的腦部手術，都必然帶有風險。」

「你胡說什麼。」羅伯特斥道：「我們已對無數具屍體做過這項手術，現在就連我也能輕鬆完成手術。用猿猴做實驗時，結果完全無可挑剔，雅克布森還很懊惱當初沒早早邀愛德華加入他的團隊，成爲他永久的合作伙伴呢。我們已經萬事俱備，只欠東風。」

「我同意，所以剛才在會議上也這麼對海頓先生說了。」愛德華平靜而沉穩地說著，平衡了羅伯特火爆的情緒。「但我們本來就知道，這項提案不可能毫無阻攔地通過。羅伯特，這可是激進的新療法啊。」

「也是我沒幫查爾斯做好心理建設。我應該先讓他知道，你們已經考慮過所有嚴重的風險，如此一來會議應該會順利許多。」盧絲輕輕伸手搭著羅伯特的背。「不過他後來還是同意了，這不才是重點嗎？這下，你們兩個將首次實行腦白質切除術了！」

盧絲話說出口的同時，心跳加快了不少。她當然對羅伯特信心十足，而愛德華是才華洋溢的外科醫師，相信他只會在準備完全的情況下推進他們的研究。儘管如此，這畢竟是大腦手術，對象還是活生生的病人——那可是潘妮洛普啊。若是手術失敗了怎麼辦？要是她死了怎麼辦？說到底，是盧絲決定將這全新且激進的療法引入愛瑪汀醫院，倘若療程出錯了，也得由她來承擔責任。

「其實查爾斯對你們問得這樣詳細，也是好事，畢竟對這些事抱持疑慮本就是他的職責。既然他被說服了，就表示這無疑是正確的選擇。」

「對，也是……」羅伯特忽然神色一亮，小鬍子被一抹微笑牽著上揚。「沒必要爲一場尷尬的會議一直耿耿於懷，反正我們已經得到海頓的批准，也不必告知董事會或妳父親。我們只須正式取得康納小姐的同意就行了。一旦她同意，我們將開啓腦葉切除術的輝煌時代！」

「『腦葉切除術』？」聽到這陌生的詞語，盧絲納悶地歪頭瞅著他。

「是的。我們的做法和莫尼斯醫師不同，他是完全切除了大腦額葉的連結，我們則只挖除額葉內部的幾個小部分。既然我們發明了獨一無二的手術方法，那不是該取個獨一無二的名稱嗎？況且，『腦葉』切除術這種說法也精確得多。」

「那好吧。」盧絲微笑著點點頭。「我們朝腦葉切除術的輝煌時代邁進！」

盧絲忐忑地走進潘妮洛普的病房，羅伯特則緊隨在後。羅伯特原先提議由他和負責潘妮洛普的精神科醫師徵求她的同意，不過盧絲堅持要自己來。上回的西洋棋事件至今已過了一個月，潘妮洛普在其他方面雖未見好轉，但至少對待盧絲的態度親切許多。潘妮洛普對她就彷彿孩子對母親的信賴，所以必須由盧絲對她說明這次手術可能帶來的正面改變，並向她徵求同意。話雖如此，盧絲還是忐忑不安。

「潘妮洛普，妳今天感覺如何？」盧絲失望地發現，儘管已經嚴格要求醫護人員幫她增添飯量、協助她增重，女孩的外貌體態依舊沒什麼改善。

「我看起來怎麼樣？」

「老實說，妳似乎氣色不太好。妳有沒有乖乖吃飯呢？」

「這裡的食物都噁心得要命，吃了只會讓我更難受。」

「潘妮，妳不吃飯會死的。我無法想像比死更難受的感覺。」盧絲沒能藏住語氣中的無奈。

「我不如現在自我介紹吧？」羅伯特插話道。

「嗯，我正要說這件事。潘妮，我有一份非常好的消息要和妳分享！」她又放柔了語調，只見潘妮洛普滿臉期待地注視著自己，彷彿等著不合時宜的聖誕禮物送到面前。

「我來為妳介紹一下，這位是我的丈夫，羅伯特．阿普特醫師。」盧絲朝羅伯特一揮手，他也挪得離潘妮洛普的床鋪近一些。「羅伯特也是我們愛瑪汀醫院的醫師，他開發了一種非常有潛力的新療法，我想這種療法很有可能完全治癒妳的病。」

「完全治癒？真的嗎？」潘妮洛普的面部肌肉忽然放鬆，接著抽抽噎噎地哭了起來。近期的怒氣與敵意，似乎都是在掩飾她的恐懼。

「這個嘛，我們當然還不確定它能否完全根除妳的病。」羅伯特補充道：「但我們知道，這種療法特別適合罹患妳這種疾病的病人。」

「是啊，潘妮，等妳接受手術並康復後，狀況很可能會大幅改善，甚至可以離開醫院、回去過妳的正常生活呢！」

「手術？」

「是的，這是一種外科手術。其實手術方法很簡單，我們會在妳的頭頂鑽一個小孔，就在這個位置——」羅伯特輕拍潘妮洛普頭頂、髮際線上方的位置，只見她瑟縮了一下。「——然後呢，我們會做一點小小的處理，讓妳的大腦運作得更順利。妳完全不會有感覺，術後應該會變得快樂很多，心情會比較放鬆，也不會那麼在意那些讓妳抓傷自己、害妳無法好好吃飯的事。」

「在手術完後再過幾週，等我們確認傷口正常癒合，只要妳感覺狀況良好，就可以回家了。」盧絲抬起頭，卻見潘妮洛普駭然地僵著臉。

「手術？對我的腦袋嗎？」

「我知道這聽起來很可怕，不過阿普特醫師他非常優秀，他的搭檔威金遜醫師也是十分傑出的外科醫師。」盧絲揮手讓愛德華上前，他也走到潘妮洛普的床邊。

「康納小姐。」愛德華伸出手，溫柔地和潘妮洛普握手。潘妮洛普近乎撒嬌地歪過頭，盧絲還是頭一回見她如此專注地和人互動。「我對妳保證，我百分之百確信這是正確的做法，也因此才決定進行這種手術。」

「好的，醫生。」潘妮洛普羞紅了臉，對愛德華微笑的同時，似乎也在竭力隱藏心中的畏懼。「可是我怕開刀。」

「我明白。」愛德華在她床緣坐下，筆直注視著她。盧絲知道，愛德華的那雙眼眸能帶來安慰，他的存在就宛若一層撫慰人心的膏藥，恰好和總是精力旺盛的羅伯特互補。「潘妮洛普，我可以跟妳說一個祕密嗎？」他稍微傾身向前，潘妮洛普也點點頭，彷彿被他迷住了。

「我和阿普特醫師已經努力練習好幾個月，而且這是一項簡單的技術，歐洲那邊已經有人成功做了這樣的手術，現在我們想把這種治療方法引進美國。這是爲妳這樣的病人量身設計的療法喔！它雖然聽起來有點可怕，不過操作起來很簡單，我們也做好了萬全準備，想要用這種方法來幫助妳。妳願意讓我們幫妳嗎？」

潘妮洛普凝視著愛德華，愛德華對她露出安慰的微笑。然後，她猶疑不決的目光又轉向了盧絲。

「若沒確定妳會受到最完善的醫治，我絕不會建議妳接受這場手術。」盧絲說。

「我害怕。」

「我知道，但是我保證，妳一定會好好的。不僅是好好的，妳還會比以前更好。妳相信我嗎？」盧絲握住潘妮洛普的手。

兩名女性相視片刻。

「好吧。」潘妮洛普怯怯地點了頭。「如果妳覺得這可以把我治癒，而且是由他來開刀——」她朝愛德華一指。「——那我就做。」

盧絲盡可能加快腳步走下女子側廳的走廊，即使內心焦急萬分，她也絲毫不得表露出來。潘妮洛普的尖叫聲迴盪在廊上，著實令人膽寒，此時盧絲若表現出任何一絲恐懼，就可能會使附近其他病人陷入恐慌和混亂。

「發生什麼事了？」她用急促的氣音，詢問守在潘妮洛普房門口的萊利護士。

「阿普特太太，這麼臨時請妳趕來眞的很抱歉。她需要在手術前先灌腸，卻說什麼也不肯讓我接近她。醫師再過十分鐘就要來幫她施用直腸麻醉，我早在一個小時前就該完成灌腸的步驟，可是……」

「不要緊，我來想辦法。」

盧絲望向房內的潘妮洛普，只見她臉朝下趴在床上，兩條手臂都被護士按住。儘管被壓制住，潘妮洛普仍在狂亂地蹬腿，頭頸左右掙扎，放聲尖叫道：「不要用那個髒東西碰我！我不要！你們不能逼我！」

「我們先別急，給潘妮一點時間，讓她冷靜下來吧。」盧絲語音平穩，心裡卻七上八下。護士們有些遲疑，但還是慢慢放開了潘妮洛普，盧絲這才匆匆跑到女孩身旁，緊緊抱住她。

「噓……噓……沒事了，潘妮。沒事了。」

「他們想把我的腸子拉出來！」

「不是的，寶貝，他們只是需要在手術前把妳下面清空。我們之前講過這件事，還記得嗎？他們之後會把藥放進去，讓妳睡一下。」

「不要！我不做。我做不到。這樣不乾淨，我一定要乾淨才行，要是不乾淨了就會生病。我不能生病，我不要生病。」

「我知道妳現在很害怕。」盧絲望向窗外，試圖克制自己心中的恐懼。樹上的葉子已經開始變色，化爲秋季的紅黃色調。她望著秋葉，在充斥著焦慮及混亂的病房裡，讓自己找回了些許平靜。「還記得嗎，這會是幫妳治好疾病的大好機會喔！」

假如手術成功，就表示從今以後他們便能在短短數小時內治癒精神疾病。一些以往只能終生在精神病院度過的病人，如今可以在一場小小的額葉手術過後恢復如初，住院幾週就能回家生活了。

問題是，若手術失敗了怎麼辦？只要潘妮洛普願意接受手術，盧絲就對手術的成功機會信心十足——然而此時看見潘妮洛普眼中的驚懼，即使知道那是不理性的恐懼，盧絲仍感覺自己最害怕的種種可能性正突破防線，在她心中作亂。假如手術失敗，潘妮洛普的病情可能不會好轉——她可能會失去對身體的運動控制，可能會失去言語能力，甚至直接在手術臺上失血過多而亡。

有些醫學機構只將病人視爲實驗鼠，在那些醫護人員眼中，病人不過是無足輕重的消耗品。但愛瑪汀醫院並不是那樣的機構，他們從始至終都優先顧及病人的身心健康。那麼，倘若在接受盧絲批准的手術後，潘妮洛普遭遇不測，那又代表什麼呢？

「阿普特太太。」萊利護士遲疑地輕碰她肩頭。「阿普特醫師和麻醉師都來了。」

「不要！不要！」潘妮洛普高聲哭號。「不要讓他們進來！拜託別讓他們進來！」

「潘妮。」盧絲捧著潘妮洛普的臉蛋，直視女孩那雙哭得紅腫充血的綠眸。「妳不會有事的，聽到了嗎？妳一定會好好的。乖乖接受手術，等妳醒來時，就會看到我坐在床邊陪著妳。到時我會告訴妳，妳表現得很好，手術非常順利。妳也會告訴我，雖然才剛動完手術，可是妳已經感覺非常好了。」

盧絲不得不相信自己所說的話，因爲如今已是箭在弦上，不得不發了。

「……好吧。」潘妮洛普顫顫地深吸一口氣。

「阿普特太太。」麻醉師探頭往病房內張望。「我們有時會先用一些笑氣，也許能有點幫助？」

「眞是個好主意！潘妮，這位好醫師會給妳一些空氣，妳吸了就會覺得非常開心。它的效果只會持續一小陣子，不過這樣應該就足夠讓妳在手術前放鬆下來了。」她說話的同時，醫師與兩名護士上前壓制住潘妮洛普，動作俐落地用呼吸罩罩住她的臉，盧絲看著女孩的身體逐漸放鬆，最後癱躺在床上。

「現在交給我們就行了，盧盧。」羅伯特抓住盧絲的手肘，將她領到房門口。「手術結束後，我一定馬上派人去通知妳。」

盧絲在辦公室裡等待手術結束，感覺就像已等了數日。平時行政及文書工作總是能令她專心，她今天也打算好好研究醫院的帳簿，爲當月的董事會報告做準備——畢竟本月多了幾項支出，她和查爾斯必須對董事們說明這些項目。只要專注於這份工作，她便不會一直爲手術的事惴惴不安……話雖如此，她卻不停分神。

她去了三次廚房、倒了三杯不必要的咖啡、去了幾趟洗手間，甚至去木板道快步散心過後，仍然沒有手術的消息傳來。盧絲再度站起身，正準備過去看看他們究竟爲什麼拖這麼久，就聽見了電話鈴聲。

「阿普特太太，我是萊利護士。阿普特醫師請我告訴妳，康納小姐已經回到自己的房間了。」

「她回來了？」盧絲緊繃如弦的身體稍微放鬆了些。「她狀況如何？」

「醫師們都相當滿意，不過她還睡著。」

「知道了，謝謝妳。妳跟他們說一聲，我馬上就過去！」

盧絲興沖沖地奔往女病人的居住區。

「她還好嗎？」盧絲從廊道一頭飛奔過去，直接對站在房門外的羅伯特問道。

「這個嘛，雖然還得過好一段時間才會康復，但手術過程非常理想。愛德華表現得很出色，我也從頭到尾清楚看見了他的操作過程，協助確保他切斷了應該切斷的白質部分。我做了一些術後評估，確認過她基本的神經反射，她的眼睛、手部和腳部在受到刺激後都能做出反射性的反應。」

「所以她已經醒了？」

「不，不，還沒醒。我看看……現在是一點三十分，我們是從十點十八分開始手術，十一點二十二分結束。麻醉藥是在十點零三分施予的，所以她最晚應該會在一點四十八分清醒過來。」

聽完丈夫極盡精確的計算，盧絲緊張地笑了笑。她知道羅伯特不僅清楚寫下了方才提到的這些時間，想必還拍了照片，作爲文字紀錄的輔助資料。

拜託了，拜託讓她好好的。盧絲的心在胸中鼓譟，她走進潘妮洛普的房間，就見愛德華與萊利護士在床邊候著。

「有什麼變化嗎？」羅伯特問。

「麻醉藥效開始消退了。」愛德華回答：「她的四肢開始有些微的動態，體溫和血壓都很穩定。除了我們在手術過程中碰到的那條血管，沒有其他部位出血。」他朝盧絲鼓勵地招招手。「妳可以握住她的手，她應該會回應。」

盧絲走近幾步，溫柔地握住潘妮的小手。潘妮洛普回應了她這一握，雙眼眨動著睜開來。女孩又多次眨眼，彷彿在努力聚焦，最後筆直注視著盧絲。「盧絲。」她微微一笑。「妳來看我了。」

在場眾人齊齊長舒一口氣。

「那當然。」盧絲的面部肌肉終於放鬆，咧起大大的笑容。「我不是告訴過妳，妳醒來時我一定會陪著妳嗎？」

「康納小姐——」羅伯特站得離床鋪近了些。「——我現在要問妳幾個問題，可以嗎？」潘妮洛普點點頭。「妳知道我是誰嗎？」

「阿普特醫生。盧絲的丈夫。」

「很好。那今天是星期幾呢？」

「星期一……不對，是星期二……是星期三！我記得昨晚他們說我要開刀，所以不讓我吃晚餐，可是昨天的晚餐是我唯一愛吃的菜——牧羊人派！」潘妮洛普蹙起眉頭。

「等妳可以進食，我一定會請人幫妳準備牧羊人派大餐！」盧絲的笑容更大了。

「那麼，妳叫什麼名字？」羅伯特繼續問。

「潘妮洛普。」

「妳的姓氏呢？」

盧絲看著潘妮洛普絞盡腦汁思索片刻，然後得意地說：「康納。傻瓜，你不是本來就知道了嗎？」她咯咯一笑。「你剛剛才叫我康納小姐啊！」

「說得沒錯呢。」羅伯特喜上眉梢，只差沒跟著輕笑出聲。「康納小姐，妳今天感覺怎麼樣？」

「很好啊。」

「妳覺得開心嗎？還是傷心？生氣？」

「喔，開心啊，開心，開心，開心。」她邊說邊拍起手來。

「那眞是太好了。威金遜醫師——」羅伯特轉向愛德華。「——務必要把這些都記錄下來。」

愛德華連連點頭，手已經在迅速寫筆記。

「妳今天動過手術，還記得嗎？」

「當然囉，好快就結束了喔。」

「這樣啊。妳會這麼覺得，其實是麻醉藥的效果。」羅伯特用微笑鼓勵她。「那麼康納小姐，我問妳，妳為什麼接受手術呢？還記得我們幫妳做手術的原因嗎？」

潘妮洛普看向盧絲，盧絲不禁全身繃緊。潘妮洛普此時的狀態還十分脆弱，而且她上午才剛引發了那樣的騷亂，羅伯特為什麼偏偏選在這時刺激她，試圖激發那些情緒？然而，潘妮洛普並沒有再次情緒爆發，而是神情和順地凝視著他們。

「醫生，我好像不太記得了，但應該不是什麼非常重要的原因吧？」盧絲暗自鬆了口氣，卻也有些驚訝。潘妮洛普當眞忘了今早的恐懼嗎？難道連她自己過去這些年的種種行為，也都忘得一乾二淨了？無論如何，她如今的表現十分鎮靜，而且她自己也說了，她感到很開心。從盧絲認識女孩至今，對方還是第一次表示自己感到愉悅。

「我突然很想睡覺，我要先休息了。」潘妮洛普最後闔上雙眼，平靜地入睡了。

羅伯特方才短暫地離開房間，這時帶著相機回來拍照記錄。盧絲擔心快門聲和突兀的閃光會驚醒潘妮洛普，但女孩仍然沉沉睡著。

「別擔心，我會每個鐘頭來看她一次，檢查她的狀況。」萊利護士一面說，一面引著其餘人走出房間。「好了，現在讓康納小姐安靜休息！」

盧絲、羅伯特與愛德華安靜地走出房間，直接朝查爾斯的辦公室走去。

「海頓——我們成功了！」

「手術完成了嗎？」查爾斯抬起頭，看向門口那三張興高采烈的臉。

「完成了，而且我相信非常成功。病人已經醒過來，也可以說話，她還表示自己很開心！」羅伯特開始爲自己與團隊鼓掌。

「男士們，做得很好，也辛苦你們了。盧絲，相信妳接下來數週都會持續密切追蹤病人的狀況，並把她恢復的進度告知我。」查爾斯對她笑了笑。「今天眞是個大日子，也恭喜你們各位。」

「謝謝你，我們也很榮幸。」盧絲一揮手臂，示意羅伯特與愛德華往她的辦公室走。他們進了她的辦公室，關上房門。

「我們成功了！」羅伯特歡天喜地地跳上她的辦公桌。「我們成功了！」

「恭喜你，羅伯特。初步結果很不錯，照這樣的結果看來，後續應該也可以恢復得很好。」愛德華的語調仍比羅伯特平穩許多，但盧絲從中聽出了一絲寬心。

「接下來的數週當然還得持續觀察，不過在我看來，現在宣布這非凡的成功也不算太早！」羅伯特跳了下來，雙手捧著盧絲的臉，欣喜若狂地吻住她的唇。他接著轉向愛德華——年輕醫師正尷尬地低頭查看筆記——大方地一拍對方的背。不知爲何，這一拍最後演變成了三人狂喜地在辦公室中央相擁，爲他們不可思議的成就開懷暢笑。

第14章

「羅伯特，你千萬要記得，今晚無論他如何挑釁、刺激，你都不能提起腦葉切除術，知道嗎？還有愛德華，必要的話你會想辦法介入吧？」

盧絲三人搭計程車前往父母家，準備參加一年一度的節慶晚餐。一路上，盧絲不斷緊張地用腳輕踩汽車地板，打著不規律的節拍。她已盡可能推遲再次和父母見面的時間點，但這是雙親南下過冬前的最後一個週末，而醫院本年度最後一次董事會議則是在下週一。這表示，在查爾斯對董事會報告研究和手術結果之前，盧絲就會先見到父親。

羅伯特事前說服了盧絲與查爾斯，在收集到完整一組數據資料以前，他們還無法完全釐清這項新手術的影響範圍。莫尼斯在他那第一場研究中，對二十名病人施用了腦白質切除術，於是羅伯特的團隊也打算對二十名受試者進行手術。從第一次手術至今兩個月以來，他們一直廢寢忘食地工作，終於達到目標、整理完數據，並判定手術有效。此外，他們也撰寫了一篇論文，準備在對董事會報告完畢後，將論文投稿至紐約郡醫學協會。然而今晚，他們必須表現得若無其事，而盧絲爲此憂心不已。

晚間活動一開始與以往無異，伯納仍未從書房出來，外頭由海倫掌控大局。所幸今晚的話題難得引起了盧絲的興趣。

「愛瑪汀太太，我看了現代藝術博物館的立體主義及抽象表現主義展，那場展覽辦得眞是太好了。我聽羅伯特說，您也是展覽的幕後功臣之一？」愛德華恭敬地說。

「是的。你也知道，我相當熱衷於賞鑑藝術品，也深信人人都該學著欣賞當代大師的作品。幸好有幾個思想比較前衛的朋友都抱持同感，於是我組織了專門的委員會，爲這場展覽籌資。博物館館長巴爾先生可眞謂天才，我們和他合力籌劃，爲大眾獻上了最壯觀的展出。」

「眞的非常壯觀呢，母親。我和羅伯特尤其喜歡立體主義和非洲藝術之間的相互映襯——」

「是啊，各方面都令人嘖嘖稱奇，可說是非常前衛的一場體驗。」羅伯特補充道。「我告訴你們，《紐約時報》也是這麼認爲。他們將展覽描述爲『分毫不差的萬千悸動，且不帶任何註腳』。」海倫宛如得意洋洋的孔雀，身體坐直了些，顯然十分享受所有人對她的特別關注，也樂於成爲對話的焦點。「我告訴你呀，愛德華，假如你當初提前說一聲，我還能安排大都會俱樂部會員的女兒陪同你參觀呢。要知道，現在有好幾個會員的千金都還年輕，正是適婚年齡的小姐，忙著找婚嫁對象呢。」

盧絲看見愛德華羞得雙耳通紅，同時感到羅伯特投來的視線——她知道羅伯特希望她去將父親叫來，盡快結束今晚的聚餐。

「母親，即使沒有妳幫忙介紹，我相信愛德華還是可以找到對象的。」盧絲微惱地站起身，撫平了裙子，走到房間另一頭朝走廊望去。「時間不早了，能不能麻煩妳去看看父親手邊的事情忙完了沒有？」

「唉，盧絲，妳父親他老是我行我素，做什麼事都得按著自己的步調來，妳又不是不知道。既然妳這麼急，那就自己去書房請他過來吧？」

「是啊親愛的，妳不如直接去請妳父親吧？我們今晚有好多事想和他討論呢！」

盧絲對羅伯特投了個警告的眼神。他們今晚可沒有特別想和父親討論的事情。

她走上廊道，即使到了今天，她仍覺得自己是個私闖禁地的小女孩，馬上就會被父親責罵。她怯怯地敲了敲書房的門。「父親，我們都在藏書室等著你。」

她聽見紙頁窸窣聲、書本闔上的聲響。她靜立在原處，感覺到心跳的震動傳遍全身。她默默等待並傾聽著。模糊不清的腳步聲。玻璃杯輕碰的聲響。液體流動聲。他這是在為自己倒酒嗎？

「盧絲，妳從小就這麼缺乏耐心。」在她愕然的注目下，書房門突然打開了。「我只是想讀到一個段落。」隨著伯納．愛瑪汀歲數漸長，他的身體狀況也不如從前，只見他站立時微微駝背，不再像過去那般和盧絲相差數吋、居高臨下地看著女兒。如今，盧絲已經能平視父親的雙眼。伯納的雙膝也受關節炎所苦，現在只能穿著拖鞋、拖著腳步行走。儘管如此，他在盧絲心目中的形象依舊威嚴如昔。

「父親，晚上好。抱歉打擾你，但是母親原先預計在六點半用晚餐，現在已經接近八點了。我們還邀了愛德華過來，我實在不好意思讓他久等，而且……」

「別說這麼多理由，我這不是來了嗎？走啊。」

盧絲跟隨父親走過廊道，經過藏書室時她召集了其餘人，伯納則頭也不回地直接朝飯廳走去，逕自在餐桌主位的大餐椅上坐下。其餘人分別就座，在尷尬的沉默中乾坐著。盧絲覺得父親知道他們三人藏有某個祕密，而這是在考驗她、令她心生內疚，要她像個職場專業人士般直截了當地對他坦白。當然，伯納實際上應該一無所知，畢竟盧絲什麼都還沒告訴他，她也知道查爾斯一直盡量將事情說得模稜兩可。

「威金遜醫師，你也在我們醫院待將近一年了，你對這份工作有什麼想法？」伯納轉向愛德華，態度近乎親切。

「謝謝您的關心，我做得非常愉快，簡直像是美夢成眞。」

盧絲瞥見愛德華縮在餐桌下的手，只見他正緊張地扯著餐巾。

「我必須說，當初你說對這個職位感興趣，我還挺訝異的。我知道我這個女婿有一些荒誕不經的想法，想要做一些改變大腦之類的治療——一個研究員去探討這些問題當然很好，但我以爲貨眞價實的外科醫師不屑參與這些，而是想在實驗室外做一些實際的手術，選一條踏踏實實的職業發展路線。」

盧絲看見羅伯特因伯納輕鄙的言語而火大，她忍不住心慌。

「完全不會，先生。我能夠和阿普特醫師——羅伯特——共事，實在是受益良多，甚至比我想像中更有成就感。他眞的是不可多得的人才。」

羅伯特生硬地微笑，盧絲則屏著一口氣，生怕羅伯特多話。幸好管家阿諾在此時走進飯廳，開始爲他們送上飯前湯品，南瓜濃湯辛甜的香氣在空氣中添了幾分聖誕喜氣。盧絲乘機轉移話題，開始閒話家常。

「母親，你們今年怎麼這麼早就要南下？妳不是每年都要參加聖誕季的幾場大派對，從不錯過這些活動嗎？」

「這個呀……」海倫戲劇化地深吸了口氣。「我們現在身上有這許多病痛，還是去氣候溫暖的地區才舒適些。」她意有所指地看向伯納，暗示是丈夫健康狀況惡化，才導致夫妻倆改變冬季的安排。「話雖這麼說，棕櫚灘的聖誕節活動當然也很值得參與的。」

「愛瑪汀先生。」羅伯特突兀地插話，一隻膝蓋在餐桌下抖動不停，瓷湯碗被他震得叮噹作響，湯都險些灑出來。「您要了解，我並不是只在實驗室裡用屍體做研究。」

「羅伯特，父親當然知道你已經花費數年在研究病人的大腦。」盧絲在餐桌下伸腳想踢羅伯特，同時用眼神制止他。

「你是說，你那個關於大腦連結和精神疾病的無稽之談嗎？」伯納輕笑出聲。

「這並非無稽之談。」羅伯特回道：「我知道您認爲精神病必須從生物學角度去治療，而現在最尖端的研究，毫無疑問地證實了一件事：只要改變大腦中的連結，就有助於治療多種過去無法治癒的精神疾病。」他緊接著說：「我正在和葡萄牙一位備受敬重的醫師——埃加斯·莫尼斯——合作，他慷慨地分享了自己的許多研究細節。我們現在甚至以莫尼斯醫師的腦白質切除術爲基礎，在醫院實際施用一種堪稱奇蹟的大腦手術。我們的腦葉切除術——」

愛德華的湯匙從手中滑落，發出響亮的哐啷聲。盧絲只覺得腹中翻騰不停。羅伯特怎能如此莽撞?!

「方才想必我是聽錯了。我似乎聽到你說，你在我的醫院施行了大腦手術？」伯納的語調平穩，卻也因而顯得更加懾人。

「男士們，」海倫以同樣強硬的語音插話道：「這樣的公事實在不適合在晚餐時談論，更別說是我們的聖誕節聚餐了！眞是的。」她拿起餐巾，重新摺疊好，對伯納與羅伯特投了個銳利的眼神以示警告，接著煞有介事、動作優雅地喝了一口湯。

「海倫您說得一點也不錯，我不該將話題導向這個方向，很抱歉。但先生，請容我說一句——」羅伯特又轉向伯納。「——確切而言，那並不是您的醫院。那些優良的設施當然都是您出資建設的，不過——」

「沒錯。是我出資建了設施，董事會也是以我為首。我雖沒有醫學學位，但你可別搞錯了，只要醫院門上掛的是我的姓氏，它就絕絕對對是我的醫院。」

他怎麼能這樣？盧絲急得直冒汗，感覺腸胃都癱縮成一團。她本以為母親的告誡能挽回局面，然而現在看來，羅伯特既然都說到這個地步，恐怕也已經回不去了。

「父親，別這樣，那當然是你的醫院。正因為它是你的醫院，我和查爾斯才特地準備了詳盡的報告，準備在週一開會時對你和其他董事說明。到時你會看到所有的數據資料，以及羅伯特與愛德華勤奮研究的驚人結果。他們真的做到了出人意料的突破，愛瑪汀醫院甚至可能一舉成名，成為最創新的精神病醫院——」

「是的，愛瑪汀先生。」盧絲才剛找到遊說父親的論點，就被羅伯特打斷了。「我的腦葉切除術是一種精妙的手術，就連最暴力的病人在手術過後，也有機會變得溫馴。在接受手術後，那幾個病人都表示他們變得較不焦慮、較不狂躁，也不再產生好鬥的想法與衝動。至於我們的照護人員呢，他們則表示自己能更有效率地工作，病人打斷他們的次數比以前少得多。我猜，這或許會成為我們當代最偉大的外科創新技術之一。」

盧絲聽完咬緊了牙關。即使她打從一開始就打算對父親介紹腦葉切除術，也不會將這許多細節全盤托出啊。

只見伯納氣得面紅耳赤。「那幾個病人——到底是幾個病人？你們竟敢拿我醫院的聲譽冒險！」

「先生，這哪裡是冒險呢？我們不過是用簡單又有效的方式鑽入大腦，取出部分的額葉組織罷了，所以才將這種手術取名爲『腦葉』切除術。我能向您保證，這將在不久後成爲一種常態療法。」

「夠了。」海倫用湯匙敲了敲她的瓷製湯碗。「羅伯特，你這是怎麼了？怎麼提這些令人反胃的事情呢？再繼續聽你說下去，我們還如何把美味的釀餡乳鴿吃下肚？」

「親愛的，妳先等等。」伯納繼續說：「如果我的理解無誤，這表示，你今天坐在我家的餐桌前，吃著我家的聖誕晚餐，並大言不慚地告訴我，你自作主張地刻意損傷了病人健康的大腦組織，改變了人類的本質，消滅了區隔我們人類與區區畜生的東西。」伯納的眼神流露駭然。

盧絲感到自己的心不停下沉，一路沉到了腳踝。她深吸一口氣，克制住心中的驚慌與惱怒——他們的確不該在今晚提這件事，但她父親完全沒掌握到事情的重點，也絲毫不肯認眞地將他們的解釋聽進去，不肯看見他們努力的成果。

「父親，我們不過是想找到實際有效，而且能長久見效的精神病療法。我和查爾斯．海頓在了解這次的重大突破之後，都感到非常激動，因爲這種療法眞的有機會治癒精神疾病。我實在不知道，你爲什麼不肯聽我們解釋……如果……」盧絲眼裡盈滿了淚水。「如果哈利還在，那他——」

「夠了！」伯納怒喝道。盧絲嚇了一跳，差點撞翻酒杯。

「父親，你是痛失了愛子沒錯，但我也失去了哥哥啊！」

「別把他也牽扯進來。」伯納語音一哽，海倫忙握住他的手，並對盧絲沉下了臉。盧絲僅僅是提到哈利的名字，就在父母心中激起了劇烈的情緒反應，遠遠超過從小到大她從父母身上獲得的所有喜怒哀樂。

「愛瑪汀先生、愛瑪汀太太，您們不介意的話，請聽我說幾句話。」愛德華緊張地清了清喉嚨，盧絲看著他雙耳漸漸發紅。「現在對兩位提腦葉切除術一事，無疑是選錯了時機。不過身爲天生抱持保守態度的醫師，我可以信心十足地告訴您們，羅伯特他發明了一種創新技術，而從初步成果看來，這種手術不但安全，還能有效治療嚴重的精神疾病。相信在場所有人都一定感到懊惱，若不是在這美好的聚餐時間公布此消息就好了——」他難爲情地對海倫微微一笑。「——我知道令嫒和海頓先生並不是這樣打算的。儘管如此，我還是想對您們保證，等到週一的董事會議，兩位充分了解腦葉切除術的詳情之後，想必也會對這項發現十分滿意。」

「我對此懷疑。」伯納仍不肯退讓。盧絲受夠了。

「那好，現在時間不早了，我們今晚顯然也沒法再談別的話題。」盧絲霍然起身，抓住羅伯特的手。是時候該認輸了——至少今晚不可能說服伯納了。盧絲的父親永遠不可能認可的事情實在太多太多：對伯納而言，哈利死去就等同喪失了合法繼承人，從此無人能繼承家業，也沒人能延續愛瑪汀家的血脈。在伯納眼裡，失去哈利就是這個意思，沒有人能撼動他固著的想法。但盧絲總有一天會讓父親知道，他大錯特錯。

「請不要怪罪查爾斯，我們本不打算在今晚告訴你的。他已經準備了一份鉅細靡遺的報告，週一會對你說明這項手術的每一種益處。此外，他也會提供羅伯特和愛德華的論文概要，這篇論文之後也會向紐約郡醫學協會發表。我確信協會那邊必定會十分重視這份偉大的成就，想必到時你也會改變心意，對他們的成果刮目相看。」她最後說：「母親，很抱歉毀了妳的聖誕節聚餐。祝你們南下旅途一路順風。」

「海倫。愛瑪汀先生。」羅伯特一面起身，一面討好地微微鞠躬。

「真的很抱歉，鬧出了這樣的騷動。您是很棒的東道主。」愛德華彆扭地和海倫握手。「愛瑪汀先生，謝謝您，還有對不起。」他垂著頭，跟隨盧絲與羅伯特走出了飯廳。

到了屋外，盧絲全身如凋萎的植株般軟倒在地。

羅伯特抱起她，輕聲安慰道：「親愛的，別難過。既然妳父親想呆坐在旁邊，不願和我們一同改變世界，那就由著他那個老東西去吧。等醫學委員會看到我們的發現，一定會讚不絕口，到時腦葉切除術的新時代就會拉開序幕，而妳父親那種胸襟狹窄的男人只會顯得愚昧蠢笨。」

盧絲緊緊抱著丈夫，方才因他言詞魯莽而產生的怒火，如今轉化成了對他的欣賞。她欣賞丈夫這份泰然自若的信心，以及不受限制的才華。羅伯特說得沒錯，他們不需要她父親的支持。他們擁有彼此，也將聯手改變世界。

插曲

瑪格麗特：一九五二年

瑪格麗特倏然驚醒。剛才是不是聽見了「砰」一聲？她腦袋有些混亂，翻身側躺時臉頰碰到了髮捲的塑膠邊緣。她是什麼時候捲頭髮的？她口中充斥著一股酸味，舌頭黏膩不適，彷彿有誰在她舌頭上塗了一層不新鮮的咖啡。

她好累。乾脆再閉上眼睛，在床上繼續躺一小會兒好了。她往枕頭深處挪了挪，正要飄回夢鄉時，便隱約聽見遠方傳來的嬰兒哭號聲。聲音離她有一段距離，想來是不需要由她處理，那她還是把被子蓋好，對持續拉扯意識的倦意投降，乘著雲朵回到睡眠的懷抱吧。嗯，回到睡眠的懷抱。

「瑪格麗特！」母親猛然打開房門，只見她懷裡抱著不停哭泣的威廉。「我的老天，妳躺在這裡頭做什麼？都已經下午兩點鐘，妳兒子都餓扁了！」莎拉．大衛森大步走向女兒，一把扯掉被毯，往女兒臉頰上一拍。「妳怎麼還穿著居家服？該不會從我上午過來到現在，妳都一直沒下床吧？」

瑪格麗特費盡全身的力量才坐起身，才剛坐直，母親就將她飢腸轆轆的兒子塞進她懷裡。她的乳房脹痛灼熱，開始漏奶了，而威廉則掙扎著用小手扒抓她。瑪格麗特仍然睡眼惺忪，沒做好餵奶的準備。「等一下啦！」她惱怒地罵一句，在那一瞬間忽然心生衝動，很想把兒子往臥房另一頭的衣櫥砸去。在那同時，威廉焦急地吸住了她，開始猛力吸吮，瑪格麗特感覺自己被兒子當成了吸奶的工具。

母親憤怒地「哼」了聲，猛力拉開房裡所有的窗簾。陽光刺得瑪格麗特陣陣頭疼，她稍微挪動身體，避開刺目的光線，同時盡量不打擾威廉強勁有力的吸吮——但實際上，她滿腦子只想把兒子從身上推開。

「瑪格，妳這樣子實在太過分。」母親疾言厲色道：「我知道妳很累，可是身爲人母就是這樣啊。好了，我有放一鍋燉肉在烤箱裡——等法蘭克回到家就可以吃了。我還幫妳買了些生鮮蔬果，不過妳不能總是靠我，也要自己去市場買菜、拿回來在冰箱裡放好。眞是的，怎麼能讓丈夫回家看到空空如也的廚房呢。」

瑪格麗特點點頭，回憶起上週的經歷。上週，她嘗試自己外出購物，那天她母親在家照顧威廉。她開車離家時感到欣喜若狂，因爲即使只是開一英里去賣場，那也是無比自由的一趟路程。然而眞正到了賣場，她卻漫無目的地走在貨架之間的走道上。

法蘭克偏愛的玉米是哪一種，她怎麼不記得了？是軟糯的奶油玉米，還是顆粒分明的品種？當令的水果是覆盆子，她有點想烤覆盆子派，可是除了覆盆子還需要哪些食材？她怎麼完全想不起來？家裡有奶油嗎？牛奶商通常都在星期幾過來？她若是想不起來，那怎麼請對方順便送一些厚鮮奶油來？

瑪格麗特進退兩難地站在走道中央，怎麼也無法讓腦子動起來。她焦急地在包包裡翻來覆去尋找購物清單，紅色指甲油都被鑰匙給刮花了。她怎麼連購物清單都忘記帶？

她低垂著頭，只求不被任何人認出來，然後慌張地拿了各種商品就往購物車裡放。

終於回到家時，母親責怪她拿法蘭克的辛苦錢亂買東西。買三包糖做什麼？這五磅玉米粉又是怎麼回事？最終，瑪格麗特提著母親堅持要她退貨的兩大袋商品，把它們藏到了車庫一角。兩個購物袋到現在還藏在那裡，塞在瑪格麗特近幾年一直沒機會騎出門的腳踏車後面。

「瑪格！」母親搖了搖她。「妳又在打瞌睡了？」瑪格麗特竭力撐開眼皮。她怎麼還是疲憊不堪？「瑪格，妳得爲了孩子、爲了法蘭克，努力振作起來啊。」

「我知道。」她似是費盡了力氣，從無盡深淵中勉強掘出這句話。她羞愧地垂頭，等著淚意再次來襲，這回卻沒有眼淚落下。她內心只剩下一片冰冷，彷彿已經死透。

「我在努力了，而且法蘭克很愛我——」

「他當然愛妳，但妳也知道他平時工作有多辛苦；他那麼辛苦是爲了讓你們住在自己的房子裡，屋外有屬於你們的院子，每個孩子也都有他們各自的房間。要知道，在妳剛出生那時候啊，我可是住在布朗克斯區一間兩房公寓裡，想要上廁所或洗澡的話，還得出門走到走廊另一頭的公共浴室呢。法蘭克他眞的非常認眞在養家，也是很有愛心的丈夫與父親，妳不能再要求他給妳更多了。」

瑪格麗特默默點頭。

「甜心，我知道生小孩有多辛苦。」莎拉在女兒身邊的床上坐下，語調稍微放軟了些。「尤其在生了第三個孩子以後——相信我，妳弟弟也不是個好帶的孩子。可是啊，爲人母親就是我們一生中最重要也最偉大的角色了。」

「妳以爲我不知道嗎？」瑪格麗特哀怨地說，光是擠出這幾個字就抽空她全身的力氣。她很想鬆手讓威廉落到床上，和兒子一同入睡，但母親這時用一隻手抱起威廉，另一隻手將瑪格麗特從床上拉起來。

「瑪格，眞是的，梅西和約翰很快就要放學了。好了，快去梳洗打扮，穿上夏季的洋裝，再化個妝。我去把嬰兒放上推車，我們出門走動走動吧。你們兩個都需要去呼吸新鮮空氣。」

瑪格麗特行屍走肉般地照著母親的指示去做，往臉上潑了些冰水，卻沒能驅除如厚毯般壓在她身上的疲倦。當初生下約翰與梅西時，她明明沒產生過這些感受，如今究竟是哪裡變了？無論如何，瑪格麗特首次深切地意識到，她可能眞的有哪裡出了問題。

第二部

盧絲：一九四一～一九四七年

第15章

「妳猜我剛才接到誰的電話！」

羅伯特輕快地跑進盧絲的辦公室，臉上掛著燦爛的笑容。

「我父親？」盧絲問，語調帶有一絲苦澀的諷刺。

從伯納最初得知他們在愛瑪汀醫院施用腦葉切除術至今這五年，他幾乎是和羅伯特斷絕了往來，一家人很久以前就不再每月聚餐。當節日不得不見面時，海倫也都將翁婿兩人的座位排得離對方越遠越好。盧絲再一次感受到父親的不贊同，尤其是這回，他不認可的對象不僅是她，還包括她的丈夫，更是讓她備感痛心。

儘管如此，醫院董事會及醫界對於腦葉切除術的正面迴響，可說是將這份負面情緒完全平衡了回來，甚至有過之。人們越來越希望罹患重症的病人能接受此種治療，而已經為三百多名病人切除腦葉的羅伯特與愛德華，如今也成了腦葉切除術的權威。

「不，不是妳父親。我怎麼會想接到那個老傻瓜的電話？」

「羅伯特。」盧絲對他投了個銳利又懇求的眼神。她懂羅伯特鄙棄的心情，但對方終究是她的父親和家人。

「對不起。剛才和我通電話的男人是妳父親的同輩，不過在我看來，他是比伯納・愛瑪汀先生更加重要的大人物。」盧絲納悶地歪過頭，對羅伯特露出介於苦笑和微笑之間的表情。羅伯特總是這般戲劇化。「約瑟夫・甘迺迪[1]。」羅伯特揚起眉頭說了下去，期盼盧絲跟著激動起來。

「約瑟夫・甘迺迪？波士頓的那位嗎？」

「正是。」

「他怎麼會打給你？」

「說來眞巧，他有一份非常機密的工作，想交由我和愛德華來辦。我如果是那種愛透露消息給報社的人，記者肯定會把這件事報得沸沸揚揚——不過呢，我當然是不可能侵犯病人的隱私的。」

「病人？約瑟夫・甘迺迪病了嗎？」

「不，不是他，但他……」羅伯特頓了頓。「在我說下去之前，妳千萬要記住：這眞的是最高機密，絕不能說出去。」

「羅伯特！我何時議論過別人的長短了？況且，這倘若是醫療問題，那依照職業道

1. Joseph Kennedy，一八八八～一九六九年，爲美國第三十五任總統約翰・甘迺迪的父親。

德，我也有對這些資訊保密的義務。所以呢，究竟是怎麼回事？」

「妳應該知道，甘迺迪一家人丁興旺，生了九個孩子吧？」盧絲點點頭。她自然知道，甘迺迪家可是名門望族。「但我猜妳不知道，他其中一個小孩病得不輕。」羅伯特抬眉，似是想強調這份機密情報的重要性。「據說他的大女兒——羅斯瑪麗．甘迺迪——從小就精神不穩定，很難相處。他們一家人都對此保密——甚至在她謁見英王時，他們也設法瞞下這件事。」

「那對她和甘迺迪家而言，都眞是太不幸了。」

「是啊。總之，她的情況嚴重惡化，近來開始不時全身痙攣，還有暴力地發洩情緒。她整體上脾氣暴躁且不理性，家人實在招架不住了，而他們的醫師則認爲，她非常適合接受我們的腦葉切除手術。」

「當眞？」

「是的。約瑟夫親自撥電話給我，是想對我說明事態的敏感及急迫性。事後，我也和那位將我介紹給他們的家庭醫師通過電話，聽他詳述了個案的病症細節。盧絲，腦葉切除術眞的有機會爲她帶來極大的助益，他們也希望我和愛德華盡快前去波士頓，爲她動手術。妳想想看，這是多好的宣傳機會啊！」

盧絲一時間說不出話來。那個家庭和她的家庭十分相像，有個和哈利同樣受精神疾病所苦的孩子，家人也同樣飽受折磨——但現在，有了根治疾病的希望。這竟然是眞的，她最遠大的夢想即將實現了。

「宣傳並不是重點。」她微笑道：「我是由衷爲他們感到高興。我們眞的做到了，眞的提供了新的療法，有望治癒精神病患。你們何時動身？」

「我得先和愛德華確認過，清空那幾天的其他行程。如果我們能安排得過來，約瑟夫希望我們能在週一抵達波士頓。」

「我應該能幫你調整醫院這裡的行程，讓你空出時間去完成這份重大的工作，去照顧那可憐的女孩和她可憐的家人。假如你眞能幫助到那一家人，就再好不過了。」

「不是『假如』——我就是能幫助他們。而且啊，一個如此知名的家族願意接受腦葉切除術，這不正印證了他們對我們的信心嗎？可是別忘了，沒有人知道羅斯瑪麗的事，而在手術完成前，約瑟夫也不希望包括他太太在內的任何人，得知我們要對羅斯瑪麗動手術。我們必須嚴加保密。」

盧絲有些詫異。約瑟夫．甘迺迪怎麼會瞞著自己的妻子？甘迺迪太太若是知情，必然會想在女兒身旁陪伴著吧？但無論如何，這終究不是盧絲的家庭，也輪不到她來置喙。「那當然。」

盧絲特別請她的廚師——莉安娜——烹製焗烤龍蝦晚餐，爲羅伯特與愛德華慶功。即使爲最好的情況做了準備，盧絲心裡卻害怕最壞的情況成眞。

羅伯特兩人在波士頓待了將近兩週，比原先預期多了一週。他們並沒對盧絲多做解釋，只說是約瑟夫請他們多留幾天。她深知，並不是每一場腦葉切除手術都能成功，他們有幾次手術失敗，甚至有幾個病人不幸死亡。不過整體看來，大多數病人在術後健康狀況都得到了改善，只有百分之五的病人死亡。盧絲猜想，若羅斯瑪麗死了，羅伯特應該會立刻通知她才對。話雖如此，她仍舊憂心忡忡，總覺得羅伯特那邊一定出了問題。她在客廳壁爐前來回踱步，焦慮地等著丈夫歸來。

兩個男人終於走進門時，盧絲被他們灰敗的氣色嚇了一跳。仔細一看，發現他們都頂著濃濃的黑眼圈，看樣子不僅是因爲數小時車程而疲勞委頓。她暗自做了心理準備，等著他們道出壞消息。

「羅伯特、愛德華——發生什麼事了？」

「我不想談這個。」羅伯特語調平板地回答，同時拉著愛德華進客廳坐下。「我需要一杯烈酒。愛德華你呢？」

愛德華點點頭。

「我本來打算開香檳的，不過——」

「現在恐怕不是喝香檳的時候。」愛德華黯然地說。

「那蘇格蘭威士忌呢？」

兩個男人都點了點頭。盧絲倒了三杯酒，然後在羅伯特身旁的沙發上坐下，愛德華則坐在他們對面。「能不能告訴我，究竟發生了什麼事？」她盡量用最輕柔的語氣問。

「手術沒有成功。」羅伯特低頭盯著地板，盧絲握住他的手。

「有多嚴重？難道她——」

「她還活著。」愛德華插話道：「但是，我們沒能幫到她。原本以爲大腦消腫之後，她的狀況就會有所改善，可惜事與願違。」

「天啊。你們知道原因嗎？是哪裡出錯了？」

「並沒有出錯！」羅伯特厲聲說：「我們照常做了手術，過程中她也一直醒著，以便配合我們確認該切割的深度。手術依照平時的流程進行，她從頭到尾都在和我們說話——背誦〈天佑美國〉、倒著算數——在她有那麼一點語無倫次的瞬間，我們就不再往更深處切了。」

「沒錯，我很肯定當時沒有切得太深。應該是她已經病得無法救治……」

「愛德華一直想安慰我。愛德華，我知道你說得沒錯，這也不是我們第一次見到令人失望的結果，只不過……如果這次手術成功，我們不論是名聲或影響力，都本該能更上一層樓的。」

「或許是這樣沒錯，但我們從事這份工作並不是爲了名聲或影響力。甘迺迪先生沒有因手術結果不如預期而發怒——他自然是非常失望懊惱，不過他從一開始就知道這種療法相對的風險。」盧絲還是頭一次聽愛德華用如此暴躁的語調發言。

「羅伯特、愛德華，你們別再自說自話了！到底、發生、什麼事？」

「羅斯瑪麗．甘迺迪在術後沒有恢復心智能力。完全沒恢復。不僅沒恢復，她的狀況反而比先前更差。我們原本期望她只是術後恢復得比較慢，於是在波士頓多留了一個星期觀察，卻沒有任何變化。她的智力退化到幼童程度，需要有人時時照料，幾乎無法行走，大小便失禁。約瑟夫堅持要把她轉到精神醫院，所以我們把她移動到『克雷格之家』後才回來。」羅伯特垂頭喪氣道：「其實這件事並不稀奇，我們的手術結果有好有壞，之前也出現過類似情形。我只是很不希望這種事發生在她身上。」

「我們不希望這種事發生在任何人身上。」愛德華意有所指地說：「但事情發生在這個家族的孩子身上，我們確實是大受打擊。」

盧絲不禁雙眼泛淚。腦葉切除術的結果當然不可能次次完美，然而此次失敗顯得尤其不幸。那家人經歷了許多折磨，最後那位可憐的羅斯瑪麗小姐還是得住進精神病院，狀況甚至比術前更差。儘管如此，現在不是灰心喪志的時候，盧絲顯然得爲了羅伯特與愛德華保持堅強。他們兩人已經盡力了。「好吧，至少她能得到完善的照護，也能得到家人的支持與幫助。在這方面，她已經比許多的病人來得幸運了。」

「也是。應該說，至少她的父母會支持和幫助她——他們不打算告訴其他幾個孩子。約瑟夫也對我們表明，我們再也不准提及此事。」

「不告訴其他孩子嗎？」

「盧絲，那是他們家的私事，我們無權插手。約瑟夫想要這樣處理，而那是他的家庭，該怎麼處理他也最了解。總之，我們會和他們的家庭醫師保持聯絡，由那位醫師持續追蹤羅斯瑪麗的病情。唉，真是太遺憾了。」

「你們兩個是國內最權威的腦葉切除師，既然連你們也無法成功治癒她，想必換成別人也是如此。」盧絲站起身，因強顏歡笑而感到內心空洞、身體微微發顫。這件事撼動了她的信心，但現在不能讓羅伯特兩人發現。

「我知道這次你們受到打擊，不過這只是一次不如預期的結果而已——過去五年來，你們可是累積了不少成功案例啊。我們必須放下這次的挫折，朝光明的未來前進——也多虧了你們，才有這麼多病人得以擁有璀璨的未來。」她繼續說：「來吧，莉安娜爲你們準備了美食，我們去好好吃喝、慶祝這些年來所有的進步，別再爲一次罕見的不良結果而懊惱。」

她邁開腳步朝飯廳走去，然後帶著過分開朗的笑容回首。

「對了，我有好消息還沒和你們分享呢。上週潘妮洛普・康納和她姑姑來訪，她現在狀況好得驚人，不僅氣色紅潤，連身材也豐腴了些，身上不見一絲抓痕。她如此討喜又平靜，而且很快樂。她姑姑不停對我們道謝，感謝讓她姪女得以重獲新生。所以瞧瞧，你們兩個眞的造就了奇蹟。」

盧絲爲此事相關的所有人難過——羅伯特、愛德華、可憐的甘迺迪夫婦，當然還有羅斯瑪麗。但她必須拋下這份哀傷。醫學本就不存在百分之百的成功率，而就整體而言，腦葉切除術所帶來的助益遠遠多過於損害。他們這是在推動醫療技術的進步，幫助無數病人。這才是眞正重要的部分。

第16章

「我到現在還是不敢相信，他居然就這樣走了。」

盧絲用羅伯特的手帕輕拭雙眼，兩人走在從格拉梅西公園那幢愛瑪汀大宅回家的路上。

「盧絲，妳太過情感氾濫了。我知道他是妳父親，可是他就連死了也要噁心妳，實在太過分。」

「話不能這麼說，他不是把木蘭崖居留給我們了嗎。」

「是沒錯，但他指定妳母親繼承他的董事席位，又是怎麼回事？莫名其妙。她哪裡懂醫院的運營？」

「也是，不過——我總不能身爲醫院的副院長，同時兼任董事吧。」

「妳或許不能，但我可以啊。」

「羅伯特。」盧絲斜睨了他一眼。她明白，羅伯特幾乎和從前的自己同樣渴求伯納的認同，如今伯納撒手人寰，卻不曾承認腦葉切除術對精神病治療的重大貢獻，他們夫妻倆都頗不是滋味。儘管如此，在這種時刻表現得此般傲慢，實在有失妥當。

「盧絲，我知道妳難過，也知道妳無論如何都還是愛著那個男人。可是妳想想，妳父親已經多年未實質參與我們的生活了。」

即使羅伯特盡量用了安慰的語氣，盧絲仍聽出他話語中的勉強。她心裡很清楚，如今伯納走了，羅伯特其實大大鬆了口氣。在醫院，伯納無疑阻礙著羅伯特前進，董事會每每論及推進腦葉切除技術的議題，伯納總是持反對意見。

「我知道你說得沒錯，我只是……唉，可憐的母親，她已經失去太多了。」

「是啊，不過她還是擁有很多。」羅伯特將盧絲拉入懷抱，在她臉頰輕啄一口。「她還有我們。而且啊，不知妳注意到了沒，她可是歡天喜地地準備搬去棕櫚灘住呢。」

「也是。」盧絲輕輕一笑。「和父親相比，母親在那裡向來快樂得多。」

「這也是讓我納悶的原因之一。妳父親把董事會席位留給她做什麼?她人根本就不在紐約，要怎麼參加會議?」

「是啊，她可能會缺席投票，或是指定某個代理人。她已經說得很清楚，希望一年大部分時間都能留在佛州。」

「說到這個，我就更不懂了——她爲什麼還要留著格拉梅西公園那棟房子?我們要不要乾脆自己搬進去住算了?」他眼神微微一亮。

「羅伯特，那是他們夫妻倆的家，我又不想住那裡!我們的連棟別墅空間已經夠大了，甚至還嫌太大，而且那才是我們眞正的家啊。」

「那當然，親愛的。妳也知道，我眞的很愛我們的連棟別墅，我只是在想，假如我們搬進大宅，我就能把房子的一部分改建成辦公室，在那裡診治私人病患。如此一來，我就能同時顧及私人病患和醫院那邊，有效率地完成兩邊的工作。」

盧絲停下腳步，轉頭端詳羅伯特。如果他在家中也設有私人辦公室，專門作爲精神病門診使用……這個想法相當吸引人。但無論如何，盧絲就是不願住進父母的豪宅，在她心目中，那地方一直都不像她的家。

「我覺得，倘若母親回紐約探望我們時，少了她的格拉梅西公園宅，她可能會很傷心。況且，如今戰況越發激烈，我們所有人都背負了重擔——」她哀傷地深吸一口氣。「我認爲，現在沒理由做任何改變。更何況若眞要搬家，我也只想搬去木蘭崖居。」

「這倒是個好主意！對了，我可以把車庫改建成一整套辦公空間！」羅伯特笑容滿面，兩人又一次邁步前進。「而且妳在那裡一直過得很開心。近來醫院變成這個樣子——唉，都是軍人——妳也需要一個能眞正放鬆身心的所在。我知道這對妳來說很不容易。」他緊緊握住盧絲的手，從頭到尾都沒提及哈利，而是委婉地帶出她揮之不去的傷痛，盧絲爲此感激不已。「我覺得，如果能搬到海邊，我們想必能過得非常幸福。」

盧絲考慮了一下。木蘭崖居確實是全世界最令她感到安寧的所在，而現下父親走了，戰火又連綿不斷，她已然心力交瘁。到了木蘭崖居，她便能從往昔最幸福的回憶中尋求安慰，重溫兒時和哈利無憂無慮玩耍的日子，以及同羅伯特度過的寧靜週末時光。這些或許能化爲撫慰人心的膏藥，消去她在醫院目睹的痛苦。

「就這麼辦吧！」她笑盈盈地轉回去面對羅伯特，一時間喜笑顏開。「當然，有些時候工作太忙，我們可能沒辦法來回通勤——不過到時，我們就能暫居現在的連棟別墅。」她最後說：「我很喜歡這個想法，如果每天工作結束都能回到寧靜的木蘭崖居，那該有多好。羅伯特，我又一次爲你的聰明拜服。謝謝你。」

第17章

「該死！他們都該死！你看他們對他幹了什麼，我們得快點幫幫他啊！」艾絲泰．雷諾斯站在盧絲的辦公室裡，不停呼喊與揮手，意圖將不存在的助理招來救助不存在的病人。

「她這種情況已經持續好幾個月了。」她父親坐在女兒身旁的椅子上，低聲說。從男人茄紫色的眼圈看來，女兒的行為對他造成了沉重的負擔。「我還以爲海軍讓她退伍後，她不必再照顧那些受傷的軍人，這種行爲就會改善了。可是現在已經過了兩個月，她卻變得更嚴重，有時我甚至擔心她會傷害什麼人——可能是我，也可能是她自己。」他雙手摀著臉，深深呼吸。「阿普特太太，我太太她已經去世，而我也得工作賺錢。我自己一人實在沒能力照顧她。」

盧絲點點頭，同情地蹙眉。「雷諾斯先生，我能體會這其中的辛苦。」你都不曉得，我是多麼感同身受。

她一直以爲，隨著住進愛瑪汀醫院的退伍軍人越來越多，自己所感受到的痛苦便會逐漸減輕，然而事實不然。每次收到艾絲泰這樣的病人，她又會重新經歷當初面對哈利的撕心裂肺之痛。無論見過多少飽受折磨的退伍軍人，她都宛如初見，再次感受到新鮮的傷痛。

愛瑪汀醫院如今人滿爲患，住院人數已經是可容納人數的一．三倍，而其中大多是無法在外界正常生活的退伍軍人。每次新病人被送來，盧絲心中都會萌生一個念頭：當初如果哈利亟需就醫，醫院卻沒能騰出床位來，那他們一家會做何感想？於是，她來者不拒，盡可能挪出更多空間，也重新經歷了二十年前的喪兄之痛，彷彿那令人心碎的事件才剛發生不久。盧絲身心俱疲，然而她必須完成工作；尤其是現在，這份工作更是無比要緊。

「這場難熬的戰爭造成了各式各樣的精神問題，而我們治療此類病症的經驗豐富。艾絲泰作爲軍隊護士，爲我們的士兵做了偉大的奉獻，現在就把她交給我們，由我們來治癒她吧。」

「妳眞的覺得你們能治好她嗎？」

盧絲理解這種焦急，這種對希望的渴求。她恨不得緊緊擁抱這名父親，對他保證，他的女兒一定能治癒。盧絲、羅伯特與愛德華此時面對最艱鉅的考驗，假若他們熬過這場風暴，治癒了心靈破碎的男男女女，讓他們回歸正常生活，那這所有的努力都值得了。如果能幫到戰爭中內心受創的人們，那哈利也不算是白白喪命——他的犧牲，可說是鋪墊了一條進步之路、療癒之路，也使無數人得以過上更好的生活。然而，盧絲並沒有將這些話說出口，而是保持鎮定，以專業的態度面對病患家屬。

「雷諾斯先生，我的確如此認爲。」她盡可能用平穩的語氣說：「眞的。我們經過不懈的研究與努力，造就出該領域的專業；我可以對兩位保證，雷諾斯小姐在愛瑪汀醫院，一定能得到最好的醫療照護。」她對年輕女人笑了笑。

「噢，請叫我艾絲泰。叫艾絲泰就好了。」

盧絲不禁心想，若非對方不停胡言亂語，眼前這位漂亮的二十三歲女郎，活脫是雜誌或照片中走出來的人物。她面容姣好，擁有可愛的心形臉蛋、豐滿得恰到好處的粉唇，以及一頭濃密棕髮。

「好了，艾絲泰，我們去看看妳的房間如何？」盧絲站起身，溫柔地搭著女人的手臂。「妳會和另外幾個軍隊護士共用一間寢室，相信妳們能處得非常愉快。」艾絲泰怯怯地點頭，盧絲則轉向她的父親。「雷諾斯先生，就麻煩你沿著這條走廊走去卡瑟太太的辦公室，她會協助你辦理住院手續。辦手續的這段時間，我就先讓你女兒去房間安頓下來。」

「對了，請你特別注意我們住院文件中的一份聲明。」她接著壓低了音量，以免艾絲泰聽見。「我們愛瑪汀醫院都使用最先進的治療方法，在一些極端情況下，還會施用腦葉切除術。不瞞你說，我丈夫羅伯特．阿普特醫師正是發明這種技術的先驅。我目前還無法肯定艾絲泰是否需要如此激進的治療，但我想先提醒你，如果簽了我們的文件，那就等同允許我們施用任何必要的療法，以達到將她的健康狀況最佳化、出院機會最大化之目的。」

她最後說：「綜上所述，麻煩你在簽署文件與離開醫院前，先確保自己能接受這些條件。等我帶艾絲泰去寢室後，很樂意再回來回答你的任何問題。」

雷諾斯先生一時間愣住了，雙眼瞪大片刻、彆扭地嚥了口口水，這才點點頭。「只要能幫到她，你們需要做什麼就做吧。」他稍微別過頭，彷彿羞愧得無法面對盧絲，半晌過後才轉回來。「其實，她很會唱歌，歌聲簡直就是天籟。以前還是教會合唱團的獨唱者。」

「那太好了！我們每個月會辦一次舞會，還會請樂團來表演。妳有沒有興趣和他們同臺演出呢，艾絲泰？」盧絲用微笑鼓勵著眼前的年輕女性，接著又轉向辦公室，最後安慰雷諾斯先生：「我對你發誓，我們一定會把她照顧得很好。」

第18章

盧絲從容地走進查爾斯．海頓的辦公室。他們如今已共事將近二十年，查爾斯每回請她前去開會，盧絲都不曾多想……但是今日，她坐在查爾斯對面，卻在對方臉上瞥見了一絲傷感，心下不禁有些慌亂。近來由於大批退伍軍人入院而疲於奔命的，並不只有盧絲一人，查爾斯也同樣過分操勞了。也許她在他眼底看見的，是和她及全醫院所有職員無異的疲勞。

「查爾斯，出了什麼事嗎？」

「沒事沒事，別擔心。來，請坐吧。」他揮手示意對面的椅子，靜靜看著盧絲就座。「盧絲，從我來愛瑪汀醫院工作的那一刻開始，妳就一直是我無可替代的好伙伴。」

「是你給了我機會，我不過是在你的授意下辦事罷了。」她訝異地注視著對方。他特地叫我來一趟，就是為了說這些嗎？

「說什麼傻話呢。打從一開始，妳就展現出與眾不同的關懷之心，顧及病人住院時的所有面向。是妳幫助我規劃設計院內的病房和公共休憩空間，幫愛瑪汀醫院添了溫暖和人情味，同時也確保病人得到最高品質的照護。」查爾斯繼續說：「這些年來，妳持續追蹤我們精神病學領域的最新發展，除了採納最先進的療法，還聘用了思想最前衛的職員——妳丈夫就是其中最傑出的人物。此外，有妳的協助，我才能確保醫院所有營運與行政事務都順利進行。妳自己則對院內每一位病人關懷備至，爲他們消抹了入住時的不安，並讓他們感覺自己成爲我們這大家庭的一員。」

盧絲不禁紅了臉。面對毫無保留的讚美，她有些不自在。在她看來，自己在醫院做的每一件事都無足稱道。她知道查爾斯對她十分欣賞，她自己也認爲他們是一對好搭檔——但是，她也僅僅是盡力完成自己份內的工作罷了。*他究竟想表達什麼？*

「想必妳從好一陣子之前就想知道，我打算何時卸下院長之職？畢竟我年紀也不輕了嘛。」他微微一笑。

「其實我完全沒想過這件事，也無法想像沒有你的愛瑪汀醫院。醫院能有今天，都是多虧了你。」盧絲有些緊張，西裝外套下的腋下開始冒汗。「你不會是打算離開吧？」

「不是離開，是退休。盧絲，是時候了。妳已經充分證明了自己的能力，證明妳能夠帶領這間醫院走下去。沒有人比妳更適合繼承院長的頭銜。」

「查爾斯，你這麼支持我，我眞的很榮幸也很感激，可是——這份責任實在太沉重了。」

盧絲努力克制自己的面部表情，維持臉上緊繃的微笑，盡量不表露心中的興奮。她當然幻想過要當上院長，卻從不允許自己相信此事的可能性。因爲無論接下院長之職的人是誰，那都會是一份難以比擬的大成就——對女人而言更是如此。

即使這所醫院是以她的娘家姓氏爲名，她一介女流要當上院長也非易事。而且，她也知道查爾斯大部分的日常工作都是行政事務，假使她成爲院長，也不可能在完成所有行政庶務後，再擠出更多時間和病人互動了。

「我認爲，這份工作繁瑣的行政部分，我可能應付不來。你也知道，財政與營運、和大捐款人維繫關係、法律保障與認證等等事項，那都不是我的強項。我擅長的是和院內病人及職員交流，而不是對外的聯絡。」

「我的確知道，不過我也知道，一旦妳下定決心要去做一件事，無論那是多難的挑戰，妳都能克服。我列了一張候選人名單，準備從中挑出能取代妳成爲副院長的佼佼者。妳剛才提到的那類行政工作，這些人都做得相當熟練，在其他醫院的履歷也都可圈可點。還有，妳放心，我會等妳找到新的副院長，在那之前我不會棄妳而去的。」

「可是查爾斯，病人怎麼辦？要是我以後沒時間去探望病人呢？」

「盧絲，我也不瞞妳，妳之後確實無法像現在這樣，有這麼多時間可以和病人互動。有時，妳必須像我一樣，相信副手呈上的病人報告。但只要妳選對副手，就還是能調整自己的工作量，比我多花些時間巡視病房。我之所以把自己這部分的工作交給妳，是因爲妳在這方面表現優異，令我放心。」

盧絲羞得低頭瞅著雙手。

「此外，我雖然退休了，妳有什麼問題還是可以隨時來找我，我會盡量輔導妳並提供建議。妳母親已經請我接任她的董事職位了。」

「她要讓出董事席位？」

「是的。妳父親當初指定她繼承董事之位，也不過是作爲過渡期的替補。他是打算等妳做好接管醫院的準備後，由我接下董事工作。」

盧絲瞠目盯著查爾斯。父親當眞預期她會在未來某一天接管愛瑪汀醫院嗎？

「盧絲，雖然他沒親口說過，但妳父親他是眞的對妳、對妳在醫院做的這一切青睞有加。我敢對妳保證，他從一開始就是如此規劃的。」

「是嗎……」盧絲無法想像父親有這樣的計畫。伯納在制定計畫時總是一絲不苟，如果他指望盧絲在未來擔任院長，想必會提前和她談論此事吧？「不，不可能——」

「這不僅完全有可能，同時也是正確的決定，而且時機也成熟——應該說，時機早就成熟了。」查爾斯站起身，慈愛地給予盧絲擁抱。「恭喜妳圓滿地完成副院長的工作，也恭喜妳晉升，妳早已得到了晉升院長的資格。現在愛瑪汀醫院這艘大船將改由妳來掌舵，我已經等不及看它步入全新的篇章。」

盧絲愕然地起身，站立在當場，一時間無法消化這一切。可是，既然查爾斯和父親都相信她的能耐，那她就必須扛下這份重任。

「謝謝你一直以來對我的信任……我絕不會忘記這份知遇之恩。我從以前就覺得自己很幸運，能和你這位有遠見、支持下屬的上司共事。而且你不僅是上司，還是我的知心好友，我以後肯定會想念天天和你見面的日子。你退休後，我還真不知該如何填補你留下的空缺。」

「妳什麼都不必填補，只需要做自己。那麼，如果沒有別的問題了，這些是副院長候選人的履歷表，妳要不要看看？越早找到妳的繼任者，就能越早讓妳坐上這張院長的椅子。」

盧絲深深呼吸，點了點頭。無論她情願與否，職涯的下一篇章已為她拉開了序幕。

第19章

盧絲坐在新的辦公桌前，只覺得雙眼痠灼。

從她正式接任院長至今，已過了三個月，期間她在查爾斯的幫助下聘請了洛伊．哈丁頓接任副院長之職。洛伊先前在加州一間小醫院任職，主要負責財務及營運業務——這些正好是盧絲的弱項——盧絲讀了該醫院多位主管為他寫的推薦信，並和查爾斯討論過後，認為他與盧絲的專業能力可以互補，選他再合適不過。但儘管有了洛伊的輔助，盧絲仍感覺自己時時刻刻埋沒在文書堆中；即使在社會安寧的時期，院長的管理職責也足以令她不知所措，而在退伍軍人不停湧入醫院的此刻，她更是忙得焦頭爛額。

時間已到晚上九點，她還須核可四份器材升級的申請書，再讀至少三份病況評估，那之後能不能回家也仍是未知數。但無所謂，左右她還是得等羅伯特與愛德華完成本日最後一場手術，才能夠一同離開。

羅伯特如今比過去更加忙碌了，除了在醫院上班，他在大學授課的課表也排得滿滿的，另外還有越來越多病人到曼哈頓和木蘭崖居的私人辦公室向他求診。他和愛德華往往選在一早做手術，否則就是等到晚間，完成當日其他要務後再為病人動手術。他們已經盡力了，但等著切除腦葉的病人名單依舊只增無減。

現今全美上下的精神病院都人滿爲患，至少愛瑪汀醫院創新的技術能夠減緩許多病人的痛苦，盧絲爲此感到自豪。話雖如此，醫院裡住滿了需要救助的無數男女，她卻根本沒工夫關心他們所有人的病情。盧絲的眼皮越發沉重，同一行文字已經讀了第五遍——就在此時，有人輕叩她辦公室的門，她陡然驚醒。

「愛德華。」她露出微笑。「今天的工作都完成了嗎？」

「是啊，終於完成了。羅伯特還在寫筆記，應該很快就能帶妳回家了。盧絲，妳看上去很操勞，眞的該好好休息一下。」

「哎，跟你和羅伯特相比，我根本就什麼都沒做。是你們兩個每日奮戰，竭力修復病人的損傷。謝謝你關心我，但我眞的沒事。」

「妳別妄自菲薄，要不是有妳，我們也不可能從事這份工作。這間醫院是妳創造出來的，也是妳讓它持續運作下去。醫院當初預估的住院人數上限沒這麼高，是妳設法容下了兩倍的病人，同時還能記住每一間病房裡每位病人的情形。妳眞的很優秀，但就算是上帝創世也需要休息一天啊！」

盧絲注視著愛德華，她雙眼布滿血絲，眼底還有濃濃的淤紫。也許是睡眠不足的緣故，也許是方才那份病歷又是關於某個有自殺傾向的軍人，抑或是在愛德華發自內心的擔憂之中，她又一次感受到了兄弟手足的關愛……盧絲忽地眼眸發澀，怎麼也止不住淚水盈滿雙眼。

「盧絲，怎麼了？妳已經竭盡所能，我們大家都盡力了。」愛德華從辦公室門口走來，有些遲疑地輕撫她的後背，如同男孩對母親彆扭的安慰。

「但如果這還不夠呢？」

「如果什麼還不夠？」羅伯特健步走進門，出聲問。「愛德華，兄弟啊，你到底對我太太說了什麼話，怎麼惹她落淚了？」

盧絲認知到此刻的荒謬，忍不住輕笑出聲。該哭泣的人不是她，近來是羅伯特與愛德華日以繼夜地為病人操勞，沒在愛瑪汀醫院治療病人時，他們會到別家醫院訓練其他的醫師施用腦葉切除術。他們甚至成了退伍軍人事務部的顧問，成天面對不計其數的罹病軍人。她必須保持堅強，支持羅伯特與愛德華，並支撐起整間愛瑪汀醫院。

「抱歉，親愛的，我只是一時情緒失控，不巧被愛德華撞見而已。要回家了嗎？」盧絲起身，感激地一握愛德華的手臂，然後將辦公桌上剩餘的資料夾整齊疊好，準備明早一到辦公室繼續閱讀。

羅伯特幫她穿上外套、熄了燈，然後三人沿燈光昏暗的走廊朝出口走去。

「愛德華，我覺得是時候把我的新想法告訴盧絲了，你說呢？」

「你還沒告訴她嗎？」愛德華聽上去有些訝異，語音中也許還摻雜了些許寬慰。「我還以為你腦子裡一冒出新的點子，就會馬上去告訴盧絲。」

「是，是，平時是這樣沒錯。」羅伯特朝盧絲一點頭，對她露出小小的笑容。「不過我們最近忙得分身乏術，一直沒空檔好好談一談。況且，現在醫院的大小事務都由她作主，我得謹慎一些，用專業的方式對她報告這些事呢。」他莞爾一笑。羅伯特為盧絲晉升之事歡喜不已，不僅因為盧絲事業有成，同時也因盧絲總是大力支持他的想法。「不然這樣吧，愛德華，你隨我們回家如何？今天待到太晚了，我們會宿在城裡。現在開始對盧絲說明我的想法，豈不正好嗎？我們可以邊用餐邊討論這件事，你晚點也可以在我們家留宿。」

「愛德華，我們自然隨時歡迎你，但我今晚已經精疲力盡，沒辦法聽任何形式的報告。我打算一回家就直接上床睡覺。」盧絲和愛德華處得很自在，不怕冒犯到他。

「盧絲，妳總得吃點什麼吧？而且我保證，這個想法絕對值得妳醒著聽完。」

「老實說，我甚至不確定屋裡有沒有料理晚餐的食材，不過應該能請莉安娜做幾份三明治吧。」

當他們在餐桌邊坐下，準備吃一頓簡單的晚餐時——歐姆蛋、蔬菜和法式長棍麵包——羅伯特興高采烈地說了起來：「如果我告訴妳，我想到了改良我們這種腦葉切除術的方法，能使治療的人數指數型成長呢？」

「指數型成長？」盧絲明白，羅伯特一直為前額葉腦葉切除術的限制懊惱。愛瑪汀醫院目前仍有不少病人排隊等著動手術，這是因為醫院無法一次性為許多人提供術後的照護，而此種情形在羅伯特走訪的公立醫院更是嚴重，公立醫院的經費畢竟比他們少得多。如果能對更多人施用腦葉切除術，那無疑會大大推進病人整體的精神健康。

「妳沒聽錯。」羅伯特微笑站起身，準備進入盧絲所謂的「專業對話模式」。「阿馬羅．費恩貝蒂[2]。」他說完便頓了頓，也許是為了戲劇效果，也可能因為莉安娜這時端著餐盤開始上菜。莉安娜靜靜走出飯廳時，羅伯特才繼續說：「那位義大利醫師用不同的方式切入大腦，他的手術不必動到頭骨，而是穿過眼眶上部的薄膜對大腦做手術。」

「穿過眼睛？」盧絲聽得一頭霧水。「他穿過眼睛做腦葉切除術？」

「嗯，他從眼眶動手術的主要目的不是切除腦葉，但我認為我們可以。」

「可是，你要怎麼……」

「腦葉切除手術我們已經行之有年，有將近十年的手術經驗了。我們了解大腦中該進行切除的部位，現在就算蒙住愛德華的眼睛，他也能輕鬆完成手術——雖然他打死都不可能這麼做。」羅伯特笑著轉向愛德華。「也許你該先試試看？」

「羅伯特，你怎麼拿這種事情開玩笑？」盧絲責備道。

「我也不完全是在開玩笑。假如我們穿過眼眶向上刺入大腦——也就是使用『經眶穿刺法』——基本上就是在看不見大腦的情況下，進行腦葉切除術。我認爲做得到，因爲我們現在已經對大腦的那個部位瞭若指掌，況且手術也可以容忍些許的誤差。愛德華，你說是不是？」

「這個，」愛德華看向盧絲，似乎有些侷促。「羅伯特認爲，未取過樣本的病人以及被我們取過樣本的病人，兩者都沒表現出任何差異，所以即使在做經眶穿刺手術時精確度稍微降低，病人也不會受到負面影響。」

「樣本？」盧絲納悶地重複道。

「我們定期從病人腦中收集活體組織作研究使用，這也大幅推進了我們的研究。」

「嗯，那當然。」盧絲對此事毫無印象，但他們先前想必對她提過，她只是沒把事情放在心上罷了。病人兼任實驗的受試者，其實也不是什麼稀奇事。「那麼，用這個新的方式切入大腦、進行腦葉切除，有什麼益處呢？這會帶來什麼樣的改變嗎？」

---

2. Amarro Fiamberti，一八九四～一九七〇年，義大利精神病學家，於一九三七年進行第一個經眶前額葉切除術。

「如果能透過眼眶向上切入大腦，就不需要將病人全身麻醉，只要用幾次電休克讓他們昏睡過去即可。此外，我們不必在頭骨鑽孔，幾乎不會出血；不必剃掉病人的頭髮，也沒有縫合的必要。術後幾乎不用等多久，病人就會康復了。有了這項新突破，腦葉切除術有機會變成簡單的門診治療措施，病人甚至不需要住院。」

盧絲咬了口歐姆蛋，接著轉向愛德華。「你認爲這個方案可行嗎？」羅伯特雖是傑出的醫師，不過在神經外科方面，她還是較信賴愛德華。而和羅伯特相比，愛德華顯得猶豫許多。

「老實說，我現在也才剛開始接受這個概念。我實在無法想像自己在醫院外施用腦葉切除術，不論在什麼條件下，我可能都做不到。不過呢，經眶穿刺可能比當前的手法更有效率——」

「這代表，我們就能治療更多病人了！」

「前提是我們得先在醫院環境中熟悉這種做法。」

「現在就先別提這些枝微末節的事啦！」

「男士們！」盧絲笑著站起身。「我現在眞的累昏了，沒精神聽更多細節。我們明早再繼續談這件事，好嗎？」

說罷，盧絲給丈夫一吻，往愛德華的肩頭一拍，逕自回房就寢了。

第20章

盧絲開車駛入前院鐵門，沿碎石車道朝屋子開去。隨著帶有海水鹹味的空氣飄入鼻腔，她心中湧起了歸家的喜悅，原先緊繃的身體也逐漸放鬆。

他們搬到木蘭崖居定居後，便買了第二輛汽車，夫妻倆時常分別通勤進出城。她很懷念從前和丈夫一同在車內相處的時光，不過現在羅伯特常常在車庫改建成的辦公室裡診治精神病患，往往一待就是一整天，而在醫院上班時，他也忙著治療病人和進行腦葉切除術，有時過了三更半夜才回到家。在兩人工作和作息如此不同的情況下，硬要一起通勤就太不切實際了。

盧絲駛近車廊，就見一輛車停在圓環車道的另一邊。有病人到小屋那裡向羅伯特求診嗎？羅伯特今天比盧絲提早幾個鐘頭離開醫院，但盧絲敢肯定，他沒提過今天下午要幫哪個私人病人看診。他們不是說好要共進晚餐嗎？近來夫妻倆的生活全被工作吞噬，盧絲甚至不記得上次好好坐下來一同用餐是何時的事。她今晚情緒低落，真的很需要藉由羅伯特的堅毅決心振作起來——羅伯特每一次都能提醒她，和哈利那時相比，現在那些由他們照護治療的退伍軍人，處境已經好非常多了。

她收拾車上幾件物品，穿過莊嚴的大理石門廳，行經飯廳後進廚房找到了廚師。

「莉安娜，阿普特醫師今晚似乎會工作到較晚，能麻煩妳幫我們保溫晚餐嗎？等我們準備用餐了，我會再通知妳。」

她說完便逕直走出廚房後門，順著岩石小徑朝羅伯特的辦公室走去。她快步走近時，看見一名男子坐在車庫外的椅子上，開始西沉的落日照亮了他神色痛苦的面龐。

「你的親友在裡頭嗎？」盧絲柔聲問。

男人點點頭。「是我的太太。」他沉著臉，緊咬牙關，盧絲感到一股同情流遍全身。

「她是預約幾點看診？」男子對盧絲投了個懷疑的眼神，於是她解釋道：「我是阿普特醫師的同事，我們平時都在曼哈頓的愛瑪汀醫院上班。不用擔心，你有什麼事都可以告訴我。」

「三點鐘。」男子回答，見盧絲是專業人士，他似乎鬆了口氣。「我是真的、真的很不希望事情演變成這樣，可是她上禮拜把自己鎖在房間裡，關了整整兩天。後來我終於把她從房裡弄出來，她竟然拿刀攻擊我……」他雙眼泛淚。「我一直以來把她當公主呵護，可是怎麼會有妻子這樣對待自己的丈夫……我只是想讓她變回原本的樣子，讓從前的她回到我身邊。」

盧絲從男子身上移開目光，凝望草坪另一頭的水畔，竭力掩飾自己的震驚。她本以為羅伯特是在進行尋常的診療，但他向來嚴格守時，頂多一個鐘頭就結束看診……而現在，已將近下午五點半了。

他該不會在施用新發明的經眶腦葉切除術？

他絕不可能在未告知盧絲的情況下，直接動手嘗試這種方法吧？假如他眞擅自動了手術，那愛德華呢？他是否也瞞著盧絲用了經眶穿刺法？

「這位先生，能請教你的大名嗎？」

「湯瑪斯．達納。我太太——」他揮手示意小屋緊閉的門。「——她叫愛麗絲。」

「達納先生，阿普特醫師有沒有告訴你，這次看診大約需要多長時間？」儘管心臟撲通撲通亂跳，盧絲仍盡量若無其事地詢問。

「他說治療應該很快，她過一個小時就能大致恢復，可以自己走回車上。可是我已經在這邊等了超過一個鐘頭……」達納先生淚如泉湧，盧絲握住他的手表示安慰，同時也盡量穩住心神。愛德華在不久前獲得哥倫比亞大學的教職，盧絲知道他今天在大學授課，卻沒想到羅伯特會在愛德華不在場的情況下，試圖施用腦葉切除術。

無論如何，盧絲的首要任務是做好醫院院長的角色，此刻必須好好安撫病人家屬。

她首次直視達納先生的雙眼。

「我確信阿普特醫師能幫助你太太，他可是能創造奇蹟的男人呢。這樣吧，我現在進屋去替你確認你太太的狀況，如何？」

即使窗簾緊閉，盧絲還是能看見丈夫的輪廓。只見羅伯特站在愛麗絲．達納身邊俯視著她，身影異常靜止。屋外的盧絲輕輕敲門，以免驚擾到他。如果他正在動手術，她千萬不能害他嚇得手抖。她以平穩而鎮靜的語調開口：「羅伯特，你這邊都還好嗎？」

「盧絲？」他出聲確認。「都非常好！我需要一點輔助，快進來吧！」

「我等等就回來。」盧絲朝後向達納先生說完後，稍微摸索地打開門，同時盡量遮擋達納先生的視線。她悄然入內，深吸一口氣，嘗試緩解太陽穴的陣陣疼痛。

「啊，謝天謝地！」羅伯特興奮地說：「我成功了！手術基本上已經結束，只剩移除手術器具的步驟，但我需要拍張照。我感覺在這裡已經站了一輩子，絞盡腦汁思考去拿相機拍照時，該怎麼讓這些東西留在原位。」

盧絲見狀猛地倒抽一口氣，感覺自己隨時可能暈過去。

過去六個月來，她聽羅伯特滔滔不絕地描述這種手術，卻沒想到手術現場會是這副模樣。此刻，她丈夫站在診療床邊，而床上的愛麗絲．達納頸部以下蓋著一條花布床單——這難道是他們客房的床單？至於羅伯特選用的「器具」——該不會是從盧絲冷凍庫裡拿的碎冰錐吧？難道羅伯特是臨時起意，決定在辦公室裡動手術？難道他眞爲了一張照片，讓這可憐的女人在此狀態下多待了這麼久？

「親愛的，能不能幫我把這幾支器具穩住一下？我拍幾張照就好。」

「羅伯特，我……」

「不對。」他滿腦子都是自己的事，顯然沒注意到盧絲的遲疑。「必須由我來握住器具，那照片由妳來拍好了。這樣妳就能拍到器具完全插入的狀態，接著再拍我移除器具的動作。移除的過程很快，記得做好準備，趕緊拍下來！」

盧絲努力穩住身心。她知道這是丈夫在事業上的關鍵時刻，自己不僅得以見證此刻的突破，丈夫還指望她將這個畫面拍下來，讓全世界看見。他需要她。盧絲走到床邊，拿起相機。

「準備好了。」她木然說著，只覺周遭事物都在眼前浮動，雙眼無法好好聚焦。

「妳靠近一點，把器具插入頭部的位置和角度都拍下來。」羅伯特提醒她。

她的人中和額前都冒出了冷汗，但還是依羅伯特的指示拍下照片。

「很好。現在我要把它們拔出來了……小心……好，拍照。」羅伯特轉頭面對她，猶如走紅毯的影星般對鏡頭粲然一笑。然後閃光燈亮起，盧絲再也無法承受眼前的畫面，就此癱倒在地。

第21章

隔日傍晚，盧絲興沖沖地朝車庫走去。

羅伯特成功完成了第一場經眶腦葉切除手術，而這週末，愛德華與他剛開始交往的女友會來木蘭崖居作客，羅伯特想趁那位女友到來前，將手術細節告訴愛德華。女方的火車就快到了，他們得趕緊結束討論（畢竟對外行人而言，手術這種話題有些血腥）。

盧絲為自己昨日目睹的一切驚奇不已——尤其是羅伯特挑選的手術器具，更是匪夷所思——但無論如何，手術終究成功了，相信愛德華也會和她一樣激動雀躍。走近小屋的門時，她聽見愛德華的叫嚷聲。羅伯特是容易發怒沒錯，但從十年前認識愛德華至今，盧絲還是頭一次聽見他如此聲嘶力竭。

「……我都明言對你說過那麼多次了，我不同意這麼做！」

盧絲僵立在門外，忍不住側耳傾聽。

「我不是在醫院做的，你也不必和這件事扯上任何關係。」

「羅伯特，你在胡說什麼？我們可是搭檔，而且我才是外科醫師。我們一起在手術室裡工作時，旁邊有我、護士和其他醫療設備，發生了意外也可以即時搶救，因此你在那種情況下操刀是一回事。可是在這裡？！」

「在這裡又怎麼了？我完全有能力在自己的辦公室裡治療病人。你竟敢暗諷我醫術不精？」

「這裡只是一間精神科診所，環境沒有消毒，也不具備完善的設備和工具。如果她突然癲癇發作，你該怎麼辦？要是她開始大出血呢？」愛德華的語調從憤怒轉變成了懇求。

「你說的那些風險，不過是罕見的異常狀況罷了。」愛麗絲．達納可是面帶笑容、蹦蹦跳跳地走出我這間辦公室的。」

「你又扯到你那套『異常狀況』之說。」

「這就是腦葉切除術的未來。它絕妙之處在於我可以獨力完成手術，換作任何一個醫師也都做得到。而且我可以在我自己的辦公室裡動手術，不需要仰賴醫院的資源。這下我一天有多少個小時可以工作，就可以拯救多少個病人了。」

「羅伯特，拜託你把我的話聽進去。我沒有要阻撓醫學進步，只是想確保你安全行事。」

盧絲忽地忐忑不安。愛德華怎會反應如此激烈？難道他說得沒錯，這種手術不該在小診所執行嗎？她是不是放心得太早了？

然而，在過去數週，盧絲已經鉅細靡遺地問過羅伯特，和他討論過渡到這種新方法所需的準備。羅伯特信誓旦旦地告訴她，這是能在診所辦公室內進行的安全手術，而盧絲也親眼看見愛麗絲．達納健康地走出了車庫。羅伯特若能繼續用經眶腦葉切除術治療病人，就有機會治癒更多人；只要經過適當的媒體宣傳和公關操作，愛瑪汀醫院還可能成為國內治療精神疾病的首要研究發展機構之一。他們甚至可能吸引捐贈者投入更多資金，在國內擴大發展——試想，如果全美各地都設有愛瑪汀治療中心，那將有多少人受益啊！

盧絲平時都十分信賴愛德華，然而在此時，他的反應實在不合理。他如此反對羅伯特的行動，是不是受了另一種動機驅使？愛德華向來只扮演二把手的角色，身處羅伯特的陰影之中。莫非他此時如此惱怒，是因為多年來深埋在心底的怨憤？這不像是他的作風，但盧絲也想不到其他的解釋了。

這時，車庫的門「砰」一聲猛然打開，愛德華怒氣沖沖地大步朝他的車走去。「你想這樣做，隨你便！」他回頭罵道。

他跳上車，發動引擎。

「愛德華！」盧絲慌忙呼喊。不能讓他就這麼憤而離去，他們必須好好把話說開來——但是，一陣海風吹散了她的呼喚聲。

愛德華想必只是去火車站接女友瑞貝卡，這不過是同事間小小的齟齬罷了。

汽車呼嘯著駛下車道，消失在遠方。

盧絲奔進車庫，就見羅伯特站在辦公桌邊，領口釦子被他解開來，整個人似乎心亂如麻。「我不懂。我還以爲他會很高興的，我們這樣不就能幫助所有需要手術的人嗎？」

「我知道，我知道。」盧絲輕聲說著，握住他的手臂。

「沒錢住院的人，這下也可以治癒疾病了啊。」

「對……對……是啊。」盧絲安撫道。他眼角是不是有淚光？「羅伯特，你聽我說。」她凝視著丈夫。「你實現了非凡的突破，我們必須將你這激進創新的成果公諸於世，我也會確保全世界都看見你的研發成果。你這種新療法……它必然能改變一切。」

羅伯特環抱住她。「親愛的，我愛妳。」他將臉埋入盧絲的秀髮裡，激動地說。

「我也愛你。」她悄聲回道。

第22章

六個月後的某日，盧絲坐在廚房餐桌前喝黑咖啡。若在平時，咖啡的苦澀總能令她心神振奮，正好用以開啓新的一天，不過今早的她不用外物也能振奮起來，反倒需要想辦法讓怦怦狂跳的心臟冷靜下來。

下樓進廚房時，晨間報紙通常會整齊疊在桌上供她閱覽，但現在報紙散得到處都是，每一份都攤開到最關鍵的那一頁，上頭的日期——一九四七年一月二十三日——將會永遠銘刻在他們心頭。

盧絲望向窗外的大海，然而就連那寧靜的景色也無法平息她內心的亢奮。她全身都隨著上下抖動的腳震動不停，聽見接近廚房的腳步聲，她差點沒從椅子上一躍而起。

「羅伯特？」

「不然還會是誰？」羅伯特已然洗漱打扮完畢，身上穿著三件式西裝，外加一根手杖。他大概是認爲手杖能爲自己增添幾分莊嚴，盧絲雖不以爲然，但她沒法改變羅伯特浮誇的言行舉止與裝扮，只好選擇用欣賞的眼光看待這身打扮。

她對丈夫微微一笑，起身幫他倒一杯咖啡。盧絲朝廚房另一頭走去時，往羅伯特面前拋了一份《紐約時報》，報紙已攤開到中間一頁，只見新聞標題寫著：「**碎冰錐腦葉切除術——十分鐘治癒瘋人的奇蹟療法**」。

只見羅伯特的小鬍子兩角上揚，盧絲看著他整張臉綻放志得意滿的燦笑。他開始朗讀文章：「『本週稍早，包括筆者在內的少數幾名記者受邀前去愛瑪汀醫院，參與在該院舉辦的特殊演示……』」羅伯特喃喃唸著，略過下一段文字，接著又讀道：「『筆者已非首次報導阿普特醫師富有潛力的醫學研究，這位醫師致力於精神病療法的開發工作，旨在找出更有效的療法。』」羅伯特抬眼對上盧絲的視線，確認她在聽，這才接著讀下去。「『他是前額葉腦葉切除術的幕後功臣，此種手術是鑽孔探入病人大腦……』嗯，這些介紹就不必看了。」

羅伯特笑盈盈地喃喃道，然後繼續速讀那篇新聞報導。「『……過去十年來，阿普特醫師在紐約愛瑪汀醫院工作，用他的腦葉切除術幫助最暴力、最難以治癒的病人。』是，是，還有更多關於舊技術的介紹。啊，重點來了，《紐約時報》直接引述了我的話！」羅伯特坐得直了些，對盧絲唸出自己的引文：「『從多年以前，我就認定更有效地切入大腦的方法必然存在，這種方法稱不上手術，卻能達到和前額葉腦葉切除術同樣的療效。此新方法是一種簡單的治療，可以在國內任何一間診所完成。』」

他頓了頓，望向廚房對面的盧絲，盧絲驕傲地笑看他。他自己的笑容也越來越開懷，接著又唸了下去，算是在自言自語，同時也讀給盧絲聽。「『阿普特醫師解釋，送入手術室的病人前一天才偷了午餐用的餐叉，試圖刺傷護士……完整治療過程只用了少少數分鐘，而除了在碎冰錐上無可避免的殘留痕跡外，基本上毫無出血……這名相貌可人的女病人曾經是護士，在戰後開始不時會暴力地發怒。當她恢復意識時，阿普特醫師在我們驚駭的注目下，給了她一份華爾道夫沙拉，以及餐叉——』這篇最好要讓愛德華看到，不管他現在跑哪去了。」

「其實啊，羅伯特，你在術後那樣測試可憐的艾絲泰，我也覺得有點過火了，但這顯然讓記者留下了深刻的印象。這些吸引觀眾目光的戲劇效果，你拿捏得真好。」盧絲將一杯冒著熱氣的咖啡放到丈夫面前，羅伯特如萬里晴空中的驕陽般神采飛揚。盧絲在他身旁停留片刻，沐浴在他的溫暖之中，這才回到餐桌對面的座位上。

「『筆者能誠實表示，在報導醫學新聞的這些年，』」羅伯特繼續讀道：「『還是第一次見證此種突破性進展。術後，病人嘻嘻笑笑、平靜自若地吃著沙拉，對房裡所有人宣布自己已經好幾年沒感到如此喜樂了。羅伯特．阿普特醫師無疑是一代醫學奇才，以碎冰錐腦葉切除術造就了奇蹟。』」

羅伯特一把將報紙拍在餐桌上，霍然起身。「醫學奇才。醫學奇蹟啊！」他欣喜若狂地握住盧絲的手，把她從椅子上拉起來在房裡轉圈，用浮誇華麗的動作摟著她來了個下沉步，接著深吻她。盧絲如往常般盈滿了對這個優秀男人的感激之情。

「好，該去醫院了！相信接線生已被全國各地醫院打來的電話忙昏了頭，大家一定都迫不及待想跟我學這種『奇蹟』療法。」他笑得合不攏嘴。「親愛的，準備好了嗎？」

「羅伯特？」盧絲用眼神對他示意。

「怎麼了，親愛的？妳這不是一如既往地明豔動人嗎？來吧，妳今天如果想一起開車進城，就得加緊腳步了，我必須立刻進辦公室。」

「我還穿著睡裙呢！」

「啊，也對。」羅伯特這才定睛注意到她的穿著，輕笑了起來。

「我需要花幾分鐘更衣。」

「抱歉，我不能等了，還有好多工作等著我去做呢。」他抓起公事包，戲劇化地對盧絲一鞠躬，還作勢脫帽行禮。然後，他用口哨吹著《白雪公主》裡那首七矮人的歌，大步流星地出了門。

第23章

「少了妳，我們以後的社交舞會就不會那麼精采了，我們之前簡直像是請了安德魯斯姊妹[3]其中一人駐唱，好不熱鬧呢。你說是不是啊，亞伯特？」盧絲對艾絲泰．雷諾斯會心一笑，接著轉向和艾絲泰建立了親密友誼的住院病人亞伯特．伯德。「我知道，你之後想必會非常想念這位和你同臺演出的歌手。」亞伯特微笑著點頭，眼裡含著淚光。

亞伯特已經在愛瑪汀醫院住院治療將近一年，當初送他入院時，家屬表示他患了精神分裂症[4]，不過盧絲看得出，他罹患的並非此症。亞伯特無疑經歷過創傷性壓力——他背部和大腿上布滿了傷疤，看見突兀的動態時眼底會露出驚嚇瑟縮之色，他也經常作噩夢。

儘管如此，他仍是善於交談且十分能幹的男人，相貌也相當俊俏；他身材高䠷、一頭濃密棕髮梳成了時髦的柔和波浪狀，穿著打扮也一向無可挑剔，有種富家子弟特有的貴氣。但他的言行舉止都堪稱樸實大方，從不輕慢醫院裡身家背景較卑微的病人，對朋友也是真心相待，人人都喜歡他。他善於彈琴，從他與艾絲泰兩人在音樂室相見開始，他們便幾乎隨時都膩在一塊，他也成了艾絲泰的伴奏者。在醫院每月的社交舞會上，所有病人都會圍繞著亞伯特與艾絲泰，兩人也彷若多年故交，相處起來無比輕鬆自適。

起初，艾絲泰的父親擔心他們會彼此互生情愫，但盧絲安慰他，亞伯特並不會那般看待醫院裡的女人。盧絲不會因亞伯特是同性戀者而批判他，甚至在她認知到亞伯特是因此被送到愛瑪汀醫院時，還試圖說服他離開醫院，去外頭世界享受生活——例如去歐洲生活。無論他的家屬怎麼想，盧絲心裡都明白，他還是有機會放下家人的不贊同，過自己的生活。不過話說回來，盧絲自己的興趣雖也與眾不同，至少從沒有人試圖「把她打到恢復正常」。

「好了，這就是最後一包。亞伯特，我們恐怕到說再見的時候了。」

盧絲允許亞伯特進女病人寢室協助艾絲泰收拾行囊，暗暗希望他見到好友出院，就會產生想趕快跟著出院的念頭。

「艾絲泰，我的美人，去和全世界分享妳美妙的歌聲吧。」亞伯特輕柔地擁抱她。

「對，我一定會唱歌！」艾絲泰咯咯笑著說：「只不過現在是去學校工作，改成在學校唱歌了。亞伯，我一定會想你的！」她輕快地笑了笑，在亞伯特與盧絲的陪伴下走

3. Andrews Sisters，二十世紀前半葉相當知名的美國女聲合唱團體。
4. 臺灣於二〇一四年將「schizophrenia」一詞正名爲「思覺失調症」，但爲配合故事二十世紀中葉的背景，故使用舊譯名來呈現。

到廊道盡頭。亞伯特左轉回男病人的側廳，盧絲與艾絲泰則右轉進入醫院前廳，來到艾絲泰的父親面前。

「我不知道怎麼說再見。」艾絲泰躁動不安地說。她似乎有些焦慮，等不及快快道別完，回歸外頭的世界。

「妳不必跟我道別，想回來隨時都可以回來看我。我爲妳感到驕傲萬分。」

對恢復健康、即將出院的病人道別，是盧絲這份工作中最純粹的喜悅，而多虧了腦葉切除術，她又能把更多病人送回外面的世界。她其實明白，被她送回家的病人已和過去不大相同——相較於術前，艾絲泰不再如過去那般善於言詞，身體也偶爾會不由自主地抽動，但至少她能在醫院外和父親一起正常生活了。這已是一大勝利。

盧絲是眞心捨不得艾絲泰。艾絲泰最初到來時，是個相當有挑戰性的病人，時而清醒幹練，有時卻會無預警地陷入暴力和負面情緒的漩渦，那次餐叉事件便是最具代表性的例子。

羅伯特雖對媒體表示餐叉事件發生在手術前一天，但其實事情是在更早之前發生的。有時羅伯特就如嘉年華會上大聲招攬觀眾的人，爲了加深人們的印象而加油添醋，刻意安排戲劇化的情境。儘管如此，盧絲也不得不承認，自從切除了腦葉，艾絲泰就變得極爲討喜，不僅和順平靜，還顯得相當愉快。盧絲看得出，對方從前想必是個優秀的護士，雖然如今的心智狀態已不容她從事那份工作，但退伍軍人事務部還是協助她找到了一份穩定工作。從今以後，艾絲泰將在一所小學校擔任音樂老師，而這份工作再適合她不過。

「雷諾斯先生，我們都捨不得和你這位歡樂可愛的女兒道別，不過現在能將她交還給你，我們當眞欣喜萬分。」

「阿普特太太，我實在不知該怎麼謝妳。」他激動不已，握著盧絲的手許久，久到都稍嫌尷尬了。

「你不必言謝，先生，這是我的份內之責。況且，看到艾絲泰健康的模樣，我就已經心滿意足。」

「我也一樣。眞不敢相信，我的寶貝女兒終於回來了。」他轉向女兒，艾絲泰伸手擁抱父親。

「爸，我們走吧，我想去看我的房間和我的床。而且我餓了。」

盧絲笑了起來。「艾絲泰，以後要和我們保持聯絡喔！也請你務必多和我們說說她的近況。」她對雷諾斯先生說，然後將他女兒少少的幾件行李交過去。「祝你們好運。」

「我們有了妳，哪還需要什麼好運呢？」他微微一笑。「女兒走吧，我們回家！」

第24章

盧絲關上辦公室的門，在蘇西身旁另一張椅子上坐下。接管愛瑪汀醫院至今已過了十八個月，她終於被羅伯特說服，重新裝修了查爾斯的辦公室，除了改換成自己喜歡的模樣，還增添較現代化的裝飾擺設。盧絲雖然很想留在自己原先那間辦公室，但她明白，若將較大的邊間辦公室讓給副院長洛伊．哈丁頓，對方勢必會產生錯誤的心思。身為主管醫院的女性，盧絲必須盡己所能地確保所有人都認同她的權威。然而此時，她同蘇西坐下來檢視年度預算的多處不合理，還是擔心自己做得不夠。

「鹿鹿，我就直話直說了，這看起來眞的很糟。」

「所以不是我小題大作？」

「這樣說吧，我的女子健康組織還很小，不會有這種規模的預算，不過開銷在一年內上升百分之二十五，這也太誇張了吧？要是發生在我身上，我就要丟工作了。」

「我實在不懂，表單上每一條我都反覆檢查過十幾次。我們的病人人數其實是在每年遞減，退伍軍人也都一個個出院回家了。」儘管困惑，她還是露出微笑。「蘇，妳有沒有看到什麼被我忽略的東西？這是我作為院長的第一個財政年度，希望在會計師介入之前能自己解決問題。」

「如果我能幫妳解決就好了。」蘇西翻了翻那幾份報告，開始往加法器輸入數字。

「你們今年有裝新的暖氣嗎？」

「沒有。查爾斯在戰爭前夕就把暖氣系統更新了一輪，到現在也才五年多而已，即使需要稍微維修，也絕不至於換一套全新的系統。」

「唔……那你們有把所有床墊換新嗎？」

「沒有啊！妳看到什麼了？」盧絲湊過去閱讀蘇西忙著檢查的那幾頁。

「看看這個：這六個項目的每月支出……在今年，它們都在逐月增長。我覺得問題就出在這裡。」蘇西來回翻閱預算報告中的設施管理部分。「這些支出個別來看都不大，可是加總起來，就會使整體支出大大增加。」

「但這些東西我們都沒有更新升級啊——至少，我沒有授權做這件事。」盧絲看著蘇西，瞇眼整理腦中逐漸明晰的想法。「預算的這一部分都是由洛伊負責。當然，他若發現任何顯著的增長，應該要和我確認過，但我之前一直忙得不可開交。妳也知道，我喜歡在日間盡量去探望院內的病人——難道他未先知會我，就擅自做了這許多決策？難道是我嚴重失職，竟沒注意到這點？」

「鹿鹿，這我就真不曉得了，但妳想知道答案的話，那還不簡單？去問問那傢伙就好啦。」

「蘇，眞的謝謝妳來幫忙。」盧絲站起身。「我不想再占用妳的時間，而且現在我也掌握夠多的情報，足以把這件事查個水落石出了。」

「開什麼玩笑？我也想知道這到底是怎麼回事啊。我哪都不去，就在這裡等著。」

「妳太熱心啦。」盧絲笑了起來。「謝謝。」

於是，她懷著滿腔怒火與慚愧，走到洛伊的辦公室。爲了維持自己和病人之間密切的關係，她放手讓洛伊把持了大部分預算相關的事務——當初僱用他，便是爲了將行政庶務交給他，查爾斯也鼓勵她這麼做。她是否過分放縱洛伊了？說到底，醫院的財政管理是由她負責，她必須確保經費都受到妥善運用。

「洛伊，你有空嗎？」她沒敲門便逕自走進副院長辦公室。洛伊是個相貌平凡的男人，身高比盧絲矮一、兩吋，以男性而言身高普通，頭髮和眼珠都是淺褐色。他向來用穿著打扮來彌補相貌的平凡——一頭褐髮總是用髮乳梳得一絲不苟，身上也總穿著時下最流行的西裝、繫著最時髦的領帶。盧絲對這點有些不解，畢竟洛伊工作時間大多是和病人相處，但她也沒有多想。

「當然有空。」他的語調不甚親切。「妳需要我幫什麼忙嗎？」

「我在看我們的年終財務報告，注意到支出大幅提升，但我不記得我有授權過這幾筆開支。」

「所以呢？」洛伊幾乎是不耐煩地嗔怪道。

「所以呢——」盧絲對他投了個凌厲的眼神。「——我必須釐清這幾筆採購項目是怎麼回事。」

「阿普特太太，我一年到頭進行了許多設施相關的採購，如果要我每一次都來向妳請求許可，那我們兩個就別想完成其他工作了。」

「這我明白，但過去數月來，這幾項支出持續穩定增加，著實不合理。我知道你在記帳方面十分細心，想必能不費力地幫我找出相關的收據吧。我只是想知道，我們買了什麼東西、爲什麼買這些東西，如此才能對董事會解釋清楚。」

「那可是大量的文書工作，依我看，完全就是在浪費時間。」

「但這恐怕是必要的工作。請搜集所有相關收據，盡快送到我的辦公室。」

「是，院長。」洛伊轉頭開始在抽屜裡翻找，不再看盧絲。他雖從一開始就有些冷漠，今日卻十分失禮，甚至有不服從上司的言行。情況不太對勁。盧絲希望他不過是忽然間被她嚇了一跳才如此，但她擔心事情比自己想像中嚴重得多。

數小時過後，蘇西已然離去多時，洛伊這才進盧絲的辦公室向她回報。在這之前，盧絲已經去找了他兩回，希望能多少減輕心中的不安，然而兩次都沒在副院長辦公室裡見到他。

「你終於來了！幫我找到收據了嗎？」

「沒有。」洛伊撇開了視線，忿然抿著唇。

「這是什麼意思，我不明白。」

「我到處找過了，甚至還到樓下的檔案庫看過，就是什麼都沒找到。收據應該是不小心被扔了。老實說，我還是不懂，妳爲什麼偏偏要找那些收據？就算開銷上升了，那也是因爲我們需要採購東西啊。暖氣通風孔啊、床單啊，醫院裡多得是需要經常更新汰換的東西，採購對我來說就是家常便飯。」

「那是自然，但這些項目的支出不太可能在兩年之內大幅增加吧？我們並沒有做大規模的固定資產改進，這些費用沒道理突然大增。缺失的收據就只有這些嗎？還是有其他收據也遺失了？」

「我不知道妳到底要我說什麼。」洛伊戒備地直視盧絲的雙眼，面色陰沉而充滿了敵意，似在挑戰她繼續追問下去。盧絲不爲所動。

「我要你去追蹤這幾筆支出，找出讓預算年增百分之二十五的採購項目。我需要了解詳細情形，才有辦法對董事會說明，此類不負責任的花銷是爲何而起。」

「妳是說我不負責任？」

「洛伊，你誤解我的意思了。我不是想追究責任，不過是在告訴你，我們不能接受如此大幅度的預算上升。我必須給董事會一個說法，而既然這是你負責的範圍，那就必須由你來給出解釋。」

「反正我能做的都已經做了，剩下的你們自己看著辦。」洛伊倏然轉身離去，重重甩上盧絲辦公室的門。

盧絲不禁一驚。洛伊怎麼會表現得像個驕縱的小孩子？應付完這次的董事會議後，她恐怕不得不對洛伊下達正式的警告。他的言行太過離譜，假若他無法對盧絲表現出尊重，那就得找人取而代之了。

結果，盧絲再也沒機會和洛伊談話。隔天早上來到醫院，盧絲赫然發現副院長辦公室裡所有的私人物品都被搬空，可能證明洛伊盜用公款的文件資料也都不翼而飛。盧絲對他的信賴被完全踐踏在腳下，她不僅為洛伊的背叛傷心透頂，還恨自己放任事情發生。她身為愛瑪汀醫院的院長，對醫院做出的第一個主要貢獻，竟是這場侵占醜聞。她怎麼會如此盲目？

現在，盧絲能肯定一件事——制定預算、採購業務和財務規劃等工作她雖不喜歡，卻是關鍵且重要的職務，她再也不能讓自家醫院的常規行政事務超脫她的控制。即使必須犧牲自己與病人之間的日常交流時間，她也必須好好掌控財政相關的行政工作。

畢竟，這就是她現在的工作。若能熬過此次風波，她絕不會再拿如此重大的事冒險了。

插曲

羅伯特：一九五二年

羅伯特將攜帶式電擊機放在一旁地板上，大力敲了敲門。他環顧四周，找尋有人在此生活的跡象，注意到棄置在樓梯邊的垃圾，以及門上剝落的油漆。若要讓羅伯特挑選住所，他絕不可能選這種單人房旅館，不過話說回來，羅伯特也不可能像房裡那個男人一樣，爲逃避法院裁定的腦葉切除治療而潛逃在外。

這已經不是第一次遇見非自願個案不在預約時間就診的狀況，羅伯特當然也可以將這名男子交由其他醫師處理，但可以的話，他不希望任何一個病人錯失由他親自操刀治療的機會。況且，他也只會在俄亥俄州多待一天而已。於是現在，他站在了那男人的房門前。羅伯特心知，病人在經受小劑量的電休克之後，便很可能消除所有不必要的驚慌。可惜中西部地區醫院沒有攜帶式電擊機，他只能自行來這破爛的鬼地方一趟。

「歐倫布魯先生，我是阿普特醫師，就是下午和你通過電話的那一位。」羅伯特聽見門後傳來窸窸窣窣的腳步聲。難道他眞要把這男人當成一隻受驚的野貓，從房間裡引誘出來？「先生，我是來幫助你的，僅此而已。我已經工作了一整天，現在特地大老遠開車來找你，是希望能和你談談。請打開這道門吧。」

「談談而已嗎？」

「是的，先生，談談而已。」

房門開了一條縫，但門鏈仍扣著。「那你爲什麼帶了地上那個機器玩意兒？」

「別擔心，我帶上它不過是以防萬一，如果你想用它來稍微平復心情，那我就能用它來幫你。我知道這種療法聽起來很恐怖，但你眞的沒必要擔憂。」羅伯特傾身靠近窄小的門縫，用強勁的氣音說：「先生，你應該不希望事情鬧得整間旅館人盡皆知吧？請讓我進房間，我們私底下討論吧。」不久後，他聽見門鏈滑開，房門開了。濃重的霉味、菸味和混濁的酒精味立刻撲鼻襲來。男人往亂糟糟的床上坐了下來。

「歐倫布魯先生，我看得出你很難受。腦葉切除術能讓你感覺好些，你當初不也同意接受治療了嗎？」

「是沒錯。」男人低頭看著地板，將一個啤酒罐踢到床底下，彷彿這樣可以藏起來。「可是我眞的不曉得耶，要切人的腦袋……感覺就不太對。好像對上帝不太尊敬。」

羅伯特忍不住皺眉。他是眞心厭惡這種說法。是上帝給了人類理智思考的能力，而羅伯特運用這份天賦，開發出減緩病痛的奇蹟療法。這不是充滿宗教性的詩意嗎？

他注意到，小桌子上的菸灰缸已經滿溢出來，他越快離開這骯髒噁心的地方越好。「歐倫布魯先生，我能叫你山姆嗎？」男人點點頭。「山姆，你在醫院時，醫師有沒有對你解釋過施用腦葉切除術的理由？」

山姆再次緩緩點頭——他似乎不願透露太多。

「從你的病歷看來，你近來行爲嚴重失常，很可能會被關進精神病院的嚴格管制病房。這部分，你的醫師有告訴過你嗎？」

男人還是只有點頭。

「那你想必也明白，我幫你治療就是在幫助你吧？如此一來，你才能過正常生活，不必去坐牢。我說的這些，你都懂吧？」

「嗯。可是我腦子缺了一塊，那要怎麼過活？」

「你似乎誤會了。你還是會保有完整的大腦，只不過腦中一些驅使你做出暴力和不良行爲的連結，會在治療過程中被切斷。術後，你就不會再因爲酒保找錯錢而敲碎啤酒瓶，把碎玻璃舉在對方喉嚨前威脅了。」

山姆羞愧地垂頭。「我也不是眞的要弄傷他，只是想讓他知道我不好惹而已。」

「不論那次事件的詳情是什麼，總之你後來被送進了醫院，被安排由我來爲你治療。山姆，我只會在這個城鎭再停留一天，之後就會離開了。這種療法是我發明的，國內找不到比我做過更多次腦葉切除術的人。」他繼續說：「據我的理解，州法院已經下達命令，你無論如何都得接受治療。所以，你是想明天來醫院，由國內最權威的專家進行手術，還是再繼續拖下去，等著讓剛被我訓練出來的職員拿碎冰錐戳你大腦？」

「閉嘴！不要再說那個了！我不做！我一定會改進的，我發誓。」

羅伯特凝視著眼前的男人。對方身高不高，卻體格結實、稍微過重，倘若羅伯特拿捏不當，有可能被對方傷得很嚴重。羅伯特彎腰掀開電擊機上蓋，插上插頭。機器開始嗡嗡低鳴。

「那是什麼？你搞什麼？不要碰我！」

「沒事，山姆。沒事的。」羅伯特面帶最和善、最溫柔的笑容，他必須趁情勢失控前讓對方鎮定下來。「這不過是個小工具罷了，當我的病人感到非常擔心時，我會用這東西幫幫他們。來，跟我一起坐在地板上，瞧瞧這東西吧。你看，這些線圈可以通電，就像電燈泡的內部。有時我頭痛難耐，也會用它來舒緩疼痛。它感覺很美妙喔，像是一點癢癢的感覺，能讓我全身都放鬆下來。」

他接著拿起兩個金屬杯，分別抵在自己兩側太陽穴上。「我會把這兩個小杯子放在這裡，就像這樣，然後踩下那邊的踏板；下一秒你就會感到安寧又平靜，甚至可能不記得自己爲何擔憂了。」僅僅是聽著他的敘述，山姆似乎就冷靜了下來。「這是非常有效的治療，用一次就能全身放鬆，直到明天都能保持天不怕地不怕的感覺。到時我們在醫院見面，你要的話，我可以再讓你用一次這個機器。你想試試看嗎？」

「會痛嗎？」

「我保證，完全不會痛。」羅伯特靠向山姆，一個俐落的動作將兩顆電極按在山姆頭上，然後一腳踩下踏板。一股電流竄遍了山姆的身體，他抽搐片刻，上唇捲了起來。

羅伯特放開踏板的同時，也鬆開了抓著山姆的手。男人頓時頹然倒地，已然失去意識。羅伯特拔下電擊機的插頭，將機器收拾好。他想了想，認爲讓山姆俯臥著比較好，於是他從腋下托起男人的上半身，將對方拖著擺成趴姿。山姆完全不省人事，若非看見他的胸膛隨呼吸起伏，羅伯特還擔心他或許死了。好，這樣他應該就能睡到明天了。

羅伯特起身欲走，然而就在伸手握門把時，他注意到自己的手袖——那是實驗衣的白袖口。他今天匆忙趕來，甚至到現在還未脫下實驗衣。他把電擊機放在地上，在書桌旁那張小塑膠椅上坐下來，腦中有個主意逐漸萌芽。確實是個出色的主意。他一隻手伸入實驗外套的口袋，把玩著穿眶錐——也就是他的金屬「碎冰錐」。

他手邊沒有槌子，但應該能快快回車上拿一把……不過他不想冒險。也許房裡有可以替代槌子的物品。他掃視房間，在狼藉的室內找尋任何夠重、夠鈍，足以當作槌子使用的物品。用空酒瓶太危險了，玻璃有可能碎裂。他的目光落在了床頭櫃上，臉上浮現得意的笑容。羅伯特走向床頭櫃，拉開抽屜，取出抽屜裡的那本厚書[1]。

他鎖上房門，在髒兮兮的地毯上跪了下來，先是幫山姆拉好襯衣，接著小心翼翼地將穿眶錐和書本放在男人腹部上。眞是好笑，山姆居然這麼適合當手術托盤。羅伯特熟練地掀開男人的右眼皮，開始動手術。書本操作起來雖不如槌子靈活，但還算堪用，羅伯特也爲這戲劇性的因果沾沾自喜。

「我這就讓你看看，什麼叫不尊敬上帝。」他一面喃喃自語，一面往金屬短椿敲了最後一下。

術後，他觀察了山姆五分鐘，確認男人的呼吸依舊平穩。然後，他把《聖經》放回抽屜，離開房間到走廊上的浴室，將穿眶錐沖洗乾淨。他回到房間時，山姆正逐漸恢復意識。羅伯特在椅子上坐定，靜靜等待。山姆緩慢地動了起來，翻身側躺，面帶柔和的笑容蜷縮成胎兒姿勢。

「山姆。」羅伯特柔聲說：「山姆，別在那裡睡著。能請你坐起來嗎？」

男人聽話地撐起身體，坐在地上。他的臉扭曲成了困惑的神情，舉起一隻手按住頭部。

「是啊，你想必有些頭痛吧。這是術後最令人不適的副作用，但是過一、兩天就會消退了。你能不能站起來，然後去床上躺著？」羅伯特朝山姆伸出手，以免男人需要攙扶。山姆感激地握住羅伯特，在他的幫助下站起身，然後軟趴趴地熊抱著羅伯特，整個人掛在他身上。「好了。來，我扶你上床。」

山姆在床上躺好的同時，羅伯特在書桌上找尋紙筆。他沒有找到任何文具，於是

1. 美國的旅館床頭櫃中，經常會擺放一本《聖經》。

轉向山姆。「我得回車上一趟，去去就回。房門我不會關，你需要我的話就喊一聲『醫生』，好嗎？」他用電擊機撐開房門，匆匆跑了出去。片刻後，他回到房間，只見山姆看似更加清醒，正茫然盯著門口。「很好，你越來越清醒了。能不能告訴我，你叫什麼名字？」

「山、山、山姆。」男人露出笑容。

「非常好。那我的名字是？」

「**醫生！**」他得意地高呼。

「對。」羅伯特讚許地點頭。「山姆，你今天接受了一點小小的治療，應該會讓你感覺快樂許多，但你可能會回想不起來一些事情。另外，你的頭部可能會痛一陣子。現在還會頭痛嗎？」

山姆愣愣地看著羅伯特，然後點頭。

「沒關係，之後就不痛了。我現在要拍張照片，你會看到一下閃光，別嚇著了。」

羅伯特拿起方才從車上取來的相機，拍了張照片，接著從口袋掏出一張紙，交給了山姆。「我現在得先走了，如果你身體有任何一點不舒服，就走到樓下櫃檯，把這張紙交給他們。懂了嗎？」

山姆繼續一頭霧水地看著他。

「我把紙上的字唸給你聽：『我的名字是山姆．歐倫布魯，我在一九五二年四月二十二日接受了州法院下令執行的腦葉切除術。如有任何問題，請致電中西部地區醫院。』聽懂了嗎？」

山姆呆滯地看著羅伯特。

「樓下那邊有個櫃檯，服務生就在那裡值班。」羅伯特指向門外的樓梯下方。「你要是需要任何協助，就把這張紙交給他們，可以嗎？」他將紙條放到山姆手裡，山姆默默點頭。「好了，山姆。你多保重。」

羅伯特轉向房門，拎起他的攜帶式電擊機，就此揚長而去。今日還眞是無比漫長，他已經準備好要用美味的波爾多紅酒和牛排慶功了。

第三部

盧絲與瑪格麗特：一九五二～一九五三年

第25章

「他還在哭啊，法蘭克。他還在哭個不停。」瑪格麗特在小小的客廳裡來回踱步，全身上下都緊繃如弦，焦急地等著威廉睡去。

「瑪格，醫生也說了，我們對他說聲晚安就可以離開，不用再一直看著他，妳也知道啊。以前在帶約翰和梅西時，這不也很有效嗎？而且那時他們還不到六個月大呢。來，坐下來看《我愛露西》吧，這樣妳就能分心了。」法蘭克開啓新買的電視機。

「調小聲點！」她厲聲罵道：「要是他聽見了怎麼辦？」

「聽見了又怎麼樣？他總得學會在噪音中睡著的，這都是生命的一部分啊，甜心。」瑪格麗特明知法蘭克沒有錯，然而每次一聽見威廉的哭聲，她便感覺皮膚麻癢、脈搏加速。她快要無法忍受這種坐立難安的感受。

「媽咪，威廉什麼時候才不哭啊？」梅西穿著睡裙走進客廳，燦金鬈髮如天使光環般框著她的頭臉。「我和約翰想看書啦。」

梅西，我完全同意，這絕對是酷刑。威廉怎麼就不能像你們兩個這樣？

「我說了妳可能不信——」法蘭克笑吟吟地一把抱起女兒，朝她現在和哥哥共用的臥房走去。「——可是我告訴妳，妳以前的哭聲可是比威廉還誇張喔。我們去問問妳哥，他搞不好到現在還記得呢。」

「眞的嗎？」梅西震驚地看著父親。

「嬰兒就是會哭啊，梅西，他們本來就這樣的。我們只要接受這件事，就可以照常過我們的生活了。」

瑪格麗特嘆息一聲。*那我要怎麼照常過生活呢？我已經不曉得了。*

不久，法蘭克坐回沙發上。當劇中演到里奇已經諒解露西又一次胡鬧時，屋子靜了下來。

「看吧？」法蘭克站起身，伸手將妻子從沙發上拉起來。「船到橋頭自然直，妳只是需要一點耐心、一點信念而已。我當初在法國的時候，就是憑著這些撐過來的。」

「對上帝的信念嗎？」瑪格麗特不屑地說。她也不是沒祈禱過，但絲毫沒有幫助。

法蘭克握住她雙手。「我是相信妳會在這裡等著我，相信我有能力把爸爸的五金店擴大發展，相信我們總有一天能買下自己的房子。這第三個孩子是給我們的贈禮，我們一定能和他一起好好走下去。」

瑪格麗特微微一笑，對丈夫點頭。*你難道看不出，我現在一點也不好嗎？我的人生正在逐漸崩解，你難道看不見嗎？你沒看到我的黑眼圈嗎？沒看到我大把大把的頭髮掉*

到浴室地板上，再怎麼吸塵也吸不完嗎？

「我們去睡吧。大家都說寶寶睡覺時，媽咪也該跟著睡覺。」

瑪格麗特勉強擠出笑容，跟隨丈夫回房就寢。威廉睡了，屋內寧靜無聲，此時此刻，她不必為任何事物擔憂。也許今晚，她終於能夠好好休息。

瑪格麗特猛地驚醒，看向時鐘。現在是凌晨三點鐘，屋內一片死寂。安靜得過分。她全身一顫，發現身上的睡裙又被汗水浸濕了。她剛才是不是作了噩夢？她在床上坐起身，一時間無比清醒，彷彿剛喝了三杯黑咖啡。威廉怎麼沒醒？他通常到半夜還需要再喝一次奶。又是我不好，沒能訓練他在正常時間喝奶。瑪格麗特驚慌地跳下床，奔出房間、跑下走廊。

她站在兒子的嬰兒床邊，看著嬰孩腹部起伏，氣息快速充斥小小的肺臟。他是如此嬌小、如此脆弱、如此無助。她怎麼可能保護好他？她一手貼著威廉的額頭，確信兒子發燒了——是啊，他一定是病了。然而，威廉摸起來一點也不燙。那他是太冷了嗎？是不是需要加一條毛毯？嬰兒在睡夢中動了動，這時，瑪格麗特感受到如潮湧般的喜悅。他要醒了！他要醒了！但他沒醒，動了一下之後又安睡回去，呼吸逐漸平緩。他已經六個月大，有機會一覺到天明了。不對，不只是有機會，他早就該學會一覺到天明才對。

瑪格麗特該回去睡嗎？她怎麼會不知道接下來該怎麼做？

她在嬰兒房的地板上坐了下來，靠著一旁的尿布桌。

之前那兩個孩子，她到底是怎麼照顧的？她真是失敗的母親，一點母性的本能也無。

她不記得自己是何時閉眼的，此時卻陡然驚醒，一時間頭暈目眩。

這是哪裡？她看見威廉毫無動靜地躺在嬰兒床裡，嚇得一躍而起。噢天啊，他沒有呼吸。她的心跳猛地加速，驚慌得全身肌肉緊繃，伸手觸碰兒子的腹部。她開始搖晃嬰兒，先是輕輕搖晃，然後越來越大力。在那一瞬間，她感覺自己停不下來了，雙手的節奏似乎失控。

醒醒啊，威廉。快醒醒。威廉開始扭動和哭泣，瑪格麗特這才感受到流遍四肢百骸的寬慰，一把將兒子從嬰兒床上抱起來，緊緊抱在胸前。隨著淚水滾落面龐──此時，瑪格麗特已泣不成聲──她突然意識到自己做了什麼。

她沒來由地吵醒了原本安睡的嬰兒。這下，她還得去拿奶瓶，想辦法安撫嬰兒、哄他入眠，然後自己下半夜想必是不用睡了。她又一次把事情全盤搞砸。明天她勢必會疲倦不堪，然後啼哭、餵奶、換尿布和睡眠的無盡循環又再度開始。怎麼會有人想當母親啊？如果這就是人生，那或許死了還比較痛快。

第26章

「瑪格，快出來呀！」卡洛琳呼喚道。

瑪格麗特僵立在原處，盯著百貨公司試衣間三面鏡子中的自己。法蘭克準備在結婚紀念日當天帶她外用餐，她卻沒有合適的衣服可穿。

如果露西沒一併邀請卡洛琳同行就好了——卡洛琳的身材依舊完美，衣著搭配依舊無可挑剔，且如今，她甚至做起了化妝品銷售工作。是嫌瑪格麗特還不夠自慚形穢嗎？

「出來讓我們看看嘛。妳之前嫌不好看的那兩件，不都美得要命嗎？我可不相信妳的眼光。」露西勸誘道，瑪格麗特還瞥見她試圖從試衣間的門縫朝內張望。「拜託啦，我保證這之後就不會再逼妳試穿衣服了！」

「是啊，瑪格，拜託妳出來呀！我知道妳穿那件一定美麗動人，那個天藍色布料和妳的眼睛眞的很配。」卡洛琳句句不離色彩，彷彿開始這份新工作之後，她突然成了色彩學專家。

「眞的不行。我看起來簡直像笨重的車子。」瑪格麗特悄聲說。

「唉，瑪格，別這樣說。拜託妳讓我們看一眼嘛，好不好？」

她明知朋友們是一片好意，卻爲鏡中的倒影羞愧難當。她怎能讓露西與卡洛琳看見這樣的自己？她頓時雙眼泛淚。不行，不要再哭了。我現在穿著山東綢，絕對不能哭。

「瑪格麗特．大衛森．巴斯特，我可是四個孩子的媽，穿的是十四號洋裝。還有旁邊這位卡洛琳呢，她可是身材像竹竿一樣，她穿上那件裙子，只會像是披了被單的衣架子。妳明明就很美，別再跟我們胡說八道了！」

「唉，可惜她說對了呢，瑪格。」卡洛琳咯咯笑著說：「我眞恨不得把妳的胸部和臀部拆下來裝在自己身上，不然要怎麼駕馭那件洋裝呢。」

瑪格麗特聞言忍不住微微一笑。她們是說眞的嗎？「好吧，妳們別批評得太用力。」她怯怯地打開門。

「我的老天啊！」露西欣賞地吹了聲口哨。「就是這一件了！」

「妳最好買下這件，否則我就不得不自己買了，而且要是再拿著新洋裝回家，我一定會被迪克殺掉。不過我現在也有在賺錢，買衣服的錢不也有一部分是我出的嘛。」

眞好，卡洛琳還能享受些許的獨立和自由，瑪格麗特根本就無法想像那種感受。

「親愛的，妳穿這件眞是明豔動人。」女銷售員風風火火地來到試衣區。「它簡直像是爲妳量身訂製的時裝！」

瑪格麗特全身一縮。「噢，這個就……」從前的她十分享受萬眾矚目，但如今，她知道這不過都是謊言和恭維，對方只是想說服她，買下這件她買不起的奢侈商品罷了。

「這件非常適合妳啊，兩位女士也這麼認爲吧？」朋友們連連點頭，激動地表示贊同。「而且現在正流行版型方正的西裝外套，我們有一件鑲了毛邊的外套，搭配這件洋裝再完美不過。妳如果需要稍微少露一點，就可以搭外套穿。」女銷售員俏皮地一眨眼。「我趕緊去幫妳拿來。」

瑪格麗特再度被深深的憂鬱吞沒。她以爲自己是誰啊？怎麼可能買得起鑲了毛皮的外套？他們家中可是有三個嗷嗷待哺的孩子，上回的特百惠推銷活動又以失敗收場。她感覺淚水再次襲來，這回她怎麼也止不住泫然哭意。

「快幫我把這東西脫下來，我得趕快脫下來。」她淚如泉湧，只能向前傾身讓眼淚滴落地毯，以免沾到名貴的洋裝。「求求妳了，露西，快趁我毀了衣服之前，幫我把它弄下來！」

露西和瑪格麗特從十歲便相識，兩人親如姊妹，然而此時瑪格麗特仍然羞恥難當。過去的她曾是啦啦隊長，曾經能爬到三層人塔的最上層，現在怎麼卻成了一個連生活都無法自理的家庭主婦，還得拜託好朋友來幫她收拾殘局？

「好，甜心。那我們回試衣間吧。」露西輕輕把她推回安全的小隔間，幫她拉下拉鍊，小心地把洋裝掛回衣架上。做完這些後，露西轉向泣不成聲的好友，將她拉入懷抱。「瑪格，我能怎麼幫妳？我該怎麼做，才能幫到妳？」露西對著她的頭髮輕聲問。

瑪格麗特只搖了搖頭。誰都幫不了她。

「瑪格，我跟妳說。」門外傳來卡洛琳的聲音。「我在《更好的家園與花園》雜誌上讀到一篇文章，說的是『產後憂鬱』。那篇文章說，妳得自己出門透透氣，每天和嬰兒分開幾個鐘頭——所以我們才想說帶妳出來逛街，覺得這樣可能對妳有幫助。」

瑪格麗特感覺這世上沒有任何事物能讓她的心情好起來。她的生活如今成了接二連三的戰鬥，她只能竭力和最黑暗的絕望相抗，努力擺出正常的表情。「我知道妳們想幫我，也很謝謝妳們。」她啜泣著說：「可是……」

「一天排這麼多行程，可能太累人了。威廉畢竟才六個月大而已。瑪格，我們回家吧，相信妳衣櫥裡已經有合適的衣服了，穿上去一定能讓人看得目瞪口呆！」

瑪格麗特感激地點頭，試圖擦去不停落下的淚水。

「喔喔喔，對啊！我還可以幫妳化個和服裝相襯的妝，我這裡有好多試用品，妳都可以免費拿去用！走，趁那個愛管閒事的銷售員回來之前，我們趕快先離開吧！」

瑪格麗特努力收拾心情，在挫敗和感恩的情緒圍繞下，隨朋友走出店面，回歸「家」那個安全卻又令人窒息的世界。

第27章

科帕卡巴納餐廳甚至比瑪格麗特想像中更加豪華，她和法蘭克一同入內時，不禁看得瞠目結舌。難怪這地方會如此熱門、一位難求。

來到他們的桌位時，瑪格麗特幾乎對周圍琳瑯滿目的巴西風幻景看花了眼——拉丁樂團歡快的喇叭和鼓聲、臺上頭戴閃亮飾品並不斷旋轉的科帕舞女、巨大的假棕櫚樹（高度至少十英尺），整體營造出熱帶狂歡樂土的氛圍。

法蘭克愛慕地上下欣賞瑪格麗特的打扮。「眞的好美。」他笑容滿面。

「眞的。」瑪格麗特對這一切深深入迷，也很感謝丈夫帶她來此用餐，她感動得都快說不出話來。

「我是說妳。我簡直像在和麗塔・海華斯[1]約會。」法蘭克對她露出燦爛的笑容——從十四歲開始，瑪格麗特每每看見這抹笑容，都會感到自己的心悄然融化。「妳今晚眞是美得不可方物。」法蘭克憐愛地輕啄她臉頰，然後替她拉開椅子。

夫妻倆已經太久沒在餐廳約會，瑪格麗特甚至忘記自己不僅是廚娘、洗衣工或法蘭克三個孩子的母親，而是作爲女人存在這世上。

「要不要來兩杯科帕卡巴納鳳梨可樂達？」法蘭克揚眉確認她的意願，然後轉向了服務生。他們今晚是特地來觀看哈利．貝拉方提[2]的演出；之前聽卡洛琳提過，貝拉方提因非裔美國人的身分而在一九四四年遭禁演，今晚則是他的「復出首演」。瑪格麗特隱約記得，以前曾在八卦小報上看過相關報導，但當時她忙於學業，沒花太多心思關注這些新聞。無論如何，今晚的活動入場費想必要價不菲，很可能是法蘭克店裡整整一週的收入，而值得登上報紙頭版的演出又使今夜更加特殊難忘，瑪格麗特必須充分享受每分每秒。

飲料送來時，法蘭克舉起調酒杯。「有了小紙傘，今晚就感覺更別緻了。」他笑著一手搭在瑪格麗特的膝上，她也咯咯笑著靠在丈夫懷裡。

她好愛法蘭克寬闊有力的胸膛，還有熟悉且令她心安的辛甜氣味；在那一剎那，她又成了過去那個大膽邀他共赴返校舞會的少女。過去是瑪格麗特選中了他，她知道法蘭克太過害羞，即使能感受到法蘭克別樣的目光，這個少年也不可能壯著膽子邀她約會。瑪格麗特不想止步於當「住在同一條街上，過去短跑總是跑贏他」的朋友，她也相當肯

1. Rita Hayworth，美國著名女演員，一九四〇年代紅極一時的性感偶像。
2. Harry Belafonte，牙買加裔美國歌手及民權運動者，於一九五、六〇年代稱霸美國流行樂壇。

定，法蘭克希望能改變兩人之間的關係。她猜對了。那麼現在，她爲何會覺得非得將自己藏起來，不能讓法蘭克看見？她明明如此難受，爲什麼非得強顏歡笑？

服務生端來豬肋排、春捲、豬排雜碎，甚至還有一道廣式龍蝦——拉丁主題俱樂部裡，居然還能吃到中式菜餚！眞是完美的異國風情。

餐點都十分可口，夫妻倆像是餓了好幾週，開始大快朵頤。換作在平時，瑪格麗特也許會擔心洋裝被小腹撐破，但現在她毫不在意。不知是高昂的樂音、萊姆酒，還是夫妻倆在外獨處的緣故，總之在此時此刻，她感覺恢復了往日的自己：無憂無慮、幸福歡快、勇敢無畏。她拋下餐巾，轉向法蘭克。「我們要不要跳舞？」

「當然。」他起身朝瑪格麗特伸出手，兩人一同走到舞池。音樂步調很快，他們也都不熟悉拉丁樂的節奏，瑪格麗特只能試著模仿臺上的舞者扭臀，卻完全失敗，讓法蘭克整個人笑彎了腰。這時，音樂放慢節奏，他們終於能聽見彼此的聲音，法蘭克將瑪格麗特拉近。

「雖然妳應該已經知道了，但我還是想告訴妳：每天我都無比感謝，妳能成爲我的人。」

瑪格麗特聞言感動不已，夫妻倆靠得更近。

「甜心，我知道妳最近很不容易——可是別擔心，三個孩子都被妳照顧得很好，店裡的生意也越來越旺了。我們一定會好好的。」

然而這句安慰的話語，竟粉碎了方才美好的魔法。瑪格麗特並沒有把孩子照顧好，其實事情都被她搞得亂七八糟，是多虧了母親來幫忙，她才勉強瞞過法蘭克。她的鼻子開始發酸，嘴唇開始顫抖，淚珠不受控地滾落面頰。法蘭克沒有立刻發現異常，但瑪格麗特已然淚如雨下，等她回神時，發現自己全身隨著一聲聲啜泣而震顫不止。

「瑪格？怎麼了？」法蘭克一臉茫然。

「對不起，讓我冷靜一下。」

她勉強擠出這句話，然後快步穿過舞池進入女化妝室，把自己鎖在隔間裡，放任淚如泉湧。*我必須停下來。一定要停下來。瑪格麗特，振作點，好好過完這一晚。妳可是在科帕餐廳……還有哈利．貝拉方提……*然而，她越想讓自己冷靜下來，就哭得越厲害。瑪格麗特感覺靈魂已從體內爬了出來，此時作爲無辜的旁觀者靜觀這一切，完全控制不住自己的情緒。

「親愛的，妳還好嗎？要不要我去把妳的小伙子叫來？」她看見一雙漂亮的跟鞋出現在隔間門外。

「不用，不用。」她試著用輕快的語音婉拒，卻仍泣不成聲。「我沒事。對不起，讓妳擔心了。」

「好喔，那如果妳——」

「瑪格！甜心，妳在裡頭嗎？」法蘭克猛然開啓女廁大門，奔到上鎖的隔間前。

「法蘭克，眞的很對不起。」她號啕大哭。

「瑪格，拜託妳出來，出來好不好？讓我幫助妳。」法蘭克從門下方朝她伸手，卻讓她哭得更加厲害。

「我根本是一團混亂。」

「我不在乎。甜心，拜託告訴我，妳到底怎麼了？」

「我做不到。」

「妳做得到，當然做得到。而且，旁邊這幾位女士應該很希望我快快出去，所以親愛的……求妳了，打開這扇門吧。」

瑪格麗特緩緩將隔間打開一條縫，只見法蘭克站在化妝室中央的圓形軟凳前，化妝室服務生則緊盯著他不放……一旁正在補妝的幾名女性也都小心翼翼地盯著他。瑪格麗特朝法蘭克走去，在鏡中看見自己的倒影。只見她的口紅因剛才擤鼻子被擦糊了，黑色睫毛膏隨淚水流得滿臉都是，雙頰哭得紅一塊、白一塊，狼狽至極。

法蘭克向她張開雙臂。「瑪格，到底發生什麼事？」

「法蘭克，我好不對勁。」

「好，好。」他摸了摸她的頭。「我們先回家，然後來想想我該怎麼幫妳。我發誓，妳一定會沒事的。」

第28章

盧絲望見陽光自汽車擋風玻璃反射過來，羅伯特的車子行經萌發春季綠芽的兩排樹木，朝屋子前門駛來。

換作是往昔，她也許會忍不住跑出門迎接丈夫，不過羅伯特近來頻繁出遠門，如今他遠行歸來，盧絲也只視作他是平日工作返家。她知道要給羅伯特一些空間，讓他重新適應家中環境、整理堆積如山的文件資料，並且取出攜帶出去的醫用器材。他喜歡獨自完成這些事。

然而，將近兩小時過去，盧絲覺得自己等得夠久了。她也想聽聽這回出差的經過啊！羅伯特受到多間區域醫院的邀請，前去示範並傳授腦葉切除術。盧絲喜歡聽丈夫將碎冰錐手術教授給國內其他醫院、幫助這些過於擁擠且經費不足的醫院治療病人的故事。況且，他還會在來回路上探望曾經的病人，盧絲也很想聽聽那些病人的近況。於是她泡了兩杯茶，端著茶杯走出廚房、踏上岩石小徑，來到羅伯特的辦公室。

「盧絲！」羅伯特在盧絲走進車庫時，轉身對她露出心不在焉的微笑。只見他坐在地上，身邊擺著好幾疊紙張和照片，地上大量的資料令盧絲吃了一驚。「親愛的，妳剛才一直在等我嗎？眞抱歉，我只是在整理東西。」

「是啊，我在等你，這幾天我都很想你呢！天啊，這些全都是這次出差的資料？」

「對啊！很不可思議吧。其他醫師受過我的訓練後，醫院簡直變成了福特的汽車工廠，他們像流水線工人般不停施行我的腦葉切除術。」他得意得容光煥發，抬手摸了摸山羊鬍。「妳猜我們做了多少次手術？」

「我想想看喔。」盧絲藉故拖延時間，試著想一個合理卻又驚人的數字。「你在那邊待了十四天——」

「實際上只有十二天，有兩天是在路上探望以前的病人。啊，我一定要和妳分享巴尼先生的近況——他最近眞的非常好！妳眞該看看，我剛下車時他居然笑咪咪地跑過來迎接，還給了我大大的擁抱呢。他在術後表現得稍微稚氣些，喜歡玩泥巴之類的，但巴尼太太可樂壞了。現在那個可愛的巴尼先生不再動不動就精神病發作，太太終於能過上安寧的生活。還記得巴尼先生剛住進愛瑪汀醫院時，他太太是多麼焦慮又消沉嗎？」

「是啊，我爲她感到高興。可是她先生是怎麼回事？怎麼在玩泥巴？」

「妳也知道，有時在切除腦葉之後，病人的心智年齡可能會退化。但這不是重點，重點是他能快樂地回家住了。」

「也許吧。你能抽空去探望他們，我也很開心。你有去看其他病人嗎？」

「有是有，但這等等再說。所以呢，妳猜我們做了幾場手術？」羅伯特像個恨不得把祕密說出來的小男孩，笑得合不攏嘴。比起計算羅伯特過去兩週的手術次數，盧絲對過去病人的現況更感興趣，不過她也知道自己若不配合猜測，羅伯特是不可能改變話題的。

「嗯，十二天……我知道你用經眶穿刺法能大大提升手術速度，所以應該可以一天做六次？總共就是七十二次？」

羅伯特站起身，一隻腳開始「答、答」點地。

「不對嗎？」這個遊戲盧絲已經玩膩了。難道是她猜的數字太高？

「兩百二十八次！州立醫院裡兩百二十八個最難對付也最難照顧的病人，被我改造成了最好相處的病人。其中一些人甚至可以直接出院，不再占用州政府的資源！」

盧絲瞠目結舌地呆立當場。「你是怎麼做到的？這不就表示……」

「沒錯，我一天平均治療快二十個人。」羅伯特燦笑著。「其實每天的治療人數不等，有幾天接近三十人，有時是一天十五人。總之，我已經完全精通了這個操作。」他洋洋自得地開始踱步。「剛到新醫院的第一天通常步調最慢，因爲我還得花時間訓練那邊的職員。不過這也只需一、兩個鐘頭，除非那個醫師眞的太笨拙，或是對大腦的了解過於淺薄。畢竟不是每個精神科醫師都如我這般熟悉神經解剖學。不過呢，大腦中的重要結構相當顯眼，就算不是神經外科醫師，應該也能輕易辨認出那些部位。」

他繼續說明：「我前一晚讀完病人的病歷，隔天就能立刻動工。而且，既然病人人數眾多，我很快就調整了做法，同時對多人進行手術。那眞的很厲害——我們一次帶六到八個病人進去，所有人都用束帶固定在床上之後，我就先電擊第一人、開始動手術，同時由其他醫師對下一個病人執行電休克。我們就這樣一個個操作下去，直到這組病人都接受完手術，給他們幾分鐘時間恢復清醒、擺脫昏沉無力的感覺，接著再把他們送出去，換下一批病人進來。」

盧絲走到車庫的小廚房，為自己倒了杯水，這才在羅伯特的椅子上坐下。她一時難以消化這個消息。她知道經眶穿刺法能大幅提升手術速度，問題是，在如此短的時間內，眞有可能安全地完成如此多場手術嗎？

羅伯特將盧絲從椅子上拉起來，強而有力的雙手搭在她肩上。「盧盧，妳知道這是多麼偉大的成就吧？我們為世界做出了多大貢獻？」

盧絲默默注視著他，眼神飽含了探究意味。她的丈夫繼續說：「我們的腦葉切除術脫離了手術室的限制，正大規模改變全國上下治療精神病人的方法。減少暴力病人的人數後，精神病院就能提升整體的照護品質了。」

她微笑著點點頭，能造福無數病人自然很好……不過想到那個數字，她仍隱隱感到不安。

「親愛的，我知道我近來經常出差，我們相處的時間比以前少得多，也很久沒一起在夜裡外出遊樂。不如我們換身衣服，進城裡怎麼樣？」

盧絲麻木地點點頭。她和羅伯特確實很久未一同外出享樂了，也許他們就是需要一些心靈上的調劑。也許當她詳細聽完這一切的前因後果，事情在她眼裡也會顯得稀鬆平常，她也能再次產生和羅伯特作爲同伴及隊友的歸屬感。

「好啊，羅伯特，聽起來很棒呢。」她靠著丈夫，頭枕著他的肩膀，凝望窗外波濤洶湧的灰色海洋。「我們出去好好慶祝一番吧。」

但是，假如聽完前因後果，事情仍不顯得稀鬆平常呢？到時該怎麼辦？

第29章

瑪格麗特靜靜坐在汽車副駕駛座上。平時想到「醫師」這種行業，她總幻想他們在曼哈頓的摩天大樓辦公室裡診治病人，或者在醫院上班。但沒想到，夫妻兩人現在竟行駛在離家僅數英里的小鎮路上，而這地方比她想像得文明許多。法蘭克在鄰近水岸的一條街上減緩車速，開始尋找正確的門牌號碼。

「你確定是這裡沒錯嗎？這些都是豪宅耶。」

「這個醫生好像就是在自己家裡幫人看病。」法蘭克伸手搭著瑪格麗特的手，駕車轉上一條兩側皆是樹木的長車道。「我知道妳很緊張，我自己也緊張得要命。可是啊，從前在部隊裡的同袍去愛瑪汀醫院請他診治過，他們說沒人比他更優秀了。」

瑪格麗特望向窗外仍在休眠的樹木，以及覆上一層白雪的草坪，草地緩緩傾向下坡處的海灣，以及下方灰色的海水。車道繞過一幢豪華的都鐸風宅第——瑪格麗特從未見過這樣的房屋——接著導向一棟車庫。

法蘭克將車子熄火，夫妻倆默默坐了片刻，打量這意料之外的景象。

瑪格麗特滿心猶疑，住在這種地方的男人，真有辦法讓她變得更從容、更有自信嗎？面對富麗的豪宅，她反而感到更加渺小和無足輕重。

「瑪格，深呼吸。這會對妳有幫助的，一切一定會好起來。」法蘭克輕觸她的臉頰，對她微微一笑。瑪格麗特不禁泫然欲泣，但至少她現在能在丈夫面前哭泣，不必再隱藏心傷。

即使心裡無比難受，她今天還是有盡量打扮得體面一些，穿上時髦的長裙和套裝外套。看見他們目前所在的地區，再看到醫師居住的大宅，她很慶幸自己有努力打扮。她撫平了長裙，重新塗上一層口紅。「我們是預約幾點看診？」

「妳，」法蘭克糾正道：「是約在中午十二點整。」

「那接下來十分鐘，我們要做什麼？在車上等嗎？他怎麼知道我們來了沒有？」

「妳如果擔心他沒看到我們，那我去敲敲門好了。」

「他沒跟你說要怎麼做嗎？」

「他沒說啊，寶貝。」法蘭克笑了笑。「我過去看看吧。外頭冷，妳就待在車上，盡量放鬆心情。」

法蘭克沿著青石小徑走向小小的車庫，呼出的氣息在面前形成了一小朵霧雲。瑪格麗特看見他腳下一滑，然後又穩住腳步。「法蘭克，小心！」她高呼一聲。她也知道自己太激動了，但假如法蘭克真的摔倒，她該怎麼幫他？她能怎麼辦？瑪格麗特腳上穿的可是高跟鞋——要是她也滑倒了，那又怎麼辦？

她明白自己必須控制住這類想法。據說，這位醫師的「治療」能幫助她了解自己，幫助她好起來——經過醫師的治療，她就能感受到自己該感受的情緒，而不會總是瀕臨崩潰。

法蘭克沿著小徑走回來，對她豎起拇指。他怎麼能總是如此冷靜、沉穩又有耐心？他是怎麼做到的？瑪格麗特迫切想產生類似的感覺，她不想再這樣動不動就感到焦躁難安、心力交瘁。

「他準備好了。」法蘭克爲她打開車門，伸手扶她下車。瑪格麗特挽住他的手臂，夫妻倆並肩走到有著銅屋頂的車庫前。

她朝敞開的門內張望，看見一處還算舒適的看診空間——房裡有張現代風格的變形蟲咖啡桌、一張睡椅、一張雙人沙發，以及一張皮革椅。屋內的男人聽見他們的腳步聲，轉身到門口相迎。男人並不高，和法蘭克相比竟顯得相當矮小，但儀態卻透出一股威嚴，令人聯想到校長。瑪格麗特立刻產生了想設法討對方喜歡的念頭。

「妳就是瑪格麗特吧。」男人微笑著伸出手，同時上下端詳她。對方的雙手柔軟而溫暖，頓時令瑪格麗特稍稍放下心。「我是阿普特醫師。妳要不要進來坐坐，我們開始診療吧？」他用近似鞠躬的華麗動作招呼她入內，而後轉向法蘭克。「我們五十分鐘後結束。」

他關上門，要瑪格麗特隨意坐下。瑪格麗特選擇在雙人沙發較遠的那一端入座，這是車庫裡離醫師那張皮革椅最遠的座位。

然後，她的人生就此開始了轉變。

第30章

盧絲侷促地順著第一大道走向餐廳。即使戶外空氣冰寒徹骨，她仍決定步行前往餐廳。這不僅是爲了讓焦慮的心緒平靜下來，也是爲確保自己不提早到場。她一向以準時赴約的好習慣爲傲，然而今日，她打從心底不想當第一個抵達的人。他們挑選五十街上的這間餐酒館，一是因爲其餐點據說十分美味，二是因爲它離醫院有好一段距離——盧絲不希望自己與對方見面一事被其他人發現。

自從去年得知羅伯特在他那所謂「碎冰錐行動」中做了兩百二十八場腦葉切除手術，盧絲每每見羅伯特出差，心中便會萌生隱隱的不安。羅伯特在聖誕節前後沒有出遠門，不過自元旦過後，他比從前花了更多時間駕駛被他暱稱爲「腦葉切除車」的汽車，在美國境內四處巡遊。盧絲不得不設法排除心中的憂慮。

她全身裹著厚厚的冬衣，終於抵達餐酒館時，整個人早已汗流浹背。她在餐廳門外站了片刻，試圖擦乾汗水，卻只感到可笑至極。以往她和愛德華相處時，從不在意自己的外表，今天到底是怎麼了，她爲何如此緊張？

走進燈光昏暗的餐廳、和愛德華四目相交的瞬間，盧絲的心便靜了下來。無論是過去或此時，對方總是帶有令盧絲心安的氛圍。回想大約四年前，在莫尼斯醫師贏得了諾貝爾獎過後，愛德華曾試圖聯繫她，但當時盧絲仍為他突然和他們——和她——斷絕往來一事耿耿於懷。她以為他們關係要好、親密無間，而且說實話，盧絲那時仍為醫院的侵占醜聞羞愧不已。

離開愛瑪汀醫院這段期間，愛德華功成名就，不但成為德高望重的教授，還當上哥倫比亞大學神經學系的系主任。反觀盧絲自己，她當時才剛接管愛瑪汀醫院的營運事務，就被第一個副手——洛伊．哈丁頓——盜用了公款。雖然查爾斯出面為她說情，對董事會表示他自己也應負部分責任，盧絲也為此感激不盡，不過她心裡很清楚，是自己沒做好份內之職，沒有花足夠時間去確認醫院的營運狀況。洛伊銷聲匿跡後，盧絲除了加倍努力地安撫醫院的資助者，還自掏腰包彌補了大部分的金錢損失。

從那一刻開始，她的工作發生了本質上的變化。如今她和病人相處的時間大幅減少，她雖不樂意，卻也明白這是為了讓醫院正常運作下去。畢竟相較於花時間和病人相處，確保愛瑪汀醫院能繼續為病人敞開大門更加重要。

現在，盧絲已相當熟習院長職務，也找到了可靠的副院長——傑瑞米．曼追克；有了副手的支援，盧絲才得以重新集中精力，關心病人的狀況。

她漸漸注意到，接受過腦葉切除術的病人當中，繼續住在愛瑪汀醫院的人數比例比她想像得高。但這並不合理——假如腦葉切除術的效果不如預期，羅伯特想必不會繼續爲全國數以百計的病人施用此療法。盧絲曾試圖對羅伯特指出這些看似矛盾的事實，並說明自己的憂慮，但羅伯特卻絲毫不重視此事。

因此，盧絲不得已來到了這家餐廳。除了羅伯特，就只有愛德華能幫助她釐清這些令她心生恐懼的情況。也許他們都錯了，也許腦葉切除術並非他們夢想中的醫學奇蹟。

「盧絲，今天能見到妳，妳不知道我有多高興。那時接到妳的來電，簡直讓我喜出望外。」

遙想將近二十年前，那個初次走進副院長辦公室的大男孩還彆扭無比，然而過去的男孩已被眼前這位傑出的紳士取而代之。愛德華的鬢角多了幾絲灰髮，眼角有了魚尾紋，身形也變得飽滿、結實許多，卻顯得更爲英俊。他立刻將盧絲拉入他強而有力的懷抱中，令盧絲微微一怔。她記憶中的愛德華可是更羞怯、謹慎。

愛德華鬆開手，目光盈滿了對盧絲的欽慕，令她不由得放下心防。「妳看起來很好，非常好。妳過得好嗎？」他親暱地直視盧絲的雙眼，幫她拉開藍色膠皮的餐椅。

「愛德華，能再和你見面，我也很高興。」她深吸一口氣，低頭看著自己雙手，然後又環顧四周找尋服務生。她需要喝一杯。「快告訴我，你最近過得如何？你喜歡哥倫比亞大學嗎？」她瞥了愛德華左手一眼，訝異地發現他沒戴戒指。「你現在還和瑞貝卡在一起嗎？」

「我和瑞貝卡好幾年前就分手了，就是在……那之後不久。」他尷尬地垂下眼簾，彷彿知道多年前的那天傍晚，盧絲聽見了他和羅伯特之間的爭執。「我和羅伯特分道揚鑣後，我一直沒爲突然離職一事道歉。我只是覺得，乾脆俐落地切斷關係，對所有人都比較好。」

「那陣子眞的很不容易，少了你，醫院就變得不一樣了。我自己也很想你，但後來也漸漸明白，這就是你不得不做的抉擇。而且你現在不也成爲堂堂哥倫比亞大學神經學系的系主任，多好啊！」

「是啊，當初選擇教書，眞的是選對了職涯方向。但現在我除了管理神經學系，同時還在從事外科工作，比以前還更忙了。所以……我沒有戒指。」他舉起左手，似乎察覺到了盧絲方才的目光。「老實說，我發現自己不但沒時間和女孩子穩定交往，也沒找到一個值得我花時間深交的女孩子。」

盧絲微微一笑。她愕然發覺，自己暗暗鬆了口氣。

「我能百分之百理解你的感受，但我也想告訴你——我們這一行的工作十分費神，如果能有人生伴侶陪在身旁，你會感到安慰很多。」

「妳說得當然沒錯，可是盧絲，並不是所有人運氣都那麼好，能找到像妳這樣志同道合的伴侶。」他眞摯地注視著她。「好了，我當然很樂意花一個下午和妳詳談我虛無縹緲的感情生活，不過當妳打給我時，我總覺得這次的見面不單純只是一次社交拜訪。我知道，妳比我更討厭交際應酬。」

「你太懂我了。」盧絲笑道：「但相較於交際應酬，和你見面更像是跟家人聚會。」

「謝謝妳這麼說，我也有同感。我眞的很懷念從前和妳談話的時光。」

「我也是。」盧絲深深呼吸。「那好吧，我就直切重點了。今天約你出來，是想聽聽你對於某件事的見解，不過這件事有一點尷尬。」

「拜託，盧絲，無論妳說什麼都冒犯不了我的。雖然過了好幾年，這妳應該還是知道的吧？」愛德華面露微笑，盧絲從他眞誠的神情中找到了繼續說下去的力量。

「愛德華，你知道我那晚偷聽到了你和羅伯特……關於經眶腦葉切除術的爭論。」她又微微停頓，看見愛德華的表情變得生硬了些。「我不想重提那晚的舊事，只是近來羅伯特大部分的時間都在國內到處出差，對無數人施用這種腦葉切除術。我看他做了好多，又做得好快，而當我回去看了看醫院的統計數據，心裡就在想……」

盧絲看著愛德華全身一緊、聚精會神地聽她闡述，肢體語言透露出過分的期待及興趣。「唉，愛德華。」她嘆息一聲，到現在仍不知該如何措詞。「我總覺得事情變得不一樣了。」

「怎麼不一樣？」

「怎麼說呢……羅伯特從以前就很掛心病人，致力尋找根除精神病的方法。他一直努力創造奇蹟，可是現在……」服務生在她面前放了杯馬丁尼。「這一切似乎都變質了。光是那個數字——去年，他聲稱自己在十二天內做了兩百二十八場腦葉切除手術。十二天啊，那當眞可能嗎？」

聽到這份消息，愛德華皺眉向後縮了縮，然後深深吸了口氣。「盧絲，我現在有很多話想對妳說，但這實在不是我該置喙的事。我和羅伯特當初選擇各奔東西，是因爲我們的想法出現分歧；我對事情產生了一些顧慮，而他不想把這些顧慮聽進去。」

他還未說完，就被前來幫他們點餐的服務生打斷。兩人點完餐，等服務生離開後，盧絲接著說了下去。

「可以把你的顧慮詳細告訴我嗎？」她傾身靠近愛德華，同時慢慢啜了一口酒。

愛德華站起身，將椅子挪到餐桌另一邊，和她並排坐著。「我們都知道，羅伯特他很有才華。」愛德華低聲強調。「但是，他也非常自負、非常固執。從他第一次施用經眶腦葉切除術開始，他就認定了這會是自己餽贈給世界的偉大發明。他相信這種療法能用來治療許多精神疾病，甚至是症狀較輕微的精神病，而且在任何場所都能執行。我不同意這點，但無論我怎麼說，都沒能改變他的信念。」

「但是他說得沒錯啊，莫尼斯就是因腦葉切除術獲得了諾貝爾獎，當時提名他的人當中，也包括羅伯特呢。全國各地的人都恨不得請羅伯特去治療病人。」

「確實，但——」愛德華又停頓半晌。「這麼說吧，腦葉切除術並不如我們當初的期望。而羅伯特的經眶穿刺法——」他搖了搖頭。「我雖然沒親眼見過他施用這種療法，不過……我實在無法想像，如何在短短幾天內，安全又穩當地完成兩百多次手術？無論是什麼類型的手術，那都太過冒險了。」

盧絲約愛德華見面，就是爲了談論此事，然而到了此時此刻，她卻發現自己沒做好心理準備，無法面對愛德華的回答。

前菜上桌了，盧絲看著他拿起小餐叉，扠起浸在奶油裡的一隻田螺，感覺出他是想拖延時間。於是盧絲也吃了口沙拉，這才意識到，自己同樣爲此刻的停頓心懷感激。她喝完一杯調酒，決定趁勇氣消失殆盡前切入重點。

「你覺得，他是不是越來越武斷莽撞了？他做的這些，有沒有可能造成危險？」

「我認爲他現在可能不願意——或者沒辦法——看清現實了。」

「但他絕不可能拿病人的安危當賭注吧？」

「但願如此。可是，即使在我們合作的那段期間，他也只將每一次失敗視爲例外。在他眼裡，成功才是常態。」愛德華抬眼看她，然後謹慎地環顧了下餐廳。餐廳裡除了他們，只有對角那一桌有客人。「……妳還記得羅斯瑪麗．甘迺迪嗎？」

「當然記得，但當時這項技術剛發明出來，而且那也只是一次不如預期的結果。那件事令我心碎，不過我知道手術失敗在所難免，尤其在羅伯特轉而使用經眶穿刺法之前，失敗的機率比現在高出許多。」

「是，我們有幾次手術的結果不如預期，但是，那一次我們本可以避免失誤的。」

「這是什麼意思？」

「我們到波士頓，評估了羅斯瑪麗的狀況，她那些異常行為似乎是因某種智力缺陷所致。當時我就提出，對她施行腦葉切除可能不會有幫助。但約瑟夫十分堅持，羅伯特也急著想要提升知名度，最後我放任自己被羅伯特說服。所以，為了挽救甘迺迪家族的政治前程，我們對一位智商低於平均、有輕微行為問題的年輕女性動了手術，結果使她退化成幾乎無法言語、受困於成人身體的幼童。」愛德華別過頭，但盧絲仍看見了他臉上的羞愧和惱火。

她朝馬丁尼杯伸手，注意到酒杯已然見底，於是招呼服務生幫她添一杯飲料。「不會眞是那樣吧？」

「我也很希望不是，但那就是事實。盧絲，其實羅斯瑪麗這樣的案例並不少，有很多男人女人原本精神狀況雖不太穩定，但至少還保有最基本的生活能力，結果卻……」

「結果卻？」盧絲只覺一陣頭暈目眩。

「對不起。」愛德華輕輕握住她的手。「我真的不想讓妳難過。相信我現在說的這些現象，妳在愛瑪汀醫院也都看見了。」愛德華探尋的目光鎖住盧絲雙眸時，從前幾位病人的面容在她眼前一閃而過。

盧絲注視著他片刻，然後默默別過了頭——愛德華熱切的眼神是如此真誠無比，他的聲明以及背後的言外之意，都令盧絲腦中一片混亂。

「接受腦葉切除術後，當然也有一些病人無法出院，老實說，留院人數比我預期得多。可是，他們在醫院裡的生活也比從前改善許多——不是嗎？你還在愛瑪汀上班時，不也看到了——」

她的話再次被服務生打斷，只見一口鮮藍色琺瑯烤鍋被送上桌，鍋內裝滿了濃郁的紅酒燉雞。紅酒燉雞是這間餐酒館的招牌菜，客人來此便是爲了在輕鬆的氣氛下享用家常料理，多人共享一份菜餚。若在一般情況下，盧絲自然不介意，然而此時他們的話題著實令人忐忑，再這般親暱地用餐，盧絲只感到更加侷促不安。她取了一小杓紅酒燉雞，放在盤中的烤馬鈴薯上，然後在愛德華用餐的同時，來回撥弄自己餐盤上的食物。聽完愛德華方才那番話，她實在沒了胃口。

她讓對話暫時離題，不再提羅伯特。她和愛德華也是老熟人了，能花幾分鐘聊此日常瑣事的感覺很是輕鬆，幾乎像回到了舊日時光。

兩人用完餐點後，點了咖啡消除剛才那幾杯馬丁尼的酒勁，這時盧絲才又將話題拉了回來。「愛德華，拜託，我眞的得釐清這件事。我的那些病人，他們切除腦葉後，狀況都有所改善了，即使是沒能離開醫院的那些病人也一樣。這點應該無庸置疑吧？」

「其中一些人是好轉了沒錯，不過……聽著，我已經說太多了，但還是想告訴妳：我相信在諸多精神疾病當中，確實有一些時候用得上腦葉切除術，可是這些情況遠沒有羅伯特想的那麼普遍。所以，如果妳擔心他在愛瑪汀醫院或在外頭太頻繁對病人進行腦葉切除術，那麼……」他抬頭看向盧絲身後，瞥了牆上時鐘一眼，而後匆匆揮手招呼服務生，同時取出現金準備買單。

「那麼？」盧絲整個人坐在餐椅最邊緣，焦急地靠向愛德華、等對方說完，險些使身下的椅子傾倒在地。她穩了穩重心，盡量表現出鎭定的模樣，但仍然注視著愛德華。她語帶懇求地問：「那麼……怎麼樣？」

「我似乎嚇到妳了。我眞的不想讓妳難過，只希望妳能明白，不論妳最後決定怎麼做，我都會支持妳。眞的很抱歉，但我已經待得太久，現在得趕回去看診了。」

「嗯。那當然。」盧絲詫異地發現時間已接近三點鐘，她開始茫然地收拾個人物品。他說「不論我最後決定怎麼做」，是什麼意思？

「眞的很抱歉。今天能再見到妳，我非常開心，只可惜沒能幫上更多忙。」

盧絲站在餐館門口，木然地穿上羊毛外套，裹上毛皮圍巾。

早在很久以前，她便不再如最初那般仔細檢視腦葉切除術的利害。難道如今，她變得和自家醫院的病人及日常工作過分疏遠，甚至沒發現腦葉切除術對病人的益處如此之少嗎？發現自己無法對此胸有成竹地否認時，盧絲不禁暗暗皺眉。

是時候找回這份工作的核心，重新正視這一切努力的根本原因——她所有的努力，不就是爲了幫助病人嗎？若忘卻了這一點，她這間醫院的未來也就岌岌可危了。

第31章

和愛德華的午餐一結束，盧絲便立刻前往愛瑪汀醫院的持續性照護病房，這是做過腦葉切除術之後，那些未能出院的病人居住的區域。

羅伯特一向對她坦承，並非每一場腦葉切除手術都能完全成功，一些病人即使做了手術，仍然得繼續住院。但一般而言，腦葉切除術能消去病人原先的焦慮和凶暴行爲，也能因此解除他們部分行爲上的限制，顯著改善生活品質。在術後，他們能自由地在病房內走動，享受以往不得接觸的娛樂活動，甚至是和他人發展友誼。這不都是進步嗎？

此刻差不多到了午後點心時間，盧絲走到食堂，希望能一次確認多位病人的現況，卻沒想到她失算了——食堂幾乎空無一人。她掃視裡頭的桌椅，這才注意到一個獨自坐在角落的男人。男人躬身坐著，面前桌上擺著一盤食物，他的一頭灰髮亂糟糟地垂在臉邊，遮住了五官。他優美修長的十指一再拎起桌上的茶壺，將不存在的茶水倒入茶杯和茶托。盧絲在一旁觀察了數分鐘，這才意識到男人的身分——她胸口一緊，震驚及慌亂油然而生。

「亞伯特？亞伯特．伯德？親愛的老朋友，是你嗎？」男人抬起頭，瞇眼看著盧絲，臉上卻一片茫然。「是我啊，盧絲．阿普特，還記得我嗎？」她逐漸走近，來到餐桌邊，慢慢抽出一張椅子。「我可以加入你嗎？」面對蓬頭垢面的男人，她竭力隱藏內心的震驚。

男人眼神呆滯地看著對方。他難道眞的不認得她了？盧絲一顆心沉下去。難道她對包括亞伯特在內的所有病人置之不理太久，以致病人都忘了她是誰？

「要喝茶嗎？」男人不帶感情地問。

「噢好的，謝謝你。我去拿個杯子過來。」

「不用，來。」他將自己的茶杯推向盧絲，拿起空無一物的茶壺倒茶。「小心，」他提醒道：「很燙。」

盧絲面帶僵硬的笑容，死死注視著對方。過去那個熱切地和她談論沙特與卡繆著作的男人，那個慷慨激昂地議論人際關係本質的男人，當眞就是眼前這個人嗎？

「亞伯特，謝謝你的熱茶。你眞的完全不記得我了嗎？我們以前不是經常去花園散步，討論你讀過的那些書嗎？我們從前可是非常要好的朋友呢。」盧絲試圖對上他的視線，然而四目相交時，卻只在男人的棕眸中找到空洞及無神。

她絞盡腦汁思索，自己上一回見到亞伯特究竟是何時？亞伯特是在洛伊的侵占醜聞爆發時接受腦葉切除術，當時盧絲忙得不可開交——她竟然如此糟糕，爲了全心投入院長這份新工作，基本上將她最珍視的病人們完全拋諸腦後。她對自己深惡痛絕。

「不記得啦。我很少散步。」他從盧絲面前取走茶杯，又添了些虛妄的茶水。

盧絲心碎地注視著他。「你真的完全不記得我了？我是盧絲．阿普特啊？」

男人搖搖頭，露出歉疚的神色，像個知道自己做錯事的孩子。

「沒關係，相信你在醫院見到的人實在太多了，所以才記不得。這裡很熱鬧嘛。」

「嗯，很熱鬧。很多人。所以我才待在這裡。還要嗎？」他又把茶杯交給盧絲。

盧絲聽見食堂其他幾張餐桌被清空的聲響，然後一名護士朝他們走來。「阿普特太太，今天是什麼風把妳給吹來了？」

「妳好啊，寶琳護士。我是來探望幾個老朋友，畢竟太久沒來看他們了。」她對亞伯特微微一笑，接著站起身。「亞伯特，謝謝你和我分享美味的茶。不介意的話，我希望改天能再來找你喝茶。」

「沒問題。」他面無表情地回答。

「護士，能借一步聊聊嗎？」

「當然可以，阿普特太太。亞伯特，把你的東西收拾好，等我和阿普特太太說完話就帶你回房間，好不好？」亞伯特點點頭。

盧絲走到食堂門口，走出了亞伯特的聽力範圍，開口問：「他怎麼了？」

「我不太確定妳的意思？」寶琳護士愣愣瞅著她。

「他在近期發生過精神崩潰之類的事嗎？從我上回見到他至今，他的情形似乎顯著惡化了。」

「眞的嗎？我覺得他和平常差不多，這幾年都是這個樣子啊。」

「這幾年？」盧絲赫然意識到，自己已經有多年沒來探望亞伯特了。

「他溫馴得像隻小羊，每天玩那個茶壺玩得不亦樂乎。我們倒是很懷念他的琴聲，之前有試過讓他彈琴，他卻像小孩子一樣亂敲琴鍵。眞的很可惜，但事情就是這樣，也沒辦法。」

「事情就是這樣？」

「是啊，術後留下來的人，大都是這個樣子。我們有時還會開玩笑，覺得比起照顧成年人，我們這份工作反倒像在照顧小嬰兒。」寶琳笑了笑，盧絲卻駭然盯著她。

這和羅伯特關於腦葉切除術的報告大相逕庭——盧絲當然知道，有許多病人在術後仍須住院，這些人的精神病大都沒能根除……但她萬萬沒想到，病人的心智竟退化得這般嚴重。亞伯特．伯德的人格分明是灰飛煙滅了啊！

「阿普特太太，還有什麼需要我幫忙的嗎？如果沒事了，我想早點帶亞伯特回去休息，他睡眠不足時很難哄的。」她笑了笑。「我就說吧，他們就像小嬰兒一樣。」

「嗯，嗯，那沒事了，謝謝妳。寶琳妳做得很好，希望妳能維持這樣優秀的表現，繼續造福這些病人。」

說罷，盧絲恍惚地走回院長辦公室，一路上只覺得自己如拔了錨的船隻，漫無目的地漂泊在海上。腦葉切除術不該是這樣的……究竟哪裡出了問題？

進了辦公室，她便取出一本筆記本，開始列清單。寫到第三十個人名時，她拿起了電話。

「曼追克先生，我沒打擾到你吧？」副院長走進她的辦公室時，盧絲微帶歉意地說。

「完全沒有，阿普特太太，我剛才只是在處理一些文書工作，晚點再繼續做也無妨。妳有什麼事情要我幫忙嗎？」

盧絲遲疑半晌，低頭看著辦公桌上的名單，這才抬頭端詳坐在對面的男人。對方一如往常地穿著運動外套和便褲，全身上下都是他偏愛的大地色系，領帶的顏色則與整體風格相配。他的個性也如這一身穿著，沉穩、認眞且細心。他是個好人，在盧絲手下工作的這幾年，一直以無可挑剔的恭謹態度對待盧絲——對一個醫學領域的男人而言，服從女性上司的命令想必有些困難，但傑瑞米也一直毫無怨言地遵從她的指示。

盧絲相信他品行端正，並且眞心在乎醫院裡的病人，和前一位無賴副院長判若雲泥。儘管如此，盧絲想到今日要請副手肩負的任務，一時仍難以啓齒。

「曼追克先生，我有一份研究調查想交給你執行。」盧絲看見他瞬間變得興致勃勃。「這份任務有點棘手。」

傑瑞米在工作上和醫院的幾位董事處得很好，盧絲也很鼓勵他和董事會成員建立良好的關係，然而現在，她卻需要請傑瑞米暗中替她蒐集情報。她相信傑瑞米對她忠心耿耿，但若判斷有誤，她的職位就岌岌可危了。問題是，她需要得到答案，但無法獨力找出眞相。整個醫院裡，只有傑瑞米擁有夠高的職權，並且充分理解情勢。只有傑瑞米能夠幫她。盧絲不得不信任對方。

「沒問題。阿普特太太，妳希望我怎麼做呢？」傑瑞米已經將記事本放在腿上，手握著筆，準備記下她的指令。

「是這樣的，我剛去探望了我們院裡一位病人，他在幾年前動過腦葉切除手術。」

「是，近來我們的長期照護病房裡有不少這樣的病人。」

盧絲不禁全身一縮。「我認爲，是時候稍微分析一下他們的狀況……還有腦葉切除術的效果。」她頓了頓，仔細注視對方，想看看他是否對這個想法產生任何反應。幸好，他始終面不改色。「我想請你調查過去幾年做過腦葉切除術的病人，蒐集手術結果相關的資料。在做抽樣調查時，盡量分析出能代表全體病人的手術結果。去探望現在還在住院的病人，訪問現在負責照顧他們的醫師。可以的話，也麻煩你試著聯繫已經出院的病人。我希望你蒐集足量的數據資料，對腦葉切除術的所有結果進行完整分析。」

霎時間，傑瑞米．曼追克的五官扭曲成了困惑的神色。

「妳是要我做一份腦葉切除術的效力報告嗎？我當然很樂意去做，不過這些資料得花一些時間才蒐集得到，而且……阿普特醫師應該已經爲妳提供手術相關的大量資料才對？」

聽到這裡，盧絲一時間僵在原地，感覺手臂和後頸爬滿了雞皮疙瘩。

「羅伯特自然會詳盡記錄他每一位病人的狀況，不過我要的是一份行政取向的報告，如此才能比對手術結果及醫院的財政狀況。必要的話，我也會請羅伯特幫忙。」

「原來如此，那我明白了。」傑瑞米點了點頭。

「對了，曼追克先生，這是當前的優先任務，如果你能在五月份董事會議之前完成報告，那我也許能一併承交給董事會。等你分析出結果，請直接拿來給我，我們到時再一起決定如何對其他相關人士呈現。當然，前提是你分析出了有趣且值得上承的結果。」她不想表現得太過焦急。

「那當然。」傑瑞米又在記事本上草草寫了幾筆，隨後站起身。「如果沒有其他事項要交代的話，那我立刻就開始進行調查。」

「太好了。喔對了，還有一件事。」盧絲從自己的筆記本撕下一張紙，遞給傑瑞米。「我這邊列了幾位病人，是一些早期接受經眶腦葉切除手術的病人，請將他們的資料也加入這份報告。希望你能順利聯絡上他們。」

「好的，這應該沒問題，但可能得多花一些時間，稍微拖慢調查進度。」

「我知道，不過我認爲他們的術後資料也十分重要。先謝謝你了，很期待你整理出的報告。」

第32章

阿普特醫師的辦公室裡，瑪格麗特照常坐在她平時的座位，注意到從窗戶透進來的春季陽光，明亮光線照出了鮮明的陰影。她已經來此看診數月，如今辦公室的環境熟悉得令她心安。

「妳最近過得如何？」當她終於坐定位時——雙腿優雅地在腳踝處交叉著，雙腳藏在沙發下——阿普特醫師開口詢問她的近況。

「還好吧，大概。」她開始不安地擺弄褶裙的褶皺。該告訴他嗎？時至今日，這樣的對話似乎已重複了無數次。

醫師靜靜坐著，默默觀察她的一舉一動。瑪格麗特對這種尷尬的死寂恨之入骨，她知道自己若不開口，醫師不介意在尷尬的沉默中度過一整個鐘頭。但她又能說什麼？她從包包取出一根菸，就在她吸氣準備點菸時，醫師忽然出聲了。

「妳真的覺得還好嗎？我好像不怎麼相信。」

瑪格麗特愣了愣。醫師是怎麼看透她的？「我也不知道，醫生。我只是……」她說不出口。

「妳只是怎麼樣？」

「我只是不覺得自己有好轉。」她全身一顫，駭然發覺自己已將這句話說了出口。這時淚意再次來襲，鼻腔又酸又刺，她好氣自己。倘若這時哭出來，她就再也停不下來。經過這幾個月，她終於能夠自己開車來看診，現在她必須保持鎮定，才能夠自行開車回家。

「妳期待自己產生什麼樣的感受呢？妳是如何判斷自己是否『好轉』的？」

她不知該如何回答。瑪格麗特本以爲事情會逐漸改變——也許威廉入睡後，她不會再感到痛苦又空虛；威廉醒轉時，她不會再難受又疲憊。她本以爲鬆垮的腹部會恢復緊緻，胸部也會重新變得堅挺——她本以爲身體會恢復如初。先前生下約翰與梅西後，身體不也復原了嗎？她本以爲自己看到丈夫在店裡又過了充實的一天，不會再沒來由地對他產生深深的怨恨——丈夫是爲了湊更多錢讓她接受治療……她本以爲這些治療能讓她好起來。

什麼都沒變，可是如果什麼都不改變的話，她又怎麼可能好起來？

然而，瑪格麗特無法用言語表達這些，只能任由淚水落下。阿普特醫師靜靜坐在那裡看著她，看了將近五分鐘，這才遞給她一盒面紙。瑪格麗特只覺得自己儼然成了馬戲團的小丑。

最終，醫師開口了。「妳似乎情緒很低落，那妳知道妳現在爲什麼哭泣嗎？」瑪格麗特搖搖頭表示不知道，但她其實很清楚原因。「確定嗎？我感覺妳知道答案，只是不允許自己說出口。」醫師這是在激她，但是他說得沒錯。

「好吧。」她像個任性的孩子般，低頭盯著自己雙手，心中盈滿了羞赧及慚愧。「我覺得自己沒救了。」

「世上不存在沒救之人。」

瑪格麗特感受到對方的目光，抬眸看見醫師那雙棕色眼瞳洞穿了她，彷彿想看穿她的靈魂。

「除此之外，妳還有什麼感受？妳經常說起自己的失敗，不過我也很好奇，妳會不會感到憤怒？怨恨？」

她的胃不停下沉。是。是。是！她眞的能承認此事嗎？即使對方是醫師，她眞能對另一個人坦承自己這些情緒嗎？

瑪格麗特輕輕點頭，最後承認。「可能吧。」她深深呼吸，她不可能再說更多了。

「瑪格麗特，再多說說妳那些感受。」

她搖頭拒絕，努力想擺脫醫師的追問，同時感到再度上湧的熱淚。

「瑪格麗特，如果妳無法說出自己內在發生的事，那我也幫不了妳。」

「好吧。」她幾乎是吶喊出聲，心裡的堤防崩潰了。「我做不到！我就是做不到！我告訴你，我以前也是有自己的人生的。我本來想要當護士，去幫助別人。可是這都不重要了。一旦我接下了全世界最理所當然、最要緊的工作——成為一個母親——從前那些打算都不重要了！」

她繼續傾洩而出。「結果我連一個母親也當不好。全世界所有人都應該能做到的事，我卻全搞砸了。我以為自己能有所成就，以為自己的人生會有某種意義，可是我只覺得自己天天得面對別人的各種需求，只能日復一日去照顧別人的需求。我應該要享受這樣的生活才對，可是我鄙視自己度過的每一天、每一分鐘，除了睡覺的時候。有時我會想，說不定應該讓自己永遠睡著，說不定少了我的存在，所有人都能過得比較好。」

她不敢相信，自己居然坦承了內心最黑暗的祕密。

「瑪格麗特，沒關係的。」醫師面對她鬧脾氣般的激烈言詞，竟仍泰然自若。「妳這些感受並不少見，其實妳正在經歷一種疾病。」

「嗯，我知道，就是那什麼『產後憂鬱症』吧？」她顫抖著深深吸一口氣，直視著醫師。「可是，它不該是這個樣子啊。」

「這個呢，產後憂鬱或許觸發了妳這些情緒，不過聽妳的描述，這不僅僅是產後時期簡單的病症。妳的症狀持續很久，而當這類情緒持續不散，並伴隨極端的憤怒出現時，就稱作『躁動型憂鬱症』。這種病假如放著不管，可能會變得十分嚴重。」他頓了頓，似乎在等瑪格麗特消化這段話。

「十分嚴重？」瑪格麗特感覺自己的臉部失去血色。她本就懷疑自己身上出了嚴重的問題，這下醫師也證實了她的臆測。

「臨床上，一個母親若無法在產後自然地恢復如初，那可能是受某些潛藏的精神病症影響。這種情況下，我們會擔心她的孩子因此受到傷害，無法正常發育成長。」

「我的……孩子？」她爲之駭然。

「之前有一些極端的個案，演變成母親在肢體上傷害嬰孩——甚至試圖殺害孩子——的狀況。」

「你認爲……我會想殺死自己的小孩？」瑪格麗特的淚水以颶風之勢席捲而來，她快要吐出來了。

「希望不會。我也知道，妳的大腦在理智上並不想這麼做。」他輕敲自己的頭部繼續說：「問題是，有時情緒會與理智背道而馳，所以妳才會來我這裡看診。」

他站起身，爲她倒了杯水，一面將水杯交給她，一面露出熱切的笑容。「但是呢，我有一個好消息：我知道該如何幫助妳。妳不妨花點時間收拾心情，然後聽我介紹這個奇蹟療法吧。」

離開醫師辦公室時，瑪格麗特心下一片迷茫。

醫師的提案的確令她驚恐不已，但如果真能在診所裡用一次簡單的處理，在一天內根除她的疾病呢？這是否太不切實際了？還是說，這其實是一份無上的贈禮？

種種思緒在瑪格麗特的腦中飛速盤旋，她除了困惑，還產生怪異的狂喜。她沒有朝汽車走去，而是邁開腳步走向莊園深處，直到找到一張周圍栽植紫丁香的長椅。明知這樣不妥，她卻還是在瀰漫著花香的位子上坐了下來，只希望能在回家前整理思緒，試著理解醫師的話，以及其中的可能性。

她因恐懼而全身發麻，但與此同時，墜入絕望深淵許久的她，內心首次盈滿了希望。

第33章

盧絲想在晚餐前採一些紫丁香回來，作爲晚餐桌上的裝飾。此時的她神經緊繃，亟需紫丁香令人放鬆的芬芳——從七年多前接下院長之職開始，她便再也沒好好放假休息過。羅伯特現在經常出遠門，兩人都忙得分身乏術，感覺這多年時間似乎都蒸發殆盡。

不僅如此，盧絲最近也異常焦慮，眼巴巴地等著曼追克提交分析報告。因此，當董事會建議她在五月份會議前休假一週時，盧絲決定聽從他們的建議。她之所以選在這週休假，是因爲羅伯特在家（他當然不是在休息，而是在診治私人病患，但至少他人在木蘭崖居）——他工作時，盧絲就在花園裡種花弄草，試圖讓惴惴不安的心平靜下來。

她提著籃子和園藝剪刀繞過樹籬，就見園中的石椅上坐了一個女人。對方是個身形豐腴的金髮女郎，時髦的及肩短髮捲得恰到好處，面頰因淡淡的脂粉而呈漂亮的粉色。女人身穿樣式簡潔卻又好看的仿男式襯衫洋裝，衣裳的玫瑰花綵和粉色口紅搭配得相當協調。

對方難道是病人？如果是的話，怎麼會在莊園裡走動？也許是羅伯特某位病人的母親，或者妻子？嗯，那就合理了。盧絲和精神病人朝夕相處多年，幾乎一眼就能看出一個人是否罹病，而眼前的女人並不符合她對病人的印象。還是掉頭回去，給女人一些獨處的空間吧？不過……那名女子心情似乎很差，她若能稍微安慰對方就好了。

「妳好啊，下午天氣很不錯吧？」盧絲一面走近，一面摘下頭上的寬遮陽帽，讓女人看清她的臉。

「噢天啊！真的很抱歉。」女人一躍而起，連忙從長椅邊退開，彷彿剛才試圖偷石椅被逮個正著。「我只是在想一些事情，我——」

「沒事的，請坐吧。」盧絲伸出手。「我是盧絲．阿普特，阿普特醫師的太太。」

「瑪格麗特．巴斯特。」瑪格麗特也伸出手打招呼，卻垂下了眼簾，似是擔心和盧絲對上視線會太失禮。

「巴斯特小姐，幸會。」

「噢不是，我是巴斯特太太！」瑪格麗特微微一笑。「我是家裡有三個孩子的家庭主婦，從很久以前就不叫『小姐』了。對了，請叫我瑪格吧，大家都是這麼稱呼我的。」

「三個孩子啊！聽起來很棒呢……但應該也很辛苦吧。妳是帶其中一個孩子來給我丈夫診治的嗎？」

瑪格麗特偷瞄了她一眼，像是做壞事被抓到。

「別擔心。」盧絲邊安慰她邊坐下來。「我可以向妳保證，我絕不會對病人或家屬做任何評判。不瞞妳說，看妳能找到這個寧靜的地點，在這裡等他們看診結束，我其實很高興。紫丁香的花香真的很好聞，對不對？」

盧絲看見瑪格麗特的眼中閃過驚慌，於是輕輕拍了拍身旁的石椅。「來，請坐吧，我很歡迎妳在花園裡坐坐。站著乾等也沒意義嘛。」

「我其實不是……」瑪格麗特猶豫片刻。「我其實不是在等人。」

「喔，那妳是病人囉？」盧絲感應到瑪格麗特的不安，若無其事地回道。

瑪格麗特點了點頭，滿面羞愧。

「阿普特醫師他非常優秀，是精神領域的權威，妳能向他求診真是再好不過了。」

「謝謝妳。」瑪格麗特無力地淺笑，開始擺弄包包的肩帶，而後轉頭望向山坡下方的海洋。「阿普特太太，妳家的風景好美。對不起我擅自闖進來，只是今天我有一些心事，結果一回神，就發現自己坐在這裡了。這裡好漂亮，可是對不起，真的太不好意思了。」瑪格麗特紅了臉。

「別不好意思！我完全可以理解——妳喜歡的話，我還可以帶妳在莊園裡逛逛。過了那一片果林就能看到壯麗的海景，我覺得沒有什麼景色能比大海更有助於整理想法了。而且在這種晴朗的日子裡，妳還能望見海灣對面的長島喔。」

「噢不用了，我就不打擾妳了。」

盧絲感覺得出，這女人需要對人傾訴心聲。她雖知自己不該結交羅伯特的病人，但僅僅是稍微散步一下，想來不會有什麼問題。從前在醫院裡，她也經常陪病人散步，現在去走走也不錯。她或許能讓自己分神，不再聚焦於腦中那如附骨之蛆般的焦慮。

「不用客氣，跟我來吧。今天下午陽光正好，只要被海風一吹，腦中的雜亂思緒都能消除一空。要妳離開這裡、回到照顧三個孩子的日常生活，妳想必很不捨吧。」

「可是，我不該覺得不捨的。」瑪格麗特整張臉似乎都垮了下來，她黯然垂頭，盯著自己雙腳。

「怎麼會呢？在我看來，妳們這些母親的工作著實繁重，一個人付出了那麼多，自然會需要一些獨處放鬆的時間。」

「妳真的這麼認爲嗎？」瑪格麗特抬眸直視著盧絲，滿心渴望他人的包容與理解。盧絲若和她相熟，就會在此時給她一個慈愛的擁抱，不過此時和對方相擁實在不適當。

「這是我的眞心話。來吧，我們去散散心。」

「唔，如果眞的不會打擾到妳的話……阿普特太太，我不得不對妳承認，我從之前就一直想來參觀了。」

「請叫我盧絲就好。」

近一個鐘頭後，盧絲隔窗目送瑪格麗特的綠色汽車緩緩順著車道駛離。

眞是意料之外的奇妙午後。她知道和羅伯特的病人交友有違職業道德，不過以她對瑪格麗特的觀察，對方應該很快便能擺脫病人身分了。瑪格麗特不過是患了尋常的產後憂鬱症，也許還有些缺乏安全感，但都不是非常嚴重的問題。不知這位少婦有沒有機會和自己的母親談談，還是說，她的母親和海倫一樣，無法理解女兒最自然的樣貌？

盧絲十分同情她，她似乎爲自己的人生感到痛苦——從盧絲對她的認知看來，她的人生再平凡不過。這許多年來，盧絲首次產生了過往的那種希望：瑪格麗特的病可以輕易治癒，盧絲也能幫上忙。她有機會對病人造就明確且立即的正面影響，即使對方技術上而言並非她的病人，盧絲也爲此心生喜悅。她甚至決定盡可能每週二下午待在家中，等羅伯特結束對瑪格的診療。她很期待再一次和瑪格散步閒聊。

第34章

瑪格麗特忽然心血來潮，決定今晚做一頓烤牛肉大餐，於是在回家路上去了趟市場。她母親自創的烤里脊肉在家中備受歡迎，不過她已經好一陣子沒做過工序如此繁複的大菜。到家後，她著手削馬鈴薯和胡蘿蔔，將鹽撒在肉上並預熱烤箱。她正開心、全神貫注地在廚房忙著，就見母親帶著威廉進屋，剛放學的梅西與約翰也回來了。

「在做我的烤牛肉嗎？」莎拉跟隨食物氣味走進廚房，看上去相當開心。

「對啊！」瑪格麗特對母親笑了笑，接過嬰兒。「突然興致一來，想做這道菜。」

「眞好啊，親愛的。那我去把餐具擺上桌。」

瑪格麗特頓時意識到，母親已習慣替她料理這些瑣碎事務。

「媽，沒關係，這些交給我和梅西、約翰來做就好。孩子們，你們說是不是啊？」

她熱切地對兩個年紀較大的孩子說，孩子們正坐在餐桌邊塗色。

「那好，如果妳這邊不需要我幫忙，我就先走了。」瑪格麗特感覺到母親的不自在，她似乎擔心瑪格麗特無法正確地完成這些任務。

「謝謝媽，我們自己來就可以了。眞的。」

法蘭克從店鋪回到家時，瑪格麗特已收拾好被孩子們弄得一片狼藉的餐桌，並將餐具擺到桌上。她在門廳迎接丈夫。

「哇，眞棒的驚喜！」法蘭克抱住她，她也輕啄丈夫的臉頰，給了他一杯剛調好的馬丁尼，然後接過他的外套和帽子。

「梅西、約翰，去把手洗乾淨，來餐桌坐好！爹地回家了，要吃晚餐囉。」

瑪格麗特感受到法蘭克的目光，帶著安慰的笑容轉向他。她很好。

「能讓我幫忙嗎？」法蘭克想跟隨她進廚房。

「當然不行！你去把東西放好，坐下來休息吧，我很快就把菜端上桌。」

「我聞到香味了，該不會是烤牛肉吧？」

「那可說不定。」瑪格麗特玩味地回眸。

「梅西、約翰——媽咪好像做了烤牛城堡，你們再不快過來，就要被我吃光了！」

「對啊爹地！晚餐吃烤牛城堡！」梅西歡呼著坐上餐椅，急切地等待晚餐上桌。

前些年，瑪格麗特爲了吸引孩子們來吃飯，將這道菜重新命名爲「烤牛城堡」。現在想來，她很訝異當年的自己竟發明了鼓勵孩子玩食物的餐點——一片烤牛肉搖搖欲墜地放在一大瓢馬鈴薯泥上，周圍則用珍珠洋蔥、青豆和胡蘿蔔排成了護城河。不過在約翰與梅西還小時，瑪格麗特有較多空閒時間，她自己也比現在歡樂許多。她知道，從前那個歡樂的她仍存在內心某處，她只需再次覓得那份熱情的火花……而此時她明白，她一定做得到。

「我們今晚是要慶祝什麼好事嗎？」法蘭克讚嘆道：「難不成是我忘了誰的生日？」他面帶誇張的困惑，看向大兒子。

「不是啦，爹地！今天不是我生日。」約翰哈哈大笑。「你明明就知道，我的生日是在獨立日過後！」

「說得也是。」法蘭克開玩笑地往自己額頭一拍。「我們今年都還沒看到煙火呢，是不是？既然不是你的生日，我們這是在慶祝什麼呢？」

「我們應該是在慶祝威廉長了新的牙齒！」梅西指著弟弟，只見威廉坐在嬰兒座上，忙著把馬鈴薯泥抹上托盤。平時看到這一幕，瑪格麗特內心必然會火冒三丈，但不知為何，今晚她看在眼裡只覺得可愛。今晚這一餐既搞笑歡樂，又……正常。是啊，它之所以感覺很特別，是因為它與從前同樣溫馨。

「在場可能只有我知道今晚要慶祝什麼吧。」瑪格麗特微微一笑。「我們今天吃這頓特別的晚餐，是為了慶祝……沒有要慶祝什麼！」梅西和約翰聽了捧腹大笑，她對兩個孩子俏皮地一眨眼。

「我們沒有要慶祝什麼……但也是慶祝這一切。」她朝法蘭克舉杯，也鼓勵大兒子和女兒舉起裝了牛奶的杯子。「敬我美好的家庭，還有這頓再普通不過的家庭晚餐！」

「敬沒什麼，還有一切！」法蘭克粲然一笑。

「沒什麼還有一切！沒什麼還有一切！」梅西與約翰齊聲高唱。

「今晚眞是太愉快了！」法蘭克體貼地說，同時小心翼翼地攬住瑪格麗特的腰。從威廉出生至今，她每次被丈夫觸碰都忍不住全身緊繃，此時她卻柔柔地靠上法蘭克。她繼續清洗碗盤，享受法蘭克在她頭頂落下的輕柔一吻，放鬆地呼吸他令人心安的氣味，感受他緊貼著自己的結實身軀。瑪格麗特本打算將阿普特醫師告知她的好消息說給法蘭克聽，然而現在，她的身體忽然產生了其他慾望。她已經好久好久沒感受到被丈夫觸碰的慾望，眼下更是需要滿足這份渴求。

「大家都睡了嗎？」她語音勾人地問，同時將最後一口鍋子放到架上瀝乾。

「確實都睡了。」法蘭克仔細注視著她。瑪格麗特明白，近來法蘭克是不可能主動向她求歡的——她在女性居家雜誌上讀了不少關於男性的文章，知道男人的自尊是多麼脆弱，而法蘭克先前已被她拒絕多次。這回，輪到她先表達意願了。

「那我們不如也早早上床吧？」她帶著狡黠的笑容說，然後搖擺著身子走出廚房，暗暗希望法蘭克跟上來。

她在衣櫥最深處翻找，找出法蘭克前幾年買給她的薄透絲布襯裙、相搭的羽毛邊睡袍。「你在床上了嗎？」她呼喊道，急著趁這種感覺溜走前把握機會。她眞的好想念這種對丈夫的渴望，懷念迷失在結實臂彎的感受、他口中的甘美、他汗水的男性氣味。

今晚，她空前地積極主動。兩人開始同步律動時，法蘭克愛撫著她柔軟的腹部、下垂的乳房，她卻不覺得羞恥。他坐起身、握住她的腰肢，悄聲呢喃「妳好美」時，瑪格麗特甚至有那麼點相信他了。

事後，他們寧靜地一同躺在床上，瑪格麗特枕著法蘭克強壯、汗濕的胸膛。他輕撫著她，輕聲說：「瑪格，我好想妳。我眞的很愛妳。」

他語音中清楚透出了深深的寬慰——霎時，瑪格麗特從這簡單的語句中，找到了自己所需的答案。她不能冒險，不能再讓黑暗悄然回歸。她必須繼續當這樣的自己，這不僅是爲了她的婚姻，也是爲了她的孩子。

「法蘭克，」她用手肘撐起上半身，凝視著丈夫。「我想做一件事情，它有點恐怖，不過阿普特醫師說這會對我有幫助，還能根治我的病。這種治療其實很簡單，他說一個小時就完成了。我覺得，我應該接受治療。」

第35章

盧絲關上了辦公室的門。她一般習慣開著房門，讓職員隨時進來找她商談，不過此時此刻，她需要隱私和專注閱讀的空間。

傑瑞米．曼追克終於完成了她交代的報告，現在盧絲桌上躺著一個厚厚的資料夾。她戴上閱讀眼鏡，同時譴責自己沒早點要求副手展開這個調查。盧絲通常都是仔細且積極地監督醫院裡的一切，但自己剛任職愛瑪汀醫院院長時的那場鬧劇，再加上莫尼斯榮獲諾貝爾獎一事……腦葉切除術如今已被大眾廣爲接受，她也不再追蹤病人術後的狀況了。她內心十分緊張，將報告翻開，開始焦急地閱讀摘要。曼追克的結論是什麼？

對於四百位病人的研究……進行腦葉切除術前，病人罹患多種疾病，其中大多是使用其他療法卻無起色的病人……整體結論是，腦葉切除術改善了病人的基線狀態。

改善了！盧絲長舒口氣，感覺到脈搏逐漸恢復正常。她接著閱讀詳細數據。

術後出院的病人只有百分之二十嗎？她本就知道有些病人在術後仍然住院——比她預期的多——但無論如何，腦葉切除術的關鍵益處之一，就是病人能在手術後回歸外部世界，不是嗎？她記得自己送了很多病人回家啊……

盧絲想起甜美可愛的艾絲泰．雷諾斯，上次聽到關於她的消息時，她已經結婚成家，生了兩個孩子。和她同樣在術後出院的病人，比例怎會如此之低？話雖如此，曼追克依然得出了腦葉切除能改善病人狀況的結論。雖然最終可以出院的病人只有百分之二十，但狀況有所改善的患者仍一共占比超過百分之五十，這已經是很優秀的成果了。

盧絲翻頁閱讀詳細資料，繼續了解曼追克這些分類的判斷依據。究竟有哪些人被視爲術後狀況良好的病人？

結果概要	
出院	20%
住院良好	29%
住院尚可	24%
住院未改善	25%
手術死亡	2%
總計	100%

分類依據如下：

良好　病人不再需要隔離，從安全病房轉移至持續性照護病房，過去一年未表現出暴力或危險行為。

尚可　病人大致能與持續性照護病房裡的其他病人共居，但偶爾須被隔離、束縛或進行額外的電痙攣治療。

未改善　病人仍表現最初入院時的症狀，沒有改變；以及／或病人在初步評估之後狀況有所惡化。

手術死亡的情形十分罕見，且符合廣泛的醫院手術之統計數據。

讀完曼追克的分類標準，盧絲感到有些不安。如此看來，手術結果並不如她的想像。不過曼追克是個冷靜又理智的人，既然他認爲這些是適當的結果，那盧絲想必也能認同他的判斷。

她正想接著讀每個個案的詳細描述，想看看各個類別的病人分別有哪些人，卻接到了祕書打來的電話。盧絲近來焦急等著收到傑瑞米的報告，甚至都忘了今天要和醫學院院長共進午餐。她暫且接受了曼追克的正面結論，闔上資料夾，收拾隨身物品準備外出。等等再接著讀剩下的內容吧。

第36章

最初在阿普特醫師的莊園裡遊蕩，被醫師太太發現時，瑪格麗特羞得無地自容，卻沒想到盧絲會如此親切和善地和她說話，宛如失聯已久的阿姨。隔週看見盧絲在同一個地點等著她，瑪格麗特簡直樂壞了，兩人很快便成爲朋友。盧絲甚至將自己失去兄長哈利一事告訴瑪格麗特，瑪格麗特則暗自慶幸法蘭克沒有因戰爭而改變分毫……反倒是她自己變了。但總之，和盧絲相處時，她總能感覺歡快一些。如今，她每週最期待的，就是和盧絲在紫丁香園碰面、散步的時光——尤其是今天這種日子。

讓阿普特醫師看診過後，她總是精神無比緊繃，更是需要和盧絲一同散心。法蘭克之前說得很清楚，他並不贊成瑪格麗特做腦葉切除術，但不論她最終如何選擇，他都還是會支持她的決定。也許是因爲法蘭克顯得如此不情願，每一次她下定決心要安排手術時，最後還是會卻步。無論如何，見她這般搖擺不定，醫師似乎越來越不耐煩了。

「瑪格麗特，妳還好嗎？」盧絲面露擔憂。不知爲何，光聽到盧絲這一句問候，瑪格麗特就感到鎮定許多。

「我今天有點……猶豫不決，恐怕惹妳先生生氣了。」

「不會吧。」盧絲訝異地瞅著她。「他是妳的醫師，絕不該對妳動怒。」

瑪格麗特這才意識到，自己在看診時的感覺並非如此，她反而覺得醫師在譴責她、檢視她身上許許多多需要改善的缺陷。可是，她無法對盧絲啓齒。

「說來好笑，有時我和妳相處，竟然感覺比在看診時自在。眞的很謝謝妳這幾週空出時間陪我，每次和妳散步，我都覺得自己可能沒事了，一切可能都沒事。」

「妳的確有機會好起來！一切也都會沒事的。」盧絲露出溫暖的笑容。

「妳怎麼知道？」

「我見過眞正難以好轉的情況。瑪格麗特，妳很堅強，雖然妳自己可能沒發覺這份堅強，但我看得很清楚：妳一定能再次找到幸福。」

「我眞的不知道……我從沒有過這種感覺，可能是從前的生活過得太容易吧？」她害羞地看向盧絲，擔心對方將這句話當成了自誇。「可是威廉出生後，我實在……我遇到什麼事情都高興不起來。我知道這是自己的問題，因爲除了我，一切都沒有變。」

瑪格麗特微微一頓，俯瞰山丘下方。「這樣說可能會有點奇怪，不過之前聽妳說到妳哥哥的事情……我懂他的感受。那種感覺就像被太多太多的痛苦和黑暗吞沒，怎樣都無力消除。」她緊張地點了根菸。她必須控制住自己的嘴。盧絲願意和她分享那段悲慘的經歷，眞的十分難得，她怎能拿自己的感受與之相提並論？「對不起，我不該這麼比較的。」

「不會，沒關係的。妳產生那種感覺，心裡想必非常害怕吧。」盧絲頓了頓，凝望天際，而後轉回來面對瑪格麗特，輕輕握住她的雙手。「但我也在想，如果妳不再要求自己十全十美，那會如何呢？」

「我哪裡十全十美了。」瑪格麗特尷尬地笑著。她眞能放棄對自己的要求嗎？

「嗯，當然不是，因爲世上本就沒有完人。不過，妳顯然是個非常聰明又能幹的女人。」

「眞的嗎？」她驕傲地紅了臉，在那一瞬間回想起從前讀護校的日子，想起自己當初的無限潛力。

「當然是眞的。」盧絲信誓旦旦地點頭。「其實，很多人都會覺得自己不夠好，尤其是生了小孩以後。很可惜，我沒法和妳分享這方面的個人經驗——我和阿普特醫師在一起時，已經過了生育的年齡。但近期有不少關於產後心理的新研究，這些研究都指出，妳的這些感受有很大一部分都是自然產生的。」

「我也知道產後憂鬱症是怎麼回事，但如果我是得了這種病，應該早就要好了才對。我應該要享受和威廉分開的時間，而不是一離開他就盼望他回到我身邊，然後抱起他的時候，又因爲自己不得不照顧他而感到厭惡。我應該要能在他睡著時入睡，才不會整天疲勞困頓。我應該……」

「抱歉，但我必須插嘴說一句：根據我的經驗，人生很少會依照它『應該』的方式展開。我們只能學著接受實際的人生，盡量用最好的方式過活，即使在最艱難的時刻也一樣。」盧絲安慰地笑笑。

瑪格麗特不禁好奇，自己眞能做到盧絲說的這些嗎？她眞能接受這樣的自己嗎？她似乎不可能做到。

兩人開始走下山坡，來到又一片壯觀的花園。「噢，我好喜歡繡球花，我結婚時就是用它們做成捧花。」

瑪格麗特粲然一笑，婚禮的回憶忽然令她滿心歡喜。

「新娘裝扮的妳，想必美得動人心魄。」

瑪格麗特聞言羞紅了臉。

「妳知道嗎，繡球花會隨著土壤的酸鹼度變色呢。」盧絲頓了頓。「我一直很喜歡這種現象——只要改變環境，就能改變花卉本身。」

「我都不曉得這些。」瑪格麗特搖搖頭。「我有點像它，我的土壤變了，結果現在變不回原本的顏色。」

盧絲平靜地注視著她，消化她這段話。「假如眞是如此，那妳就有幾種不同的選項了，對吧？」

「選項？」

「是啊，妳可以學著喜歡上新的顏色，或者想辦法再換一次土壤。」換土壤？這就是腦葉切除術的功用！想到此處，瑪格麗特陡然興奮起來。

「嗯，也許妳說得對！」她露出大大的笑容，然後看了眼腕錶。「天啊，我得走了！我很想再和妳聊一會兒，可是我已經和母親說好要在威廉睡午覺前回家。她今天有請水電工到家裡修東西。今天眞的很謝謝妳，我感覺比剛才好太多了。」

「不用謝我，我只是想幫助妳用我這種方式看自己，看清妳可以選擇的不同路線。那我們下週再見囉？」

「好，下週見。」瑪格麗特快步朝車子走去，內心雀躍不已。聽完盧絲一席話，她更加確信自己該如何選擇了——她有辦法讓一切都恢復正常。

第37章

「能占用妳一點時間嗎？」傑瑞米．曼追克敲了敲盧絲辦公室敞開的門。

盧絲正忙著分析本月的營運預算，此時感激地抬起頭來。

「當然可以，我恨不得離這些數字遠遠的。不過看到今年目前爲止的支出稍微低於預期，我還是很高興。」她笑了笑。「有什麼需要我幫忙的嗎？」

「是這樣的，妳還沒提過對於腦葉切除術療效研究的看法，上一次董事會議也沒有對董事們提出相關報告。請問妳是對那份報告不夠滿意嗎？」

盧絲聞言一時有些內疚。從傑瑞米提交報告至今，已經過了數週，她怎麼過了這麼久都還未將剩餘的內容讀完？

「沒這回事，我看到你的結論反倒非常滿意。不過上次董事會議時，似乎沒有呈現那些資料的必要，我就暫時把報告擱在一旁，先準備其他要向董事會提交的資料。目前看來，你這份報告做得和平時其他工作同樣詳盡、出色。我打算這週將剩下的每一個字讀完——等我把董事會要求提交的資料準備好，就來讀你的研究結果。」

「好的，只要妳滿意，我就很開心了。我原先擔心妳對整體結果感到失望，或是對我的分類方式有什麼意見。不過考慮到我們的統計母體，這樣劃分類別應該比較合適。」傑瑞米看著她的目光帶了幾分好奇，顯然想進一步討論那份報告。盧絲很好奇爲什麼？莫非她尚未詳讀的細節中，存在什麼疑點？

「相信我在讀完之後，也會認同你的取樣和分析方法。另外，我也很感謝你，在這麼短時間內完成如此大量的工作。很抱歉我到現在還沒全部讀完，我一定會快快看完的。」她不自在地在椅子上挪了挪身體。她真得盡快看完報告剩下的內容——而且是獨自讀完。「還有什麼事嗎？若是沒有，我恐怕得繼續手邊的工作了，這件事必須在今天完成。」

「嗯，應該沒事了。那個……等妳讀完全文，能不能和我說一聲？我想確認我們兩個意見一致。」傑瑞米尷尬地走出辦公室，留下盧絲滿心不安地坐在房裡。

當她的副手走出視線範圍後，她立刻起身安靜地關上門，從一疊資料夾下面抽出傑瑞米的報告，同時責怪自己拖延了這麼久。她翻到活頁資料夾的詳細資料部分，這一部分最開頭是分類爲狀況「良好」的個案。

這類病人術後雖沒能出院，但狀況還是有所改善。盧絲開始閱讀，讀著讀著不禁目瞪口呆——被歸類爲「良好」的第一個病人，竟是亞伯特．伯德。亞伯特．伯德，那個住進愛瑪汀醫院時仍生龍活虎，如今卻猶若亡靈，甚至表現得像個小男孩的男人。如果他這樣的個案都算狀態「良好」，那術後產生不良反應的病人會是什麼模樣？

盧絲花了整整兩個鐘頭閱讀，報告內容比她想像中駭人百倍。傑瑞米怎麼會認為腦葉切除術在整體上達到了優良功效？難怪他想進一步和她討論報告內容。

但是，在和傑瑞米談話之前，她自己也須深入了解病人的實情。她請祕書清空本日剩下的行程，然後直奔持續性照護病房。

數小時後，盧絲回到了辦公室，只感到頭暈目眩、心亂如麻。

她下午探訪的病人當中，確實有幾人看似愉悅，但仍有太多太多令她不安的情形。一些過去相當聰明伶俐的人，如今卻表現出幼童般的言行；一些病人嚴重過胖，甚至到了必須同時使用多張床的程度；一些過去無癲癇症狀的病人，現在竟不時癲癇發作；一些病人會忽然爆發令人咋舌的暴力行為。

她在報告中讀到、親眼所見的現象，居然和自己長久以來的認知大相逕庭。腦葉切除術總該有一些較正面的成果吧？盧絲心急如焚地翻閱報告，找尋任何一絲希望。她趁自己退卻之前查到了一組電話號碼，撥出號碼，然後默默聽著自己怦怦亂跳的心，以及另一頭的電話鈴聲。然後，她聽見了——一道甜美、清亮的女聲對她打了招呼。

「艾絲泰？是妳嗎？我是盧絲．阿普特。」

第38章

瑪格麗特心裡異常緊張，和丈夫一同坐在長椅上凝望大海，等著阿普特醫師開門讓他們入內。

「法蘭克，你等等就知道了，他是個很講理的人。還記得第一次你和他說話的那次嗎？」她握住丈夫的手，但主要是爲了安撫自己。

「是沒錯，不過當時他可沒說要拿碎冰錐戳進妳的大腦。等我聽完他的說法，再來判斷他這個人講不講理。」

他們聽見後方的開門聲。「巴斯特先生、巴斯特太太，快請進。」

夫妻倆轉身走進辦公室。「我聽我太太說過不少關於這裡的事，今天終於有機會進這個神祕的地方瞧瞧。對了，請叫我法蘭克吧。」法蘭克對醫師露出緊繃的微笑，瑪格麗特則對他投了個眼神，無聲地央求他對醫師友善一些。

「也不是什麼多神祕的地方。」阿普特醫師溫聲回道：「這不過是個庇護所，提供一些需要安慰的人使用罷了。我很樂意帶你參觀一圈，尤其想讓你看看我的治療室。不過在那之前，我們不如先坐下來談談吧？」他揮手示意瑪格麗特平時坐的那張沙發，瑪格麗特拉著法蘭克一同在雙人沙發上坐下。

「我已經幫你太太看診六個月，自認對她有深刻的了解。我從事這一行，經常看到她這類的案例，所以也非常熟悉這類疾病的各種型態，以及可能的幾種治療方法。」

「所以她這到底是什麼病？醫生，你說的話我不是很懂。當初向你諮詢時，你說瑪格似乎是得了產後憂鬱症。但她現在看起來好很多，比以前好太多了。可是她竟然告訴我，她需要用那個什麼碎冰錐，才有辦法治癒？」

瑪格麗特不禁心生忐忑。法蘭克說的是真的嗎？她真的好起來了？她看向咖啡桌，尋找能讓自己分心的事物，然後動手開始整理桌上的雜誌。

「巴斯特先生，這種療法叫做腦葉切除術。我可以對你保證，這是一種十分簡單的治療，你聽過我的說明就知道了。」

「那好，可是我先跟你說清楚，我不但是銷售員，還是個自己開店的老闆，詭詐人的話術我馬上就能聽出來。」

醫師清了清喉嚨。「我之前也對你太太解釋過，當所謂『產後憂鬱症』無法在合理的時間內自動消退，那很可能代表懷孕生產的後遺症其實揭發了一些潛藏的傾向，這些問題都需要進一步解決。巴斯特太太知道，她罹患了一種被稱爲躁動型憂鬱症的疾病，這種病如果不用精神外科手段治療，很可能會導致凶暴、甚至暴力的行爲。」

「暴力？」法蘭克嗤之以鼻。「瑪格連蜘蛛也不敢殺，怎麼可能傷害任何人。」

「我同意，你太太是個溫柔和善的人。但是我可以告訴你，她自己也承認有過一些衝動，這些都令人十分憂心。」阿普特醫師看向瑪格麗特，她感覺自己的胃開始翻攪不停。她先前看診時說過的細節，醫師不是該替她保密嗎？這下，法蘭克也知道她是多麼恐怖的怪物了。「她曾幻想殺死年幼的威廉，以及縱火燒了整棟房子。」

「瑪格？」法蘭克看著妻子，面容因極度的痛苦而扭曲。「他說的是眞的嗎？」

瑪格麗特不記得自己有過那些想法，不過類似的想法確實在她腦中出現過。人家是醫師，既然醫師都聽到她這麼說，也相信她可能做得出這些事，那想必沒有錯。她微乎其微地點點頭，羞愧得面紅耳赤。

「巴斯特先生，其實經眶腦葉切除術這種療法非常簡單快速，甚至比看牙醫還要輕鬆。它能讓你太太那些危險的感受從腦中消失，再也不出現。」

「可是我讀過關於這種治療的資料，它有可能造成大腦損傷，只有在病人情況很差、別無選擇的時候，才應該用這種方法治療。但我太太的情況沒那麼糟啊。」

「你說的，想必是《星期六晚間郵報》裡那篇被廣爲流傳的報導吧。你會發現，醫學界每一次發生重大突破，就會有一些差勁卑鄙的科學家跳出來，試圖反駁天才的說法。如果你想多研究腦葉切除術的相關資料，那我可以爲你提供好幾篇文章，它們會鉅細靡遺地說明我這種療法的做法，以及這種療法用在你太太這類病人身上，能帶來哪些好處。」醫師繼續說：「腦葉切除術當然有一些輕微風險，但就連拔除蛀爛的牙齒也同樣如此。重點是治療後的長期助益，遠大於那些微不足道的風險。」

「那我問你，你說的那些長期助益是什麼？」

瑪格麗特不自在地聽著法蘭克質問醫師，這些疑問再次挑起了她的疑慮，先前那份接受手術的決心又動搖了。

「是這樣的，大腦額葉存在一些連結，我們看到誇張的情緒反應，就是這些連結所造成。當我切斷那些連結——」醫師輕輕敲了敲自己額頭。「——基本上就能消除負面及危險的情緒模式。」

「但你怎麼知道，在切斷那些連結的過程中，不會順帶把我太太也消除了？」

瑪格麗特感覺自己快暈過去。她從未考慮過這種可能性。她真有可能一併被抹去？

「好問題。」阿普特醫師笑了笑。「治療結束後，巴斯特太太的確不會和從前相同，她會變得更平靜、更快樂，對孩子們也會更有耐心。她會滿足於你給予她的美好生活，而不是痛苦地渴望神祕的『另一種生活』——她現在之所以會產生這類想法，是因為當下的心理狀態令她相信『另一種生活』應當存在。」醫師繼續說：「術後，她將擺脫現在那些焦慮的思緒；之前無法完成的簡單家務，她都能輕鬆完成，去餐廳享用晚餐自然也不成問題。現在的她因爲嚴重的疾病，每天都活得很難受，渴望著遙不可及的幸福。等到治療結束，她終將能擺脫疾病、重獲自由，成爲最好的那個自己。」

一波寬慰流過瑪格麗特全身。

她不必再竭盡全力，不會再感到害怕，可以像從前那樣無條件地愛著孩子，可以甘願爲她的家庭、她的丈夫犧牲奉獻。她要的就只有這些而已。她不想再耗費心神去和腦中其他的聲音相抗。而現在，阿普特醫師將一舉消滅那所有的雜音。

「法蘭克，你看吧？我知道你很擔心我，但只要我做了治療……我們就可以恢復以前的樣子，恢復幸福了。」她注視著丈夫，藏不住臉上的焦急。

「瑪格……原來妳是這麼難受嗎？」法蘭克凝視著她，眼裡洋溢著愛憐和同情，瑪格麗特只能痛苦地別過頭。「妳要知道，我只希望妳能幸福快樂，如此而已。如今妳看起來眞的比較快樂，狀態也比較好了，而且在妳做了妳母親那道烤牛肉的那晚……」法蘭克對她微微一笑，她不禁臉頰發燙。

「巴斯特先生，我對你太太解釋過，病人光是得知有腦葉切除術這個選項時，往往會經歷一段短暫的亢奮狀態。我可以告訴你，如果不實際進行治療，這樣的良好狀態是維持不久的。」

是，醫師說得沒錯。她並非眞正快樂，而是在瘋狂掙扎。只要接受治療，她就不必再掙扎了。「法蘭克，我最近一直竭力奮鬥，想要成爲你應有的妻子，想要爲了約翰、梅西和威廉去做個好母親。我一直在奮鬥，可是卻不斷敗退。我不想再失敗了。」

「巴斯特先生，我施作腦葉切除術的房間，就在這面牆的另一邊。治療本身只需要短短幾分鐘，只須稍微用電休克進行麻醉——沒有任何後遺症——巴斯特太太就會睡去。在她睡著時，我便會完成所有的治療，讓她在三十分鐘內走出這間辦公室。之後的幾天內，她可能會頭痛，眼睛周圍或許會稍微瘀青。我通常會建議病人藉著這個好機會，買一副新的太陽眼鏡。」阿普特醫師的語調平靜而令人心安，他說話時，瑪格麗特似乎完全忘了他打算拿碎冰錐刺入她的大腦。她的大腦。眞是不可思議。但是……噢，假如治療眞的有效……

「還有一件事，我之前忘了告訴你：由於瑪格麗特已經找我診治好一段時間，我爲她施用腦葉切除術，也只會額外收取少許費用。所以，如果你是爲了費用的問題而猶豫，那就不用擔心了。」

「我覺得，我們還需要花點時間考慮這件事。」法蘭克看向瑪格麗特，她則爲了讓丈夫安心而露出微笑。「假如，你的療法眞像你說的簡單又安全，還能幫助她恢復原本的自我，那我大概也別無選擇，只能認眞考慮讓她接受治療了。說到底，我要的就只是讓瑪格恢復從前的好心情，讓她過得快樂。」

第39章

盧絲很不恰當地接受了艾絲泰「現在就來坐坐」的邀請。

她在掛斷電話的瞬間，就意識到自己以前只去過皇后區一次，而那已是一九三九年紐約世界博覽會時的事。當時是陪同羅伯特前去的。她從未自行開車到皇后區，或紐約市任何一個未知的社區。但無論內心多麼忐忑，此時和艾絲泰見面的需求還是勝過了一切。她研究完地圖，就坐上汽車駕駛座，駕車出發了。

艾絲泰一家住在稱不上氣派的社區裡，盧絲緩緩駛下街道，目光掃過一排小小的紅磚屋和門牌號碼時，開心地發現一些居民在窗口花壇栽種了花草，還有孩童在戶外拋球玩耍。艾絲泰能在如此溫馨的社區定居，眞是太好了。

盧絲找到了正確的房屋，將汽車停在路邊，深呼吸數次。她十分緊張，同時也突然想到，她已經不記得上一回到病人家中探望是什麼時候了。她踩著緩慢而刻意的腳步前進，必須在見到從前的病人之前，先讓自己冷靜下來。然而走上臺階、按下門鈴時，她的心仍在狂亂鼓譟。

「是阿普特太太！是阿普特太太！孩子們，安靜，媽咪的老朋友來了！」門另一側傳來艾絲泰的呼喊，歌唱般獨特的嗓音壓過了孩童哭鬧聲。

「阿普特太太！妳來了！妳眞的來了！」艾絲泰燦笑著開了門，只見她單手抱著一名幼童，另一個年紀稍大的孩子則緊抱著她的腿。

「艾絲泰，都過了這麼多年，妳怎麼還是不肯叫我盧絲？」盧絲微微一笑，一顆心終於冷靜下來。艾絲泰伸長沒抱孩子的手，胡亂抱住盧絲。

「噢，艾絲泰，今天能和妳見面，我眞的好開心！」她的狀況和盧絲今天見到的其他人判若雲泥。

「我也一直想知道妳過得怎麼樣，盧絲！有時妳那個老公會聯絡我，可是他都不跟我說妳的事！妳願意跟我一起去廚房坐坐嗎？我剛剛在餵小孩吃飯，他們還沒吃完。」

「噢抱歉，艾絲泰，我是不是來得不是時候？妳之前是說四點半沒錯吧？」

「不會，不會！沒關係的，我只是想在賴瑞回家前把他們都餵飽，這樣等他回來後，我才能把精神都放在他身上嘛。走，跟我來吧。」

「我能幫忙嗎？」

「妳？怎麼能讓妳在這裡餵兩歲小孩吃豌豆跟胡蘿蔔泥呢？陪我坐著就好，這樣我才不會有怠慢客人的感覺。」

盧絲在廚房中央的那張小方桌邊坐下。過去這六年，艾絲泰顯然進步良多，盧絲爲此感到驕傲。若當初沒做腦葉切除術，艾絲泰今日可能就不會是兩個孩子的母親，或許也無法過正常人的生活。儘管如此，盧絲默默觀察艾絲泰照料孩子的一舉一動，卻感覺眼前的女人並非兩個孩子的母親，而是個戰戰兢兢的新人保母。

「會餓嗎？」艾絲泰注意到盧絲緊盯的目光。「我可以給妳吃些餅乾，或是蘇打水？唉，我太笨了，今天本來沒想到會有人來家裡，後來接到妳的電話，然後……」

「沒事，妳不必幫我準備吃的。我只是太高興能和妳見面，也很謝謝妳臨時邀請我來家裡。妳這些年過得如何？請統統告訴我吧。」

「喔，我啊，我很棒。真的很棒。結了婚呢！」她笑著示意她的兩個孩子，同時舉起左手，讓盧絲看清無名指上纖細的黃金婚戒。「我在一九四八年認識賴瑞，他是那間學校的工友，以前還會偷偷躲在禮堂後面，聽我在合唱課唱歌。我有點奇怪，可是他也不在乎。」她摸了摸自己的頭，接著一根手指舉在唇邊做了個噤聲的手勢，彷彿要將過去的腦葉切除治療一事保密。

「艾絲泰，妳丈夫知道妳以前在我們愛瑪汀醫院待過嗎？」

「嗯，他知道啊，有時候還會拿這個笑我，可是我都不讓他……」她雙手圈在嘴邊，壓低音量用氣音說：「……在孩子面前提這件事。」

「這樣啊。」盧絲微微一笑。艾絲泰絕對變得比盧絲印象中更天真、幼稚一些。之前住院時，她也是這樣子嗎？無論如何，她似乎能夠正常生活，也顯得很快樂。腦葉切除術最優良的結果，難道就只有這樣？不，是盧絲太吹毛求疵了，也許腦葉切除術的預後並沒有她想像中糟糕。

這時，門打開了，盧絲聽見男人的聲音。「艾絲，妳在哪？」

「我在廚房喔，賴瑞，兒子們就快吃完飯了。你快來跟我朋友打招呼！」

盧絲起身伸出手，就見一名高大、圓胖、髮際線倒退的男人走進廚房。「你好，我是盧絲．阿普特，請問先生貴姓——」

「妳好，我姓辛普森。賴瑞．辛普森。」男人的笑容親切溫和，盧絲和他握了握手，對他立刻產生了好感。

「賴瑞，你帶盧絲去隔壁房間，等我好了就去跟你們一起聊天。」

「我打擾到你們了，真的很不好意思。」親眼見證艾絲泰的現狀後，盧絲已然大大鬆了口氣，可以留這家人照常度過晚間時光了。

「請再坐坐吧。」賴瑞邊說邊從冰箱取出一罐啤酒，招呼她一同移步到小小的客廳。「妳都特地過來了。要不要喝啤酒？」

「不用了，謝謝。等等還得開車回家，要是想睡覺就不好了。」盧絲笑了笑。

兩人才剛在客廳坐定，賴瑞便傾身湊向盧絲，壓低了聲音。「阿普特太太，妳能來眞是太好了，我一直想找人談談艾絲的事。」

「她看上去狀況不錯，和你、和孩子們也過得很幸福。她有什麼問題嗎？」

「噢，是啊，大部分時候都很好。她是我的天使，我每天都告訴她，我一定是做了什麼好事，主才會把她這麼美麗、這麼善良的靈魂送到我身邊。可是，她有時候會突然『發作』，讓我覺得不太踏實。以前只有我們兩個，她偶爾發作也無所謂，可是現在我們有了兒子……有時我會擔心，讓她自己在家帶孩子，眞的沒問題嗎？」

盧絲胸口一緊。「發作是什麼意思？」

「嗯，上次醫生打電話來問艾絲的狀況，我有跟他提起這件事，他說這很正常，沒什麼大不了的。可是我眞的不曉得……我也不想讓艾絲知道我在擔心她，她不愛提起以前住瘋人院的事情。」他一隻手指在耳邊畫圈。

「辛普森先生，愛瑪汀醫院並不是瘋人院。不過……聽你這麼說，我也有點擔心艾絲泰的狀況。我的副手——曼追克先生——之前有透過電話聯繫你，你當時有將這件事告訴他嗎？」

「妳說的是哪位啊？如果他是白天打來的，那大概只有跟艾絲說上話，可是艾絲絕不可能把這件事告訴別人。」

「原來如此。可以的話，我很想幫助你們。能不能告訴我，她在『發作』時會發生什麼事？」盧絲焦慮地注視著艾絲泰的丈夫，看著對方竭力尋找措詞。

「那個，艾絲眞的很不喜歡我到處說這件事。」

「我明白，但我若是不了解狀況，也就無法幫上忙。我會幫你保密的。」

「那好吧。就是……其實每次都不太一樣，一開始，她可能會吃飯吃到一半，突然把身上所有的衣服都脫下來之類的。兒子出生前，我還想說她是想玩性感遊戲。有時她會莫名其妙就開始尖叫，叫得跟報喪女妖一樣淒厲。或是她會把自己跟兩個兒子一起鎖在浴室裡，像是有誰要攻擊他們一樣。上次她躲進廁所，竟然還帶了把刀進去。我剛剛也說了，醫生說她做過那什麼治療以後，這些狀況都很正常，可是……我還是不放心。偷偷跟妳說，我最近眞的是越來越擔心了。」

盧絲盡量表現得波瀾不驚，但那只是假象。實際上，她內心已然陷入恐慌，滿腦子想著要盡快離開此處。

「辛普森先生，」她伸手從包包裡取出一張名片，又拿了支原子筆，將自己家中的電話號碼寫了上去。「我很想安慰你，跟你說不用擔心，但我可能做不到。請你仔細觀察艾絲泰，假如她再次『發作』，就立刻撥電話給我。你白天出門時，有沒有辦法請親朋好友來陪她和孩子？」

賴瑞搖搖頭。「她父親去年走了。」他忽然面色一亮。「艾絲在費城倒是有個親戚，不然我請她來跟我們住幾天好了？」

「請誰來做什麼？」艾絲泰走進客廳，嚇了盧絲一跳。

「我剛剛和盧絲說起妳那個住在費城的親戚，妳邀請她來我們這裡玩幾天吧。」

「瑪西姐？喔，當然，應該可以吧。」她聳聳肩。

盧絲走向艾絲泰，用力擁抱她。「艾絲泰，今天看到妳眞的很開心。我過幾天會再打電話來跟妳打招呼，順便問問妳的近況，這樣好嗎？」

「噢——妳現在就要走了嗎？」艾絲泰泫然欲泣。

「我恐怕得先離開了，但是我保證，近期一定會再來看妳。妳的家很漂亮，孩子們也都好可愛，我眞是爲妳高興！」

盧絲行駛了三個街區的距離，這才將車停到路邊，開始啜泣。

這是一場大災難，是糟糕至極的大失敗。她和羅伯特一生的心血，竟沒能幫助病人，反而毀了那些人的人生。盧絲一直以來都在大力提倡腦葉切除術，鼓勵病人接受手術……結果呢？即使是術後狀況最優異的艾絲泰，實際上也全然稱不上手術成功。一個人若是隨時可能傷害自己、傷害孩子，需要時時刻刻受到監督，那又算什麼人生？和從前住院時相比，這樣當眞比較好嗎？

盧絲本來眞心相信自己在救助病人，但如今，她如何將他們過去所做的一切——現今仍在進行的這一切——合理化？

哭得精疲力竭後，她狂暴地駕車離去。她必須回家，必須找到修復這一切的方法，幫助艾絲泰和其他默默受苦卻無人知曉的可憐人。她必須設法制止這種失敗的「奇蹟療法」繼續被施用在病人身上，而爲此，她需要羅伯特的幫助。

第40章

盧絲在飯廳中來回踱步。餐桌上的餐具和餐巾規規矩矩地擺著，卻被她一再調整，只求稍微消弭她心中的焦躁不安。她和羅伯特從前不是天天一同共進晚餐嗎？從前的習慣，究竟是在何時消失的？

事情並非一口氣發生，不過近期即使沒有出差，羅伯特晚間也都忙著撰寫宣揚腦葉切除術之益處的文章，投稿到任何願意刊登這些文章的醫學期刊。在過去，盧絲一直將之視爲羅伯特對醫學的奉獻，並認定那些批評者杞人憂天，是他們不了解事情全貌。她怎會如此盲目呢？

之前在一九四九年某場精神科協會的專題研討會上，諾蘭．路易斯[3]醫師曾提出警告，表示腦葉切除術現今遭無差別濫用，將會「使群體中太大一部分變得痴呆」；退伍軍人事務部神經精神科服務處的處長傑．霍夫曼則指出，若要評量腦葉切除術整體成功與否，不該拿病人術後和術前狀態做比較，而是該衡量更長期的結果，而這些長期結果

3. Nolan Lewis，一八八九～一九七九年，美國第一位執業的心理分析學家。

實際上並不理想。

當時聽到這些言論，盧絲只認爲那些人嫉妒羅伯特的成就，必然是保守的守舊派。近期，《紐約時報》一篇報導寫道，在俄羅斯發表停用腦葉切除術的決策過後，世界心理衛生聯盟更進一步出聲譴責了腦葉切除治療，指稱該療法殘忍地「侵犯了人性根本」。即使是看到這篇報導，盧絲仍選擇相信腦葉切除術的好處——至少，她相信羅伯特的腦葉切除術。

如今，她改觀了。也許在極端情況下，仍可以合理地運用腦葉切除術去治療最嚴重的精神疾病，這也符合他們最初的設想。然而，她終於看清了現實。腦葉切除術並不是他們幻想中的醫學革命，現在各個創新者也開始往其他方向尋找解答。短短數月前，盧絲聽說有人發明了一種新型藥物，有機會達到與腦葉切除術相同的療效。腦葉切除術的時代已然走到了盡頭。

「妳已經在飯廳啦？我還以爲妳會在藏書室呢。」

盧絲嚇了一跳，完全沒注意到羅伯特不聲不響地走來。

「嗯，我也只是在來回走走而已。也不知道爲什麼。」她紅了臉，有種做虧心事被逮到的感覺。「要不要先喝一杯調酒，再坐下來吃晚餐？」盧絲不想喝太多——她必須維持理智——但還是想藉助酒精來平復心情。

「親愛的，妳想喝的話，我們就喝一杯吧。既然都已經來飯廳了，我們坐在這裡喝也行。」他從寬大的紅木桌邊拉出餐椅。他們其實鮮少在飯廳用餐，因為盧絲不喜歡如此正式的氛圍。但今晚，她希望這股氛圍能幫助自己保持專注。

「我去通知莉安娜，跟她說現在開飯。我去去就回。」盧絲在羅伯特頭頂落下一吻，然後深深吸一口氣，沿著走廊朝廚房走去。她的丈夫——她在這世上最深愛、最仰慕的男人——就坐在飯廳裡，絲毫不知她接下來準備勸他放棄他們偉大的醫學發明，放棄他畢生的心血。

盧絲回到飯廳，就見羅伯特舒舒服服地坐在餐椅上，已經幫他們兩人都倒了酒。盧絲在自己的座位坐下時，羅伯特舉起自己的酒杯。「能和妳吃一頓文明的晚餐，感覺太美妙了。親愛的，謝謝妳堅持要這樣共進晚餐。」

「畢竟已經很久沒這樣吃飯了。」盧絲啜了口葡萄酒，勉強擠出微笑。「你今晚能撥出時間一起吃飯，眞是太好了。」她阻止自己說下去，實際上卻恨不得脫口說出：腦葉切除術行不通了。

「醫院那邊都好嗎？我已經好久沒去了。」羅伯特輕鬆地開口問。

「確實很久了，醫院裡的職員和病人都很想你呢。」

「啊，很高興聽到這個。我有沒有告訴過妳，西岸那邊有人請我去一趟。」

「沒聽你說過。你打算什麼時候過去？」

「我會在一週內出發。」他露出驕傲的笑容。

一週內？盧絲感覺自己就像準備跳到疾駛而來的火車前，試圖用肉身擋下列車。

「我突然想到，我們到現在還沒機會享受夏日風光呢。」羅伯特接著說：「不然在我出發前，我們去小島上野餐怎麼樣？」

「聽起來很棒。」盧絲別過了頭。「但你眞的有時間嗎？」

「這個嘛，只能想辦法擠出時間囉。我們已經太久沒享受生活了。」

「好啊，我很期待。」盧絲停頓片刻，莉安娜這時走進飯廳，爲他們上第一道菜。

「莉安娜，我和阿普特太太這週六打算去小島上野餐，到時能麻煩妳幫我們準備餐點嗎？」羅伯特一面將沙拉菜葉切碎，一面輕快地問。

「當然可以了，先生。」

盧絲對莉安娜微微一笑，表示她可以下去了。「羅伯特，我有件事一定要和你商量。這其實有點難啓齒。」

「有點難啓齒？盧盧，我們不是從以前就一直坦誠相對、無話不談嗎？妳是在爲什麼事情煩惱？」

「羅伯特，你聽了恐怕會不高興。」

「我何時因一件事令人不愉快而退縮過？」

「也是。」她深深呼吸。「我想和你談談腦葉切除術。」

「腦葉切除術？」羅伯特笑了。「這個話題我們不是已經討論幾十年了嗎？這怎麼會令人不愉快？」

在接下來的沉寂之中，盧絲看著他咬緊牙關，眼神也逐漸變得剛硬。「除非，妳是看了那些該死的醫學期刊，所以動搖了？妳是不是聽信了世界心理衛生聯盟那群人的鬼話？還是信了俄國人無知的言論？」

盧絲的心怦怦直跳，她強忍著撤退的衝動。「羅伯特，這並不是一篇文章或一條政策的問題，問題比那些大上許多。我在醫院做了一項調查。」

「調查？什麼調查？」羅伯特的語音帶有鋒銳的稜角，令盧絲心下一驚。

「你也知道，自從接任院長之後，我能和病人相處的時間比過去少了很多，所以我決定去探望他們其中幾人。還記得亞伯特．伯德嗎？」

「伯德……伯德？」

「彈鋼琴的那位。」

「啊，是，得了精神分裂症的那個。」

「他並沒有罹患精神分裂症。」她用央求的眼神注視著羅伯特，今晚實在沒心情再來爭論亞伯特是否患有精神分裂。「重點是……現在，他什麼都不是了，幾乎只剩一具空殼。還有羅斯瑪麗．甘迺迪，愛德華說——」

「妳見了愛德華！」羅伯特「哐啷」一聲掉下叉子。「老天啊，盧絲，妳怎麼會變得這樣天真？妳明明就知道，他說出口的話一句都不能信。這些年來，他可是竭盡全力要毀掉我的名聲啊！」

「可是羅伯特，他說過一些關於羅斯瑪麗．甘迺迪的事，那些是眞的嗎？」盧絲語調平穩地問，似想勸服準備鬧脾氣的孩童。

「什麼是眞的？妳說她治療失敗的事嗎？是啊。妳當時也知道，她的手術徹底失敗了，別到現在才跟我裝傻。況且，當時那是前額葉腦葉切除術，妳分明就很清楚。我從很久以前就不再建議病人做那個手術了。」他脖頸的肌腱緊繃如弦。

「我很清楚，只不過……他告訴我，你當時其實知道羅斯瑪麗並不需要——」她沒讓自己說下去。羅伯特的反應已經足夠激烈，她眞要繼續追問下去嗎？

「不需要什麼？」羅伯特狠狠地問。

「我在醫院做的那項調查，對象是四百位做過腦葉切除手術的病人，其中多數人做的是經眶腦葉切除術。老實說，結果令我非常震驚。」

「震驚？」

「羅伯特，被我們施用腦葉切除治療的病人當中，後來只有百分之二十的人得以出院回家。這件事你知道嗎？」

羅伯特一時間面露驚訝，卻又很快被胸有成竹的神情取代。

「就算是如此，也不能完全用出院率來評估手術效果。病人的生活品質不是都得到了改善？妳的那些職員照顧他們時，不也輕鬆了許多？」

「我知道。」盧絲深深呼吸。她該如何呈現手上握有的資訊，才不會被羅伯特視為挑釁？「但是，在留院病人當中，狀態相對良好的其中一人是亞伯特．伯德。還有芮吉娜．布魯克斯——還記得她嗎？那個舞者？她在接受腦葉切除術後，對食物產生了深深的執念，後來變得極端過胖，幾乎動彈不得。」

「唉，盧絲，眞是的，妳別大驚小怪了。這些事情雖然不幸，但也不過是偶爾出現的副作用罷了。重點是，病人不再對自己或他人構成威脅了，不是嗎？」

盧絲簡直不敢相信自己的耳朵。羅伯特聽了這些恐怖案例，居然不為所動？「那班尼．格林呢？還記得這個名字嗎？他從前是軍人，經常作噩夢，有極端的焦慮症。還記得他嗎？」

「隱約記得。我可是對數以千計的人做過腦葉切除手術，妳該不會忘了吧？」數以千計？當真這麼多嗎？

「但你當初花了不少時間治療班尼，也許還記得他。我去探望他了，卻發現他在房間裡，用自己的排泄物在牆上塗鴉。」她急切地注視羅伯特，卻見丈夫翻了個白眼。

「老天啊，盧絲，妳不覺得自己有點太戲劇化了嗎？」

「是這樣嗎？」盧絲雙眼盈滿了熱淚。「我也去拜訪了艾絲泰・雷諾斯，她丈夫說她有次拿著刀，把自己鎖在浴室裡。那可是一把刀啊，羅伯特！」

「我知道，我之前聯繫過她丈夫。妳別忘了，艾絲泰可是從歇斯底里、幻視幻聽的精神病患，變成了一個能結婚生子的女人。這是我們的功勞，是我們把這份禮物給了許多的病人，這點妳怎麼就是不明白呢？」

「我觀察到的狀況是這樣：在我的醫院，我們能爲病人提供的種種治療當中，這是過去最好的選項——」

「現今也是。」

「那是多年前的事了。但如今，我認爲愛瑪汀醫院應當停用腦葉切除治療，而且我們必須幫助整個醫學界逐步遠離這樣的療法。」

「這樣啊。」羅伯特生硬地說：「是啊，相信妳擁有學士學位，就足以做出這樣的評估和判斷。」

「那麼羅伯特，你來幫助我了解事情的全貌。我們一起來完成這件事。你有沒有看到關於氯丙嗪（chlorpromazine）的初步實驗數據?他們說，這種藥物和腦葉切除術同樣有效——但很明顯沒有腦葉切除術那樣極端。

「我的療法並不極端！而且也不必一再施用，而是能一口氣達成永久性的改善，讓病人下半輩子都過得比從前好很多。」

「問題是，它眞有這樣的效果嗎？我知道你立意良善，但現在是時候找尋新的解決方法了。在我們的專業領域內，風向已經開始轉變，然而你似乎沒有要跟上新潮流的意思。看到你這般堅持，我眞的很怕。」

「過去幾年來，我走訪了超過二十三個州、五十間醫院，他們都把我當英雄看待，熱情地歡迎我。在我看來，沒看清轉變方向的人是妳。以前確實有些病人的治療結果不佳，但那是因爲人類本就不完美！」

「我只是希望能爲病人提供最好的照護。腦葉切除術本該要救病人於水火之中，然而現在，我看到如此多人接受治療，術後卻無法好好生活，那我又該怎麼辦？」

羅伯特霍然起身，動作粗暴地將餐椅向後推。「妳應該要相信我——羅伯特．阿普特——妳應該要相信我身爲臨床精神醫師的能力、身爲神經學家的成就，相信我能妥善地治療並診斷病人。妳應該要支持我和我的療法——當初是我發明了這種療法，才讓妳的醫院一舉成名，改寫了全國上下對於精神病人的治療方式。」他最後說：「作爲妻子，妳應該要相信我，別再拿這些妳壓根不懂的事對我問東問西。妳應該要盡好妳該死的本分！」

盧絲全身靜止地坐在椅子上，內心震驚、受傷又畏懼。她過去也曾遭受過這樣的欺侮，但欺侮她的人從不是羅伯特；從前，心裡的那個小女孩不得不聽父親這樣的訓斥，不過她不打算被自己的丈夫如此責難。她起身迎上羅伯特的目光。

「羅伯特，我的本分就是好好經營我的醫院，而身為院長，我已經失去了對腦葉切除術的信心。我們難道不能齊心協力，尋找一些新的治療選項嗎？我相信只要足夠努力，我們一定能再創造新的奇蹟。」

「創造新的奇蹟？妳還真的完全不懂啊。我什麼都不必創造——我可是十分鐘腦葉切除術的發明人，我已經創造出了奇蹟療法！我是全國各地炙手可熱的大人物，私人病患都已經預約到好幾個月後的時段。妳要在愛瑪汀醫院做什麼是妳家的事，妳那間小小的醫院對我無足輕重，絲毫撼動不了我的成就。」羅伯特猛然轉身，大步走出別墅前門，重重摔上了門。

盧絲愣愣地坐了下來。

羅伯特方才的尖刻言語，遠遠超出了盧絲對他的想像。忽然間，盧絲感覺自己像是遠航歸岸的旅人——失去了平衡感，無法判斷腳下地面是否在湧動。

她努力打造的這個世界，正在逐漸崩毀；她本以爲自己對精神病學做出了偉大貢獻，孰料那根本不是良藥，而是詛咒。她愛慕與信任的男人因自尊心膨脹而迷失了方向，爲了保住自己的名譽，選擇對眞相視而不見。而現在，無論付出多大的代價，她都必須設法阻止羅伯特——

現在，也只有她能阻止羅伯特了。

第四部

盧絲與瑪格麗特：一九五三年六月

第41章

盧絲彷彿遭受到巨大的打擊，一時間緩不過來。她目送羅伯特的車尾燈消失在遠方，忽然間產生一股衝動。傑瑞米那份報告的內容無法構成強而有力的證據，不足以永遠制止羅伯特繼續使用腦葉切除術——不過，或許羅伯特的私人文件中，存在足以推翻這種手術的證據。她匆匆朝車庫走去。她不知羅伯特何時會回來，只希望能趁他不在的這段期間，找到任何一絲有助於揭發真相的證據。

她覺得自己像個入侵者，侵犯了精神醫師神聖的診療室。然而，此時的任務十萬火急，即使是道德準則也不得不讓步。

她逕直走向擺滿資料櫃的那面牆。關於每一位病人的詳細筆記，羅伯特都收在那裡，她肯定能在此找到有利的資料。盧絲拉開幾個抽屜，一時間毫無頭緒——該找的究竟是哪種資料？——直到目光落在一個塞得極滿的資料夾上。她不認得標籤上的姓名，不過這個個案占用了整整三個文件夾，想必十分重要。這位病人會是誰？

盧絲取出第一個文件夾，翻開看見一張照片：照片裡的中年女人相貌平凡，臉上帶著嚴肅的表情。盧絲認得女人身後的背景，這是在愛瑪汀醫院拍攝的照片，她卻對這個女人毫無印象。

一九四七年一月二十一日：病人D．萊斯由於突然發生無前例的幻覺，暫時拘留於醫院。施用了經眶腦葉切除術，她得以在數日後返家，不再產生幻覺……

原來這位是臨時入住醫院的短期病人，難怪她不認識。盧絲又讀了下去。

一九四七年五月八日：聯繫了D．萊斯，確認精神外科治療成功。她未再產生任何幻覺，得以重新扮演母親與妻子的角色……

一九四七年九月十六日：D．萊斯回來接受進一步評估及治療，病人表現出極端強迫行為，並不時不受控地暴怒。經診察發現，初次切除治療時，沒能適當地深度切入她的前額葉白質（很可能是因為此種療法相對新穎，治療時過於謹慎）。進行了第二次經眶腦葉切除，此次切入程度遠深於第一次手術。

他們做了第二次腦葉切除手術？盧絲知道，羅伯特只在一些最極端的案例中施行多次手術，畢竟每次額外的手術都會使風險增加——病人可能顱內出血、術後癲癇發作。

羅伯特對D・萊斯的第二次腦葉切除術並不是在醫院進行，而是在私人診所這裡完成的。盧絲駭然地繼續讀下去。

一九四七年十二月十二日：D・萊斯在第二次腦葉切除術後似乎反應良好。根據報告，大部分強迫行為與衝動都已消弭，也不再突發暴力行為。

接下來是多頁詳盡的術後筆記，而盧絲終於讀到了第三個文件夾的內容。翻開資料夾、看見第一頁的照片時，她不禁呆住了。這名女病人最初看上去再尋常不過，如今卻肉眼可見地骯髒、過胖。其實盧絲看到這裡，理應習以爲常才對；她也見過愛瑪汀醫院一些接受過腦葉切除治療的病人，其中部分病人也出現了體重增加的狀況，不過這回——術前和術後的照片一對比——病人的狀態明顯地惡化。盧絲伸手去抓垃圾桶，擔心自己忍不住開始嘔吐。她強忍著不適，繼續閱讀。

一九五〇年三月十八日：D・萊斯再次回診，要求接受第三次腦葉切除治療。病人因體重大幅增加，幾乎難以辨認身分；這似乎是精神外科手術過後，可能出現在一些病人身上的負面副作用。然而，過胖，以及其他對整體社會造成危害的精神疾

病，只能兩害相權取其輕。

病人要求接受進一步治療，她聲稱強迫衝動再度復發。她的衣裝有著明顯髒污，她卻在看診期間六度出去洗手。此外，病人頭部還有多處沒能藏好的光禿，經詢問，她坦承自己會拔頭髮。她似乎低程度地和現實脫鉤了。考慮施行第三次腦葉切除術……

一九五〇年四月三日：第三次腦葉切除術過後數日，D．萊斯因術後出血死亡。過去的精神外科治療在她身上有了斷斷續續的成功，但最終她敗給了此種治療較罕見的風險之一。

盧絲倒抽了一口涼氣。

這比她想像中糟糕太多了，同時卻也是她此時需要的證據。羅伯特不僅在醫院外對同一位病人多次施用腦葉切除術，還造成病人死亡。她靜立半晌，因方才的發現而頭暈目眩。這幾乎等同謀殺。這時，她冷不防地聽見輪胎壓過碎石的聲響。盧絲盡快行動，雙手緊緊抓著那份證據，在被羅伯特發現之前快步跑回別墅。

她一路飛奔上樓、回到自己的臥房，驚慌地鎖上房門。她偷偷摸摸地揭開浴室窗簾一角向外望，這才發現自己錯了，羅伯特的車並沒有回來。他去哪了？是去連棟別墅嗎？假如他進城去，也能在城裡的辦公室診治病人。

盧絲看向房間另一頭的書架，以及架上的時鐘。現在已是晚間八點鐘，羅伯特今天該看的病人都已看完診，所以即使去了連棟別墅也無所謂。盧絲已經拿到她需要的東西，準備隔天一早致電醫師執照委員會，讓羅伯特再也無法殘害病人。

第42章

盧絲甚至沒試圖入眠，在這夜晚最黑暗的數小時裡，她都用來回顧自己這一路走來所有的錯誤。假使她一直有關切腦葉切除術的副作用，想必能提出一些關鍵問題，得知這種治療對大多數病人而言其實是種荼毒。那麼，她是在何時停止提出這些問題的？

在她的支持下，愛瑪汀醫院率先接受了腦葉切除術，並對大眾大力推廣此種療法，這才使得腦葉切除術被廣爲接受。既然如此，盧絲過去想必也有機會用這份影響力，揭露腦葉切除術的壞處。是她放任事情演變至此——不對，是她促使事情演變至此。如今，問題範疇已遠遠超出了她的醫院，也早已超脫她個人的影響範圍。

晨曦終於灑落時，天空從漆黑轉變成青紫色，像極了盧絲濃濃的黑眼圈。她開始做準備，先是沖了個冷水澡，擺脫徹夜無眠的疲勞，然後小心翼翼地梳整逐漸灰白的頭髮，穿上熨燙得整齊的亞麻長褲，以及量身訂製的女襯衫。正因爲內心一片混亂，她更須讓外表顯得鎮定自若。

盧絲再次朝浴室窗外一瞥，羅伯特的車仍不見蹤影。她不禁心跳加速——雖然羅伯特昨晚的言行令人咋舌，盧絲仍爲他憂心。他離去時情緒相當激動，有沒有可能出了什麼意外？她搖頭甩開這愚蠢的想法。羅伯特又不是沒地方過夜，而且在此時此刻，盧絲也不希望他在身邊，試圖要她放棄接下來的行動。

早上九點整，盧絲端著第三杯咖啡在書房的書桌前坐下，開始了行動。

去年在一次午餐會上，她和美國心理學會的新任會長喬．亨特有過一面之緣，雖不確定對方是否記得她，至少她敢肯定，亨特必然熟悉羅伯特與腦葉切除術的淵源。她花了些時間到處詢問，最後在十五分鐘內接通了電話，電話另一頭便是亨特會長。

「你好，請問是亨特醫師嗎？我是愛瑪汀醫院的盧絲．阿普特，去年有參加你在紐約的介紹午餐會，我們見過一面，不知你還記不記得？真的很謝謝你撥空和我講電話。」她有些語無倫次。

「阿普特太太啊，我當然記得妳。今天很高興接到妳的電話，不知道妳有什麼事情想和我討論呢？」

「我有一件要緊事，需要麻煩你幫個忙。」希望對方聽不出她語音裡的震顫。「是一件比較敏感的事。」

「這樣啊。可以的話，我當然很樂意幫忙。請問妳需要什麼樣的幫助？」

「我需要請你暫令禁止一位精神醫師行醫，讓他停止診治病人。他是我在愛瑪汀醫院僱用的一位臨床精神科醫師。」

她屏住一口氣，感覺過了數小時才聽見對方的回應。

「阿普特太太，我不是很明白妳的意思。美國心理學會並沒有權力阻止醫師行醫，假如妳希望我們調查某個特定的事件，我可以幫妳轉介能在這方面幫上忙的人，但除此之外……」

「亨特醫師，你誤會了。問題是出在腦葉切除術上——其實，我手下其中一位醫師醫死了病人。」

「有人死了？那聽起來比較像是法律糾紛？」

「是沒錯，這當然也有法律方面的問題，不過這位醫師也必須立刻停止行醫。你們不能暫時勒令他停止工作嗎？對所有會員發布聲明之類的？他很快又會外出了，必須盡快制止他……現在——今天就必須制止他！」

「阿普特太太，聽得出妳現在非常慌亂，但妳想必也明白，處理這類事情時必須按部就班，照著程序來做。我很樂意現在幫妳轉接電話，妳可以向我們的專人正式提出控訴。一旦我們收到充足的文件紀錄，就能夠展開調查，但除此之外我也愛莫能助。請問妳通知自家醫院的董事會了嗎？也許能讓董事會中止那位醫師的職權。」

盧絲僵坐在椅子上，聽筒隨時可能從手中滑落。

她太傻了，光是透過心理學會的官僚體制，怎麼可能阻止羅伯特？愛瑪汀醫院的董事會也有相同的問題，他們一樣必須走正規程序，而且無權防止羅伯特對私人病人動手術，甚至無法阻止他到別處的醫院施用腦葉切除術。她必須改走另一條路，而且要立即有效。她必須讓羅伯特立刻停止行醫。就是今天。

盧絲盡可能快速又禮貌地結束通話，頭暈目眩地站起身，收拾昨晚從車庫取出的那些資料夾。她將資料收入肩背包，唯有不停顫抖的雙手透露了內心的焦慮不安。

她的丈夫是殺人犯。既然醫學界阻止不了他繼續害人，就只能向警方求助了。

十五分鐘後，盧絲走進小鎮當地的警察分局。她此生還是第一次進警察局，只見開闊的房間裡擺了幾張木製辦公桌，空氣中飄著可能從昨夜煮到現在的咖啡味，聞起來不怎麼新鮮，而較遠的角落則聚集著一群警員。看見這一幕，盧絲感到十分侷促。我怎麼會來到此處？她躊躇不定地僵在警局入口，腦中一再重複先前想好的說詞。

「這位女士，妳需要什麼幫助嗎？」一名年輕警員朝前檯走來，看上去頂多二十歲。

「是的，你好，我想和你們的長官說幾句話，謝謝。」儘管心臟在胸中狂亂鼓動，她仍自信地將話說出口。

「能讓我幫忙嗎，女士？」

「謝謝你，但我必須和你們這邊的長官談話，這件事非常要緊。」盧絲總不能對這個小孩子說明案情吧？這個小伙子可能連羅伯特的一拳都經受不住。

「好的，我去看看他有沒有空和妳談話。請問妳想和他談哪方面的事？」

「我想報案，有人遭到殺害了。」

盧絲看著這個大男孩瞪大雙眼，她將手裡的公事包更抱緊了些。

「嗯，好的。那個，稍等一下。」

年輕警員說完，盧絲目送他走到房間另一頭，幾名身穿制服的男性警員正在角落交談。聽完男孩的說明，他們暫停了片刻，朝盧絲看來，而後其中一人朝她走來。這是一名身材壯碩的男人，也許從前在校時打過美式足球，雖然看上去還很年輕，也不像是盧絲想像中的警監，但至少比方才那個男孩穩重許多。盧絲挺直了身子。

「這位女士，我是強森警官，要不要坐下來談？」他領著盧絲坐到一張木椅上，旁邊似乎就是他的辦公桌。「聽查理說，妳是來舉報凶殺案件的？」

「是的。」盧絲點了點頭，動手從皮革公事包中取出資料夾，堆在辦公桌上。「事情距今已經過了幾年，但證據就在這裡。我丈夫殺死了他的病人。事情不是在醫院裡發生，而是發生在他的私人辦公室。你看這裡寫得很清楚——她死了。」盧絲指著羅伯特的文件中，關於病人死亡的那一頁。「是我丈夫做的。他殺死了病人。」

「女士，麻煩妳說慢一點。能先把妳的姓名告訴我嗎？」

盧絲頓時面無血色。這自然是報案的下一個步驟，她卻爲自己接下來不得不做的事，感到呼吸困難。

「我的名字是盧絲．愛瑪汀．阿普特。」

話說出口的瞬間，她感覺自己從小到大竭力維護的尊嚴，就此崩毀殆盡。愛瑪汀這個姓氏曾是業界龍頭，他們家族是美國成長茁壯的幕後功臣之一，也建造了這座城鎮、愛瑪汀醫院與無數慈善機構……而如今，「愛瑪汀」三字將永遠與野蠻劃上等號，成爲失敗的代名詞。

但是她別無選擇，只要能拯救人命，這些都不重要了。

強森警官忽地正色地說：「愛瑪汀太——阿普特太太，妳是說，妳丈夫在木蘭崖居殺了人？」

「是的。」

接下來的十五分鐘，盧絲對圍著她的那群警員盡可能說明腦葉切除術的細節。他們大多數人都耳聞過愛瑪汀家千金與知名醫師住在木蘭崖居，不過對腦葉切除術一知半解。盧絲接下來帶著警察鉅細靡遺地詳閱羅伯特關於萊斯太太的筆記，告訴他們病人不只做了一次治療，而是三次腦葉切除治療。她說明了女人這些年來嚴重的惡化——幸好資料夾裡附了照片，她甚至將剛入院那張與最後一張左右擺放對照，讓所有人看清萊斯太太最終嚴重過胖、狀態不佳的模樣，以此強調她的治療多麼失敗。

「病人做了兩次腦葉切除手術卻還是未見起色，但即使如此，他還是做了第三次手術。這一回，他做得太過頭，病人的大腦開始出血，最後病人死了。」盧絲抬頭注視著他們，滿心期待警員露出和她同樣震驚及憤慨的神情，並且準備逮捕羅伯特。沒想到，一眾警員只鎮定地站在那裡，甚至有些不知所措。

「是的，然後呢？」

「然後什麼？」盧絲不耐煩地問。這些還不夠嗎？

「這位女士，」強森警官和善地對她微笑，盧絲一眼便認出他臉上的表情，她自己也經常對醫院裡驚慌失措的病人露出這種笑容。「我們看得出妳現在很慌張，這當然也非常不幸，可是——」

「可是什麼？你難道聽不懂嗎？我丈夫並不是外科醫師，他也沒有外科醫師執照，卻還是多次對同一位病人動手術，最終弄死了病人。他可是殺人凶手啊！」盧絲猛地起身，再次指向文件的最後一段內容。

「阿普特太太，妳好像有點歇斯底里了。我不太確定妳現在希望我們做什麼。」

「歇斯底里？先生，你太過分了！」

「好的，好的，冷靜點。我剛才也說了，這當然是一樁悲劇，但我沒看到任何犯罪相關的證據。除非——死者的家屬有打算提起訴訟嗎？」

盧絲緩緩搖了搖頭。她還未聯繫病人的家屬，卻在資料夾中找到了家屬寫給羅伯特的感謝函，想來羅伯特也設法對他們扭轉了事實黑白。

「有時，人就是會在開刀的時候死亡，對吧？既然妳自己是醫院的院長，這方面的狀況妳應該比我們更了解吧。」強森警官站起身，有些敷衍地攬著盧絲的雙肩。「依我看，妳是和老公大吵了一架吧？看得出來妳很氣他。不過太太，這裡並沒有任何謀殺相關的證據，我們恐怕也幫不上忙。」

「是嗎。」盧絲紅了臉，不敢置信地盯著那幾名警員。她倉促地將文件收了回去。

「需要我們送妳回家嗎？妳看上去真的很激動，女士。」

「不用，謝謝。我沒事。」盧絲羞窘地低下頭，盡快回到車上。她全身僵硬地坐在駕駛座，緩慢地深呼吸，希望能保持情緒穩定，直到回家爲止。此時的她只感到萬般丟臉又困惑不已。

羅伯特做的那些，怎麼不算是謀殺呢？警方怎麼絲毫不在意他的所作所爲？

盧絲漫無目的地在家中遊蕩。一定還有別條路可走，而在找到那條路之前，她絕不善罷甘休。

第43章

兩天後，盧絲揉著泛淚的雙眼，凝望書房窗外的海景。從兩天前離開警局至今，她似乎不停在和人通電話。

「妳知道我一定會竭盡所能幫助妳。但是盧絲，我最後一次和羅伯特一起做腦葉切除術，已經是十多年前的事了。那些都是太久以前的病例，現在不會有人關心他們的狀況。」

「愛德華，這我都明白，我也不是眞的認爲你能找到人證，只不過……我實在不知該向誰求助了。羅伯特至今做了無數次腦葉切除術，怎麼可能連一個願意正式控訴他的人都沒有？」

「我當然很樂意提出對他的指控，並支持妳對醫學審查委員會提出的聲明，但這恐怕還不夠。我們得花好一段時間，才有辦法蒐集充分的證據，對他提起有效控訴。」

「可是我沒時間了！」盧絲怒道。艾絲泰的丈夫——賴瑞——不肯站出來指控羅伯特，曼追克那份報告中的病人與家屬也都不願意幫助盧絲，甚至有好幾人直接掛了她的電話。她若再找不到人證物證，羅伯特就要動身前往加州——或許他已經出發了。

加州。就是這個！盧絲一直將焦點放在當地的病人身上，未曾考慮到羅伯特外出時可能發生的事件。

「愛德華，我想到辦法了。我得先走了，必須趁羅伯特回來之前去車庫裡看看。」

「妳知道他人在哪嗎？他什麼時候回來？不然妳等等我——我調整日程，明早到妳那邊。」

「不，不，我必須現在就去。」

「那妳千萬要小心，等等回屋裡打一通電話給我，讓我知道妳還平安。」

「我當然平安了。」盧絲嗤之以鼻。

「答應我，可以嗎？」

「好。晚點再聊。」儘管情勢嚴峻，盧絲仍微微一笑，感激愛德華如此地關心。

她走到戶外，一時間被燦爛的夏陽亮得睜不開眼。過去數日，她幾乎片刻不離書桌，有時甚至覺得自己生活在夢中，而這場夢卻快速轉變成夢魘。短短數週前，她仍是個生活幸福美滿的人婦，丈夫是知名醫師——如今，她竟窮盡一切試圖阻止丈夫，將他當成了瘋癲的殺人魔。事情怎會演變至此？

走出別墅前，盧絲就已確認過羅伯特的車不在車位上，不過她朝車庫走去時，還是再檢查了一次。她絕不能碰上羅伯特，現在絕對不行。在暑氣及焦慮的夾擊下，盧絲汗流浹背地悄悄溜進車庫，開始左顧右盼。她的視線落在幾大疊看似較新的資料夾上，那幾疊文件都堆在羅伯特辦公桌後方的地上。

這些會不會是近幾次出差時累積的資料？羅伯特向來將文件整理得井井有條，很少把如此多份文件堆在外頭——但他近來經常外出，許是還沒時間整理完所有的資料吧。

盧絲蹲了下來，著手檢視地上的資料。文件的數量實在太龐大了……在那一瞬間，她不禁心想，如此龐大數量的文件，是否能夠說服董事會勒令羅伯特停工？然而她心裡明白，這些還不夠。她自己當初也沒因此對羅伯特起疑。羅伯特宣稱他在全國上下施用了數千次腦葉切除術，並主張這些是他對全人類的貢獻，盧絲當時也信以爲眞，沒有懷疑羅伯特的言行。

她動手一一翻開資料夾，希望能找到任何有利於對羅伯特提出指控的資料。大部分資料夾都只有一張紙，許多甚至連照片也無。找了將近一小時後，盧絲氣惱得快哭出來，而就在準備放棄時，她忽然看見某件奇怪的東西。這個資料夾裡附了張照片，照片中是一名樣貌粗獷的男子，他坐在一張床上，周圍髒亂不堪的房間似乎是某種寄宿公寓。這絕不是醫院或診所，甚至連辦公室也不是。

她正想閱讀資料夾內那幾頁紀錄，卻被突如其來的敲門聲嚇得呼吸一滯。她趕緊闔上資料夾，站了起來。假如是羅伯特回來了，她或許能假裝自己在幫忙整理車庫，作爲先前惹他發火的賠禮？這個藉口實在荒謬，但盧絲已經怕得六神無主。

就在她朝門口走去時，一道女聲傳來。

「阿普特醫師？醫師？你在嗎？」

「瑪格麗特？」

第44章

瑪格麗特已經等了二十多分鐘，仍不見阿普特醫師出來迎接她。醫師平時可是都非常準時的。此外，她也注意到，平時停在醫師辦公室前的汽車並不在。

難道是她記錯了時間？她不禁感到驚慌。難道是記錯日期？不對，不可能啊。她明天就要做腦葉切除術，所以阿普特醫師才會請她今天來做術前檢查。醫師究竟去了哪裡？他會不會出了什麼意外？要是他出了什麼事，無法爲她動手術怎麼辦？

她所有的希望都押在明天了。

也許醫師只是一時分心，汽車則是被盧絲借走了。是啊，一定是這樣。不然她上前敲敲門好了。

「瑪格麗特？」

瑪格麗特驚愕地看著站在眼前的盧絲，只見對方穿著一件皺巴巴的襯衫，原本紮在褲腰的衣襬都掉了出來，頭髮也凌亂不堪，紅腫的雙眼還帶有深深的青紫色眼圈。阿普特醫師想必是遭遇了不測。

「盧絲，妳還好嗎？醫生他還好嗎？」只見盧絲納悶地看著她。「對不起——我只是覺得妳……嗯……看起來和平常不一樣。我預約了要找妳先生看診，診療二十分鐘前就該開始，可是他還沒出來找我，所以我就——」

「噢天啊，瑪格麗特！」盧絲抬手想撫平一頭亂髮，同時踏出車庫，隨手關上門。「眞的很抱歉，羅伯特今天不在。妳確定是約今天看診嗎？平常不都是星期二？」

「嗯，我知道平常不是約這個時間。醫生要我今天來看診，是因爲——」瑪格麗特沒讓自己說下去。她沒將自己接受腦葉切除治療的決定告訴盧絲，因爲她實在不想再聽任何一句批評或質疑了。

「是因爲？」

「呃，其實也沒什麼。」

「妳似乎不是無緣無故來看診啊。有什麼事都可以告訴我，就儘管說吧。」

「其實，妳先生安排在明天把我治好，所以我今天要來做術前檢查。」

瑪格麗特眼睜睜看著盧絲駭然地瞪大雙眼，甚至擔心對方會因此滲出淚水。

「妳要做術前檢查？瑪格，不可以！」盧絲伸手扶牆，勉強穩住身子。

「怎麼了？妳爲什麼這麼驚恐？」見盧絲反應如此劇烈，瑪格麗特嚇了一跳。盧絲今天怎麼有點心神不寧？「妳眞的沒事嗎？是不是出了什麼狀況？」

盧絲直視瑪格麗特的眼眸。「聽我說，羅伯特現在不在，老實說我也不知道他何時會回來，但妳千萬不能做手術。」

「什麼？」瑪格麗特全身一縮。「可是妳之前明明告訴我，我可以修復自己的。」

「不是這種修復法。」盧絲緊張地東張西望，這才招手示意瑪格麗特朝主屋走去。

「妳不如進來坐幾分鐘吧，我們到屋內談。」

瑪格麗特躊躇不定地瞅著她。

「跟我來吧，妳這也算是幫了我一個大忙。」盧絲說，輕快的語調顯得有些虛僞。

「我有點睡眠不足，正需要喝一杯現泡的咖啡。也許等我們聊完，羅伯特就正好回來了！」盧絲對她露出微笑，瑪格麗特這才稍微安心下來。

「那好吧，我也想喝咖啡。」瑪格麗特怯怯地微笑，跟隨盧絲沿著小徑走進主屋的廚房。

兩個女人在桌邊坐下，儘管暑意正濃，桌上仍擺了兩個直冒蒸氣的馬克杯。這時，盧絲開始了對瑪格麗特的勸說。

「瑪格麗特，妳知道嗎，羅伯特最初學到關於腦葉切除術的知識時，我其實也在場。當時他想到要將這門技術引入美國，就是我幫助他在國內開發並推廣了腦葉切除術。」說到最後，她有些哽咽。

「噢，我都不知道這些。那……很好啊，眞的太好了。」瑪格麗特面露笑容。「聽妳這麼說，我就放心了。」

盧絲搖了搖頭。「我們最初開始做腦葉切除術時，它似乎是唯一能用來治療重病患者的療法。對病情嚴重、有暴力傾向及精神錯亂的病人而言，若不接受腦葉切除手術，他們就必須一輩子受拘束，一輩子深鎖在醫院的安全病房中。我們愛瑪汀醫院的照護品質較高，但公立醫院就不同了，它們當時——現在也是——病房都太過擁擠……我們以爲羅伯特用了這項技術，就能將病人的生活歸還給他們。多年來我也一直相信，假如當年有機會接受腦葉切除治療，我哥哥或許就能獲救了。」

「妳現在不這麼相信了嗎？」

盧絲猶豫了。「嗯，我已經不這麼相信了。哈利住院時，我們滿腦子只希望他恢復正常、恢復自我，而在他去世過後那些年，我也一直希望自己當時能爲他做到更多。」

「可是妳看，妳後來有了這麼多成就！妳是我見過最堅強的女人，如果我能有妳萬分之一的力量和能力，那該有多好。」瑪格麗特表示。

「但妳已經有了啊！難道妳看不出來嗎？妳擁有偶爾感到無奈和厭煩的權利，也有憤怒的權利。妳的生活中本就會有順心和難受的日子，每個人都一樣。這些年來，我花了不少時間認眞回顧哥哥死時的種種，現在反倒在想，也許我當時就是該告訴哈利，他心裡產生那些情緒也有沒關係。也許這才是最好的做法。畢竟他在戰爭中經歷了難以想像的磨難，我們卻未曾承認他所承受的痛苦。」

盧絲深深呼吸，用懇求的目光注視著瑪格麗特的雙眼。

「瑪格，妳不能做腦葉切除術。無論如何……妳千萬、千萬不能做手術。無論我丈夫怎麼說都別相信他。妳不能做，真的不能做。」

瑪格麗特感覺到自己原先粉紅色的面頰逐漸失去血色，變得灰敗。「妳是什麼意思？醫生說我必須動手術，而且越快越好。他說我等得越久，成功的機會就越低。我需要救助啊。」

「那是一派胡言。妳還不明白嗎？妳生的不是那種病。我讀過一些關於產後病症的文獻，產後的憂鬱情緒是有可能會持續一段時間。在我讀到的資料中，還有一些恐怖的案例：產婦在分娩時打了麻醉藥後，護士甚至會對她們動粗，盡量不讓她們動彈——這當然非常恐怖，可想而知，它非常有可能對產婦的精神狀態造成長久的不良影響。妳可能就是遭遇了類似的事。」盧絲繼續說：「另外，妳為家庭犧牲了人生中很大一部分，這也可能是致使妳憂鬱的原因之一。妳看，妳會產生這些感受本就無可厚非，而治療這些症狀的方法，絕不是做腦葉切除術。」

她猛地站起身，緊緊抓住瑪格麗特的雙肩。「求求妳，瑪格麗特，求妳明天別再回來了。救救妳自己吧。」

瑪格麗特跟著站了起來，驚恐地圓瞠著雙眼。「對不起。」她快步遠離盧絲，朝廚房門口走去。「我得走了。」

門在身後關上的瞬間，瑪格麗特拔腿跑了起來。盧絲似乎失去了理智，瑪格麗特必須跑得遠遠的，趕緊跑回家，跑得越快越好。盧絲說的話完全不合理。

她必須告訴法蘭克，到時法蘭克想必會認同她。然後，她必須找到阿普特醫師，趁最後一絲機會消失前修復自我。

第45章

情勢比盧絲想像中緊迫太多。

偏頭痛？做腦葉切除術。

小孩不聽話？做腦葉切除術。

妻子不快樂？做腦葉切除術。

不能再讓羅伯特繼續下去了。

盧絲回到車庫，拿起瑪格麗特敲門前她正準備查看的那份檔案。打開資料夾，最上面是一張令人惴惴不安的照片：一名男子坐在骯髒的寄宿公寓房間裡……只希望資料夾中的文件能被用以對付羅伯特。除了照片，裡頭還有三張紙，第一張是俄亥俄州政府的一份命令，要求山姆．歐倫布魯在中西部地區醫院接受腦葉切除治療。第二張是羅伯特的手寫筆記，只有短短一段文字：

病人未到醫院接受法院裁定的腦葉切除治療……前往銀陽寄宿公寓……病人情緒激動……用電休克使病人鎮靜……病人失去意識後，在現場施用經眶腦葉切除術。

資料夾中第三張紙，是一份保險索賠表單的副本，正本想必已經送至藍十字保險公司了。羅伯特向保險公司提出了理賠申請，要求公司支付手術費用。盧絲雙腿顫抖地邁開，走向丈夫的辦公桌，拿起電話撥給交換機，轉接到了中西部地區醫院。

「喂，你好，我是愛瑪汀醫院的盧絲．阿普特。如果——」她低頭看向那張保險表單，找到表單上的管理者姓名。「——華倫先生有空的話，麻煩幫我轉接到他的分機，我有要事向他請教。」

盧絲焦慮地坐著乾等。羅伯特難道眞如此莽撞、目光短淺，甚至在未得醫院指示的情況下，直接在寄宿公寓的房間裡對一個男人進行腦葉切除？從他向保險公司索賠一事看來，醫院並沒有支付手術費給他，這表示醫院可能不知道他對男人動了手術，或者不贊同他擅自動手術的行爲。無論是何者，這都有機會受到全國性的醫療審查委員會重視，很可能使羅伯特的醫師執照被永久性吊銷。盧絲發現自己雙手正不停顫抖。

「妳好，我是喬納森．華倫。」

「華倫先生你好，我是盧絲．阿普特，今天是代表曼哈頓市的愛瑪汀醫院來電。請問阿普特醫師去年四月到貴院拜訪時，爲其中一位病人做了治療，是嗎？我想來確認那位病人的現況。」

「啊，是的，阿普特太太。我們都非常感謝妳的丈夫，也謝謝優秀的貴院安排他來訪。妳想確認什麼，我都非常樂意幫忙。」他說得沒錯，事情會演變至此，也是透過了愛瑪汀醫院的安排。盧絲一時間慌了手腳，滿心想直接掛斷電話，但她知道不能這麼做。事已至此，她無論如何都必須讓眞相水落石出。

她盡量用勇敢的語氣說：「那眞是太感謝你了。其實我平時並不會追蹤病人術後的狀況，但我想確認一些事情，是和醫師上回到貴院時，用腦葉切除術治療的其中一個病人有關。」

「他那次治療的病人可不少呢，眞的非常了不起。請問妳要追蹤的那位病人叫什麼名字？我可以幫妳找找那人的檔案。」

「歐倫布魯。山姆．歐倫布魯。」

「麻煩稍等一下，我這就去查詢資料。腦葉切除術當眞是對我們醫院的一大祝福，有了這療法，我們終於能讓一些精神病人出院回家。妳想必爲丈夫驕傲不已吧。」

盧絲的胃不停翻騰。她恨不得吶喊：不，我不這麼想了。你去看看那些精神病人，看看他們現在的樣子！但她忍下了衝動。「我很樂意等你查詢檔案。謝謝你，我眞的非常感激。」

數分鐘後，華倫先生又回到電話另一頭。「阿普特太太，我查遍了所有阿普特醫師來訪時診治過的病人檔案，但恐怕沒找到妳說的那位病人。」

「這樣啊……」這難道是條死路？「請問這份檔案有沒有可能收在別處呢？這位病人是法院要求他接受治療的。」

「噢，難怪，那些檔案我們都分開歸檔。我再去找找，很快回來。」時間彷彿靜止了，盧絲的心卻跳得更加賣力。最終，對方回來了。「阿普特太太，這還眞是奇怪。我沒找到歐倫布魯先生的檔案，倒是在法院勒令治療的病人名單上看到了他的姓名。可能他並沒有到醫院接受治療吧。我其實有點好奇，妳怎麼會知道他的名字呢？」

盧絲吸了口氣，穩住心神。此刻就是關鍵——假若對華倫先生說出歐倫布魯先生可能的遭遇，她將觸發一連串的連鎖反應，最終不僅摧毀羅伯特的名聲，就連她自己的聲譽也會一併葬送。羅伯特的疏忽、他屠宰般的醫療作派，是出自他良知的失能，以及對自尊心全然且病態的臣服——不僅如此，還是出自盧絲作爲監督者的失職。

但這都不重要。比起她的名聲，人命重要太多了。

「華倫先生，不瞞你說，我今天致電貴院就是爲了談這件事。其實我這邊有一份檔案，從這些紀錄看來，我丈夫在一個叫銀陽寄宿公寓的地方，對歐倫布魯先生進行了腦葉切除手術。」

「嗯，那是離我們醫院最近的住宿地點，接獲法院命令、前來接受治療的病人都經常在那邊下榻……不過，我們是絕不可能授權醫師在寄宿公寓對病人進行治療。妳確定事情眞是如此嗎？」

「是的，我相當肯定。」

「但這——這完全違反了醫學倫理啊。要是事情傳出去，人們會以爲是我們醫院批准他這麼做的……唉，我實在是不敢相信有這種事。」

「我手裡正拿著一張歐倫布魯先生的照片，是術後拍的。拍照地點就在銀陽寄宿公寓。」

漫長沉默過後，華倫先生沉重地說：「既然如此，我只能立刻舉報阿普特醫師。」

「我理解。華倫先生，你願意聽我說幾句眞心話嗎？」

「那當然。」

「我近期知悉了一些關於腦葉切除術的情報，被迫重新檢視它的療效。經過深思熟慮，我決定停止授權任何人在愛瑪汀醫院施用腦葉切除術，並且建議其他醫院效法我們的決定。這麼說雖然令我心痛，但我認爲，阿普特醫師已經無法判斷此療法是否爲合適的醫療手段了，我也準備建議官方撤銷他的醫師執照。」道出這段話時，盧絲的語音微微顫抖。

「阿普特太太，這可是妳的丈夫、妳的醫院啊。」

「華倫先生，我心裡也很清楚，但相信你能理解，我必須優先考慮病人的健康，而不是自己的私人生活。」她不禁雙眼泛淚，竭力保持平穩而堅定的語氣。「華倫先生，我在歐倫布魯先生的資料夾裡，找到了阿普特醫師向藍十字保險公司索賠手術費用的申請書，即使保險公司還未調查此事，想必之後也會查個明白。等到那時，我們兩家醫院都將遭受牽連。我若是你，就會採取行動，盡可能保住自己的名譽。」

「但那就表示——」

「是的。我明白。」

「但受影響的不會只有阿普特醫師，就連妳和愛瑪汀醫院也都難辭其咎啊。」

「這我很清楚。這是我造成的問題，就由我來收拾殘局吧。華倫先生，謝謝你撥冗和我談話。」

盧絲掛斷了電話。她試著吸氣，胸腔卻緊繃得幾乎無法吸入空氣。她好想尖叫，好想大哭。她過去只有一次感到如此孤獨——那天，她如以往般每天到醫院探望哈利，卻得知哥哥已在數小時前結束了自己的生命。當時是她將噩耗告訴了雙親，父母互相安慰之時，她只能獨自落淚。

盧絲，振作起來。這和當時不同，她並非孤身一人。她再次拿起電話聽筒，焦急地撥號。

「您好，這裡是威金遜醫師的電話代接服務站。」

盧絲失望透頂；她迫切想和愛德華說話，迫切想從對方平和的語音、理性的言語中得到些許安慰。她生怕自己不具備足夠的勇氣，只盼能從愛德華那裡獲取力量。但是愛德華不在，她只能獨自面對難關了。

「喂，您好。我是盧絲．阿普特，能不能麻煩您轉告愛德——威金遜醫師，請他盡快回電。我有十萬火急的要事。請他收到訊息後撥打我家裡的電話，謝謝。」

還是別繼續在羅伯特的辦公室逗留了。盧絲掃視羅伯特的辦公桌，看到了行事曆，很快便找到他預計要到加州走訪的醫院名單。然後，她拿起歐倫布魯的資料夾，關了燈，回到別墅。

她在書房裡的書桌前坐下來，準備致電加州的那幾間醫院，忽地回憶起將近二十年前那個寒冷的日子。

當時，就是在這間書房裡，羅伯特首次有了將腦葉切除術引入美國的想法。

如今，在同樣的房間，盧絲將就此終結羅伯特用此醫治病人的行爲——是啊，如此再適合不過了。

第46章

盧絲電話聯繫了羅伯特到加州後預計造訪的第四間醫院，正要結束通話時，忽然被男人的聲音嚇了一跳。夕陽已然西沉，不過在薄暮的微光中，她仍能隔著窗戶望見羅伯特的車。

他回來了。

她迅速將羅伯特的資料夾都收入書桌抽屜，就在此時，羅伯特逕直走了進來。

「盧絲？盧絲？妳在裡面嗎？」他看上去相當邋遢，頭髮一片凌亂，臉上則帶有盧絲許久未見的一抹柔和。盧絲的心軟了下來。「對不起，我打擾到妳了？」

「不會，沒關係。看到你來我其實很驚訝，但也很開心。」她尷尬地對羅伯特微微一笑。

「對不起，我那晚不該直接離開。我在腦中梳理過好幾次，還是沒法弄懂那是怎麼回事。我們能不能再試著談談？」他走向書房另一頭的扶手椅，有些猶豫地坐下來。

「我也很想和你談談，像從前那樣——互相愛慕、互相尊重，只爲病人的利益著想的兩個人，一起談論事情。」他們莫非還有機會回頭？羅伯特是不是認清現實了？

「我不認爲我有用這以外的方式對妳說過話。」

「羅伯特，我實在忘不了前幾晚的那次對話——如果那也算對話的話。但是我現在知道，當時是我說得太突然，所以才讓你反應不及。你知道我沒有要批評你的意思，只是想和你重新互相了解而已。」

「是嗎，那妳和我互相了解的方式還眞是奇特。」他的語調快速變得尖銳，令盧絲心生不安。

她離開書桌，走過去坐在羅伯特身旁，希望能減少咄咄逼人的氛圍。「請別這樣，許多年來我們一直是合作無間的同伴，難道不能再像從前那樣齊心協力嗎？」盧絲凝視著自己多年來全心深愛的男人，內心仍閃爍著希望的火苗。

「當然可以，只要妳認清自己的錯誤就好。」她聞言，心沉了下去。「從一開始，我們就是齊心爲腦葉切除術辯護，和反對者相抗——起初是醫學界那些說它會改變人性本質的無稽之談，後來是妳父親那些太過古板、對於我作風的指控，甚至到最後，就連愛德華也嫉妒得用謊言詆毀我和我的做法。這一路上，妳一直都陪在我身邊，所以我才不明白現在是怎麼回事，怎麼會變成這樣？」

「羅伯特。」盧絲小心翼翼地握住他的手，因美好的信念破滅而悲痛難耐，同時卻也爲羅伯特感到悲傷，憐憫這個蒙了雙眼、無法區分事實與精雕細琢謊言的男人。醫界背離腦葉切除術的風向，並非一夕之間產生的。「你不在時，我讀了你那些檔案——蒂娜．萊斯、山姆．歐倫布魯——你的行為超出醫治失敗的範疇，這已經是醫療疏失了。」她看著丈夫的臉逐漸僵掉。「我會陪著你，一起找到出路，但你必須答應我，立刻停用腦葉切除術。永遠別再用它。」

「妳瘋了嗎？」羅伯特大喊著猛然抽回手，從座椅上一躍而起。「妳看了我的檔案？我私人病患的病歷？妳那是侵犯隱私權，我甚至可以告妳。」

「告我？羅伯特，你難道還不明白嗎？你的醫療事業已經結束了。你將會失去執照，甚至被捕入獄。你的聲譽，我的、醫院的聲譽——都將毀於一旦。我們實際做過的所有好事，都將因你的莽撞過失而被全盤抹消。」

她繼續說：「我無法幫你扭轉現實，但可以幫助你走出這次的陰影。我們可以一起打造嶄新的生活。」她不確定自己是否做得到，卻還是迫切想要相信自己描繪的未來，相信自己還能愛他，相信他們眞能一同走出這波醜惡的風雨。

「妳這操弄人心的婊子！我在城裡滿腦子想著該怎麼跟妳和好，妳倒是擅自闖進我的辦公室、讀了我的檔案，還捏造謊言想毀掉我的心血。」

「這不是謊言。」盧絲用鋼鐵般堅毅的聲音說：「你這是在毀掉無數條人命，還即將毀去更多人的人生。」

「毀掉人命？」

「到最後，你也只會在歷史上留下這一筆——」她站起身，抬頭挺胸用自己的身高優勢和羅伯特對峙。兩人四目相交的剎那，盧絲就發現自己錯了。羅伯特已完全失控、不再講理。她的目光迅速移往門口，希望能設法脫身，然而為時已晚——

「夠了！」羅伯特怒吼一聲，全力摑了她一掌。

盧絲重重倒地。

「我跟妳說最後一次，閉上妳的臭嘴！妳壓根就不是醫師，等我把妳侵犯隱私權的事情上報到醫院董事會，妳大概連院長也當不成。還有，等我找到律師，妳也不再會是我的妻子！」

羅伯特憤然轉身離去，甚至一次也沒轉頭，沒發現盧絲被他那一掌直接打暈了過去。

第47章

法蘭克坐在醫師辦公室外的長椅上，一隻腳在地上蹬個不停。「他到底在搞什麼，怎麼還不出來？預約的時間不是十分鐘前就到了嗎？」

「他通常都很準時啊，昨晚還有親自打來確認今天的看診時間。」

就在這時，阿普特醫師開了門。「巴斯特先生，很高興見到你。你大概等一個鐘頭，就可以帶瑪格回家了。」

醫師的外表令瑪格麗特微微吃驚。平時他總是頭髮梳得整整齊齊，言行舉止也都沉穩鎮定，而今日的他卻頭髮狂亂、領帶歪斜，就連眉毛也亂七八糟——簡直像個健忘的老爺爺。荒唐的想法險些害瑪格麗特笑出聲來。

「我們想一起和你說一會兒話。」法蘭克一面說，一面逕自推開羅伯特走進辦公室，瑪格麗特則怯怯地跟了進去。「不會太久的。」

「那就請你們坐下來說吧？」

瑪格麗特對丈夫投了個納悶的眼神，夫妻一同在沙發上坐下。這和她的預期不一樣——今天之所以請法蘭克同來看診，是因爲她準備接受手術，術後無法自行開車回家。

「巴斯特先生，告訴我，你有什麼事情要談。」阿普特醫師不耐煩地敲著鉛筆，看上去相當煩躁。瑪格麗特不完全怪他，他會感到煩躁也是無可厚非。

「我覺得瑪格不應該動手術。」

瑪格麗特的心臟暫停了片刻，傳進耳朵的聲音也一瞬間變得模糊不清。

「你說什麼？」她轉頭看法蘭克，見丈夫臉上已經沒了血色。

「瑪格，我不希望妳動手術。」

「可是……是你帶我來的。就是今天了。我們不是說好了嗎！這是爲了孩子，爲了你，爲了……我自己。」

「巴斯特先生，」醫師插話道：「我知道不論你太太要做的是什麼手術，你都會焦慮不安，但我可以對你保證，這種手術非常安全。她不會有事的。」

「既然這麼安全，你太太爲什麼勸她不要做？」

「法蘭克！」瑪格麗特瞪了他一眼，這本該是他們之間的祕密。她不該將昨日遇到盧絲一事告訴法蘭克，那大大影響了他的判斷。重點是，法蘭克並沒有親眼看見當時的盧絲——她分明已經歇斯底里了。瑪格麗特內心清楚得很，也不會受盧絲影響。

「不行，瑪格，我想聽聽他的說法。」法蘭克對醫師說：「你太太對瑪格說，她不需要做腦葉切除術，腦葉切除術幫不了她。你太太甚至說，她現在根本就不相信腦葉切除術了。那麼醫生，我問你——如果連你太太都不相信腦葉切除術有用，我為什麼要讓你對我太太做這種手術？」

「我太太?!」瑪格麗特還是頭一次看見醫師大發雷霆，不由得感到畏懼。

「阿普特醫師，我是今年春天偶然初遇她的。」瑪格麗特試圖讓醫師冷靜下來。「我準備離開時，在花園裡遇到她，後來我們常在我看診結束以後聊聊天。昨天你不在的時候，我又見到了她。」

「那她到底跟妳說了什麼？」

「她說，瑪格不該動手術。」法蘭克怒不可遏，幾乎語無倫次。

「原來如此。你們想必知道吧，我太太就只是醫院的行政管理者，她不是醫師，也從未受過任何專業訓練。她不具備任何醫學文憑或證書，沒資格給你們任何醫療建議或主張。我告訴你們，她懂的一切，還不都是從我這裡學到的！」

「阿普特醫生，」法蘭克站起身，彷彿想保護瑪格麗特。「重點不是你太太懂多少，是你沒有誠實地告訴我們手術的風險。我們要求你說出眞相。」

「巴斯特先生，請別這樣。我看得出兩位都很不安，也可以理解你們的感受。如你們所知，我有時會在家中工作，老實說我和太太才剛大吵了一架。我們吵架時，她往往會變得有點歇斯底里、顛三倒四，所以她才會決定去和瑪格麗特說那些話。但是我對你們保證，阿普特太太並沒有資格提供關於我這種療法的資訊。」他深深呼吸，眼帶同情地看向瑪格麗特。「看得出妳相當喜歡我家盧盧，所以我也不想對妳說這些，但其實她自己也病得不輕。她多年前失去了哥哥，那之後就一直沒走出喪兄的陰影。雖然有時她狀態不錯——甚至可說是非常良好——不過她在突然發病時，說出的話都不可信。」

「法蘭克，你看吧，我就說她昨天看起來不太正常。」瑪格麗特看著法蘭克，法蘭克則緩緩搖頭，試著釐清醫師告訴他們的一切。瑪格麗特的心臟撲通撲通狂跳著。

「瑪格，不論如何我都想告訴妳，我覺得妳不應該動手術。」法蘭克轉向她，溫柔地握起她的雙手。「我覺得妳不需要動手術，我覺得妳已經越來越好了。」他頓了頓，輕輕撫摸瑪格麗特的臉頰，深深凝視著她雙眼。這一剎那，瑪格麗特回憶起從前的婚禮——法蘭克當時也是這般熱切地對她起誓。「可是不管妳怎麼選，我都會站在妳這一邊，一直陪著妳。我愛妳。」

瑪格麗特彷彿成了一支沙漏，在最後幾粒細沙流盡前，忽然被翻轉了過來。法蘭克怎麼能現在說出這些話？在長達數月的折磨後，終結痛苦的日子終於到來了。

「法蘭克，情況完全沒有變。我們已經做了決定，那就該繼續走下去。醫生，你也這麼認爲，對不對？」她轉向在座椅後方來回踱步的阿普特醫師。

「我當然這麼認爲。」他簡促地回答：「只有做了手術，妳才有可能眞正痊癒。」

「法蘭克，你先出去吧。」瑪格麗特用手肘大力推了推丈夫，想要用行動表現出信心……但實際上，她沒這麼有自信。「一切都會好起來的。」

醫師走過去開了門，站在門邊等待，直到法蘭克躊躇不定地走出門，再次在外面的長椅上坐下來。

「如我剛才所說，我們大約一個小時後結束。你放心，我可是這方面的專家，到時你會對結果非常滿意。」

第48章

盧絲在地板上醒了過來，一時間只覺頭痛欲裂。

*我在哪裡？*她掙扎著想站起身，卻感覺昏昏沉沉、頭暈目眩。太陽已經升起了，她不記得自己是何時睡著的。*發生什麼事了？*她扶牆站穩了腳步，然後進廚房拿冰塊。

「阿普特太太，您的臉！」莉安娜駭然盯著她，盧絲這時才瞥見自己在櫥櫃表面的倒影，只見自己嘴唇破裂、紅腫，臉頰也浮現大片瘀紫。「太太，您還好嗎？」

「嗯，我沒事，只是看上去比較嚇人而已。我大概是昨晚在書房裡摔了一跤吧。」

「來，快坐下。」莉安娜從冷凍庫取出一塊牛排給她冰敷，動作輕柔地扶著她到早餐桌邊坐下。牛排的冰冷令盧絲忍不住皺眉，卻也使她清醒不少。

她起身走到後門，隔著門上的透明玻璃望向車庫。那輛綠色車就停在車庫前——是巴斯特夫妻的汽車。

她拋下了牛排，驚慌失措地狂奔出去。

「法蘭克？你是法蘭克．巴斯特嗎？瑪格麗特在裡頭嗎？」她嚇得魂不附體。瑪格麗特該不會正在裡面接受腦葉切除手術?!

「妳是醫生的太太嗎？」男人稍微退開一些。

「是的，抱歉。對不起，我這副模樣太嚇人了。瑪格麗特現在單獨在裡面嗎？」

男人似乎不知該如何回應。

「巴斯特先生，拜託你了，如果你太太是來接受腦葉切除治療，那我們必須趕緊阻止她。」

「妳的臉怎麼了？」

「我想你還是現在進去，把你太太帶回家吧。」盧絲意有所指地說。

「可是她希望想動手術啊。」

「不，她是希望自己能感覺好一些，但這個方法不可行。」

只見男人神情痛苦，整個人不知所措。

忽然間，一聲尖叫傳來。

「不！」恐懼淹沒了盧絲。

「瑪格！」法蘭克大吼著衝上去開門，門把卻沒有轉動。門被鎖死了。

第49章

「好了，那麼在開始前，妳還有什麼話想說嗎？」

阿普特醫師關上辦公室的門，在他平時那張單人椅上坐了下來。瑪格麗特方才一時忘了今日的診療非同尋常，還以爲他們會像平常那樣坐著對談。雖然是她自己希望能接受手術，此時仍不禁感到一陣寒意。

「你是說現在嗎？你要現在馬上開始嗎？」瑪格麗特本以爲手術前會有更多的程序，也許醫師會給她最後一次機會，讓她百分之百確認自己想接受治療。她頓時慌了。或許她根本就沒做好心理準備。「我最近心情好的時間延長了，嗯，就是比較不憂鬱、不憤怒的時候。」

也許法蘭克說對了。她會不會做了錯誤的選擇？「可是，我還是感覺不像原本的自己。」她緊張地掃視辦公室。「我只是覺得，明明知道做了這個手術我就會好起來，但突然間身邊所有人都叫我不要做，我眞的……眞的很不知所措。我也受夠了這種不知所措的感覺，眞的受夠了。可是我也不想走錯路啊。」

「看得出，妳內心十分矛盾。」

「阿普特醫師，你確定腦葉切除術能讓我康復嗎？」瑪格麗特注視著醫師，本以爲醫師會對她露出安慰的笑容，沒想到他的視線飄到了辦公室另一頭，膝蓋不耐煩地上下抖動。她不自在地在沙發上挪動身體。

「確定。」醫師別過視線，朝廚房旁邊的房間看去。她知道，那是醫師進行手術的區域。「瑪格麗特，我之前也對妳說過很多次，如果不施用腦葉切除術，妳的病症是不可能眞正消失的。」

「嗯，我知道不會消失。我只是……怕自己選錯了。」她心虛地看向醫師，下意識玩弄著包包的肩帶，滿心希望對方能道出寬慰的言語。然而，她在醫師臉上看見的神情，卻只能解讀爲盛怒。醫師緊抿著唇，竭力抑制對瑪格麗特的失望，深鎖的眉頭則無聲地譴責她這些不服從的言行。

「這些妳已經說過。說過很多次了。我實在不曉得同樣的話要對妳說幾遍，妳才能聽進去：妳需要做手術。既然妳都來到這裡，想必就是相信我，不是嗎？」醫師怎麼像是在厲聲責罵她？她內心無比焦慮。

「不然，妳來看看我的治療室，如何？」醫師的語氣與表情都變得柔和了些。「來看看我的手術器具吧。或許妳親眼見到手術空間，就會知道這種療法是多麼簡單了。」

聽起來也有道理，也許她只要能想像腦葉切除術的過程，想像自己接受治療的經過，就能判斷自己是否眞心想接受治療、眞正需要這項治療。

「好吧。」她站了起來。「那我去叫法蘭克進來，我們一起參觀吧？這樣他應該會比較放心。」

「等妳做了決定，我們再讓法蘭克參觀也不遲。」

瑪格麗特跟隨阿普特醫師走進隔壁小小的房間。房裡的擺設相當簡單，只有一張躺椅、一個金屬托盤，以及某種機器——阿普特醫師一進房便立刻啓動了那臺機器。瑪格麗特聽見機器的嗡嗡聲響，看見之後會用來刺入她眼睛的細長金屬工具——看上去還眞的很像碎冰錐——她不由得更緊張了。阿普特醫師拿起兩塊杯狀物，那兩個物件透過可伸縮的電線，連接到那臺正在猛烈嗡鳴的機器。她開始倒退，朝房門口退去。

「別怕，這只是一臺簡單的電擊機，我都用它替代麻醉藥。它的電流很輕微，甚至能讓人安心。來，妳過來看看。」

瑪格麗特霎時間怕得動彈不得，只想張口叫喊，但那太荒唐了。

這可是她的醫師啊，醫師的工作不就是把她治好嗎？瑪格麗特咬緊了牙關，緩緩朝醫師走近。就在此時，醫師猛地舉著兩顆電極朝她撲來，瑪格麗特終於忍不住縱聲尖叫。

第50章

法蘭克用力晃動門把，卻沒能開啓車庫的門，於是盧絲直接抓起一塊石頭、砸穿了門上的玻璃小窗。她伸手進去解鎖，兩人慌亂地猛衝進去。

「瑪格？」法蘭克高呼著狂奔到辦公室另一頭，逕自跑進第二間房間。

「羅伯特？」盧絲緊隨法蘭克跑進房內，生怕穿過那道門便會看見駭人的畫面。她做好心理準備，預期接下來會發現瑪格麗特躺在椅子上，羅伯特站在她上方，正在完成瑪格麗特根本不需要的腦葉切除手術。盧絲迫切地希望自己想像錯了。

「瑪格？瑪格？」她聽見法蘭克接近嗚咽的呼聲，接著男人開始號啕大哭，而盧絲也感到自己的心開始碎裂。她走進房間，只見瑪格麗特軟倒在地上，被法蘭克抱在懷裡，雖不停啜泣，但似乎毫髮無傷。「沒事了，瑪格，沒事了。」

羅伯特躺在旁邊的地上，似是不省人事。

「他……他……他想把我弄昏。我根本還沒準備好。我只是想先看看手術室，等確定了再跟你說我要動手術。可是他卻像野獸般撲過來，手裡還拿著那兩個東西要把我電暈，直接對我動手術。我試圖推開他，結果他被後面那條電線絆倒，撞到了頭。然後他倒在地上……他……」瑪格麗特哭得更加傷心。

盧絲在羅伯特身旁跪下來，發現他脈搏仍舊穩定。她檢查了他的頭部，沒發現任何傷口。

「他應該沒有大礙。」盧絲起身走到廚房，幫瑪格麗特拿了一條沾了冷水的布巾，以及一杯水。她緩緩地走回去，將水杯交給瑪格麗特，布巾遞給法蘭克。

「妳的臉怎麼了？」瑪格麗特這才看向盧絲，顫抖著倒抽一口氣。

「沒什麼。」盧絲微微一笑，嘴唇卻陣陣發疼。

「她被那個混蛋打了。」

「他打妳？妳受傷了嗎？」門口傳來愛德華的聲音。

「愛德華？」盧絲搖頭。「不，我沒事，可是你怎麼……你為什麼……？」

「我擔心妳擔心得要命。妳昨晚留言要我趕緊回電，我打了無數通電話都無人應答，覺得這邊出了大事，所以就盡快趕來。」

感激之情流遍了盧絲全身。「謝謝你。」她輕聲說，卻因微笑時的痛楚而皺起眉。

「妳還好嗎？妳看起來真的很糟。」

「之後就好了。」盧絲點點頭，回頭看著依然動也不動、倒在地上的羅伯特，以及相擁著坐在地上、驚得啞口無言的法蘭克與瑪格麗特。

「法蘭克、瑪格麗特，你們還是先離開這裡吧。要不要到主屋裡坐坐，稍微收拾一下心情？需要待多久都沒關係。」

「如果妳不介意的話——」瑪格麗特撐起身體，站立時仍緊抓著丈夫不放。「——我現在只想回家。」

「我們走。」法蘭克用守護的姿勢攬著她，一同走到了門口。

「我真的非常抱歉。」盧絲對夫妻倆說，然後目送他們離去。

盧絲不確定自己此時淚流滿面，是出於對瑪格麗特險些遇難的罪惡感，還是見對方僥倖脫逃的寬慰。無論如何，她暫且允許自己透過淚水盡情發洩，讓愛德華將她拉入安慰的懷抱裡。

第51章

盧絲一時間僵立在原地，只能扶著愛德華結實的身軀穩住身子。她環視這個一度充滿希望的房間，如今房裡的希望已消失殆盡，徒留滿室的恐怖回憶。

事情爲何會演變至此？她從眼角餘光瞥見了羅伯特辦公桌旁的一疊鞋盒，不用看也知道裡頭放的是什麼。盧絲的丈夫向來將所有紀錄整理得井然有序，過去診治過的每一位病人寄來的每一封信、每一張聖誕賀卡、每一張幸福的全家福，想必都被他收藏在盒子裡。她知道，當羅伯特需要安慰時，便會將這些拿出來看。盧絲取出最上層的一封信，開始對愛德華朗讀內文：

一九四七年十二月二十二日

阿普特醫師：

我們真的沒法用言語表達對您的感激，真的很謝謝您拯救我父親。在遇見您之前，我們還以為他沒救了。因為父親不能工作，母親只能整天哭泣，數著零錢看那週有沒有

辦法買吃的。是您救了我們全家！父親又好起來了，他還可以回去上班——雖然現在不是坐辦公室，是在工廠流水線——但至少我們現在有錢買食物，還有上學的書和衣服，甚至還可以買禮物呢！您真的是奇蹟，對父親、對我們全家人都是。上帝保佑您，祝您聖誕快樂！

懷德曼一家敬上

盧絲再次雙眼泛淚，轉向了愛德華。「就是這個——他做的這一切，我們做的這一切，都是爲了這個。他本是在幫助人啊！你們兩個都是。後來到底是怎麼了？究竟怎麼會……我們是在何時走上歧路的……」

「醫學的一大關鍵是進步，我們必須反覆試驗和摸索，並且持續用批判的眼光檢視自己的所作所爲。一開始，羅伯特就以找到最佳療法爲目標，堅持不懈地朝目標努力，我們愛的就是他這份堅持。但是，一旦他認定自己找到了解答，找到了他能夠控制——並且據爲己有——的療法，他就失去了大局觀。」

「我應該花更多心思注意他在這間辦公室、在外地做的事情。他所做的這些已經太超過，我必須阻止這一切。必須阻止他不可。」

「那妳說，妳打算怎麼阻止我？」

盧絲倒抽一口氣，信紙從手中掉落。她與愛德華一齊轉身，看見羅伯特踉蹌地走進房間。盧絲快步走到愛德華身邊，緊抓住他的手臂，開始緩緩朝車庫的門口後退。如今，她已經不確定羅伯特會做出什麼事，也不確定他的底線究竟在何處。

「和他一起嗎？」羅伯特輕蔑地朝愛德華一指。「這個小愛德華啊，他什麼都做不到。當初是他自己放棄了我們的聖戰，選擇退居象牙塔，走上懦夫的道路。」羅伯特搖搖晃晃地站著，仍未從方才受到的重擊中恢復過來。*他活該。*盧絲忽然有了膽量。

「羅伯特，夠了。愛德華並不是懦夫！他不過是承認了你們這項發明的限制，然後轉而將精力投注在其他方面。你怎麼連這也看不清？」有了愛德華在身旁，盧絲站得挺直了些，小步地挪往逃生方向。

「想逃嗎？」他哈哈大笑。「妳這是把我當罪犯看待嗎？盧絲，眞是的，妳居然變得和他同樣盲目，只聚焦在負面的結果，因而扭曲了眞相。那這些呢？」他指向一盒盒來信。「妳能否定這些嗎？」

「沒什麼好否定的。你確實造福了許多人。」

「那妳還質疑我？」

「羅伯特，你沒將我的話聽進去！」盧絲詫異地發現自己竟喊了起來。「我並不是在質疑你所做的這一切，我只是想知道，在你發現療法明顯無效之後，爲什麼還繼續做下去？爲什麼你現在仍不罷休？腦葉切除術已經走入歷史，你爲何還看不清現實？」

「妳說了這麼多次，但是全國還是有人苦苦求我去爲他們服務。」

盧絲注視著羅伯特。不必再同他爭辯了；羅伯特心目中重要的一切，都已經被她奪走了。房間裡一時靜得令人窒息。在那一刹那，盧絲不再害怕，而是充滿了憐憫。她朝羅伯特邁出一步。

「以後不會了。都結束了。」她說。羅伯特撐著椅背站穩腳步，顯然未完全恢復清醒，目光呆滯地聽著她說下去。「我把山姆·歐倫布魯的事全都告知給中西部地區醫院，華倫先生很可能已向醫學審查委員會舉報你了。我致電給加州所有的醫院，他們也不會再歡迎你。羅伯特，你已經成了危害社會的存在，你今天試圖做的那些，已足夠讓我報警逮捕你。但是，我不會這麼做，因爲我已經確保你再也做不了這種事。」

愛德華困惑地看向她，但仍然默默站在她這一邊。

羅伯特起身走向資料櫃，動手抽出一疊疊資料夾，全部堆在了地上，動作狂暴地開關抽屜。「換作是他——」他抬手指著愛德華，手指因狂怒而不住顫抖。「——我不會覺得意外，可是妳竟然幹了這種好事？這些對妳來說，難道都完全沒有意義嗎？」他舉起手裡的資料夾，朝著盧絲用力搖晃。「我爲這些人所做的一切，難道沒有意義嗎？是我救了他們！」

「羅伯特，」盧絲冷冷地說：「把檔案放下。是時候離開這裡了。」

「就算要走，也是我說了算。這些是我的東西，我畢生的心血。妳以為我會像喪家之犬一樣，垂著頭離開這裡嗎？看來妳不但是婊子，還是個愚不可及的婊子。」

盧絲猛地撲向丈夫，用盡全力往他臉上搧了一掌。羅伯特震驚地踉蹌兩步、向後跌，盧絲乘機從他手裡奪過資料夾。

「出去。現在給我滾！」她命令道。愛德華也走上前，站到她身邊。

羅伯特的下顎開始發顫，然後無力地放鬆了肌肉。盧絲這才注意到他下頜鬆垂的皮肉——他也逐漸衰老了，從前高傲地挺直的雙肩，如今也無力地下垂著。羅伯特滿臉鬍碴，頭髮凌亂不堪，皮膚也蠟黃難看。他已經毀了。是盧絲毀了他。他雙腿支撐不住身體的重量，只能靠著牆跌坐在地。盧絲感覺丈夫身邊彷彿突然出現了幽魂，一口氣抽乾他身上最後的氣勢、鬥志和生命。

「再見了，羅伯特。」她說。見到這樣的羅伯特，盧絲自然傷心，但過去二十四小時發生的一切淹蓋過了傷感之情。

羅伯特頹然垂首。「至少讓我把信帶走。」他黯然癱倒在那幾盒感謝信前，央求著。

盧絲從桌上拿起那些鞋盒，遞給羅伯特，然後看了他最後一眼。

「我本希望事情能以別種方式告終。願你找到屬於自己的道路。」

說罷，她走出了車庫，沿著碎石小徑回屋，愛德華則留下來確保羅伯特不違背盧絲的旨意，只帶走那幾盒感謝信。

回到屋內，盧絲一進書房便坐倒在最近的一張椅子上。她聽見羅伯特的車輪輾過碎石，永遠離開了木蘭崖居。接著，愛德華也走了進來，在她身旁坐下。

「需要幫妳拿什麼吃食或喝的嗎？」他憂心地問。

盧絲默默搖頭。

「妳眞的非常勇敢。其實，妳可以早一些向我求助的，我要是早點了解情況……看到事情演變成這樣，我心裡也難受。」他示意盧絲的面頰。

「這沒什麼，而且你現在也來了。謝謝你這樣了解我，在我最需要幫助的時刻來幫忙。」她嘆息一聲。「他所做的那些，你眞的難以想像……總之他再也不會行醫了。」盧絲望向窗外。「但不只是他，這其中也有我的罪責，是我放任事態發展至此。我的事業也結束了。」她神情木然地坐在那裡，自己無可饒恕的罪過引起了滔天的罪惡感，吞噬她的身心。

愛德華握住她的手。「盧絲．愛瑪汀，妳是個了不起的女人，未來必定能找到前進的路。我們會一起找到前進的道路。」

第52章

「妳該不會整晚都待在這裡吧？」愛德華走進車庫主要的房間，從房間另一頭走向坐在地上、忙著整理病歷檔案並裝箱的盧絲。「盧絲，妳知道不必逼自己這樣做，怎麼不請職員來整理檔案就好？」

「不，必須由我來做。這是我贖罪的第一步。」盧絲注視著愛德華，脣角微微下彎，露出了痛苦的淺笑。

「妳不必贖罪——唉，如果我能說服妳就好了。」他溫柔地搭著盧絲的背部。「畢竟妳之前並不了解事情的全貌。」

「正是如此。我並不了解狀況，但我應該要去了解的，那是我的職責。是我不負責任地模糊了婚姻及工作間的界線，沒能仔細監督羅伯特的工作。這不僅因爲他是我的丈夫，也是因爲我自己同樣深深渴望這份成功。打從一開始，我就受愚蠢而頑固的欲望左右，一直沒能看清現實，這也是事情演變至此的重大因素。父親若是知道了，想必會對我深惡痛絕。」

「盧絲，別說了，妳——」

「不，這就是眞相。你和我不一樣，你——你看清了事情本質，選擇遠離此處，遠離這醜惡的所在。」

「我也有罪，是我選擇默默消失，放任羅伯特繼續我行我素。當初在一九四六年時，我就該向妳說明事態。」

「我們都很清楚，當時的我是不可能聽進去的。」盧絲嘆息道：「我怎會陷得這麼深？以前眞是太傻了。」滿心的自我厭惡、痛苦，以及遭人背叛的感受在一瞬間爆發，化作不受控的悲泣。從小到大，她竟是近來哭得最爲頻繁。

「是我造成的。」她哽咽地舉起方才在讀的檔案——又一個死於腦葉切除術的病人。「是我……讓……」她泣不成聲，發紅的面龐滿是淚水。「……這些人……死去。」

「妳似乎覺得必須爲此折磨自己，可是看到妳這麼苛責自己，我眞的很心痛。」愛德華跟著在地板上坐了下來，輕輕將盧絲拉入懷抱。「妳想必也知道，我不認同這種想法。妳從頭到尾都不過是想給病人——給所有人——最好的一切，結果不幸捲進了這場風波，而妳這份好心也不幸被人利用了。我自己不也曾被捲進去嗎？羅伯特就是如此，總是能用奇特的魅力迷惑人心。」

盧絲遲疑地緩緩點頭。她知道愛德華說得沒錯，同時卻也明白，自己過去應該更堅強地抗拒誘惑。這場賭注的風險實在太高，而最終她也一敗塗地。

盧絲起身擦乾眼淚，走進廚房，爲自己與愛德華各倒了杯水。

「昨天見到你來幫忙，還有現在能有你陪在身邊，我眞的很感動。」

「到現在妳應該也明白了，我是眞心關心妳。」

盧絲露出柔和的微笑。她雖然不確定自己是否值得被人關心，但得到了愛德華未曾動搖的友情，她仍感激不盡。

「愛德華．威金遜，你是我這輩子見過最善良、最眞誠的男人，遇見你是我此生的幸事。」她握緊他的手。「如果你不趕著回去，今晚不如在木蘭崖居吃晚餐吧？」她忽然感到面頰發燙。「你或許不曉得，但我一直把那間客房當成你專屬的房間。」

「我非常樂意。」愛德華微笑著，小心而溫柔地輕吻盧絲的額頭。「那我打一通電話通知史蒂芬，跟他說我今晚不回家。」他紅著臉別過頭。

「你願意的話，也可以邀請他一起來。」盧絲對他還以一笑。她等這天已經等了多年，終於等到愛德華對她透露私生活的一部分。他難道不知道，盧絲絲毫不介意他的這個面向嗎？「那你現在先出去吧，我得先把這些資料都整理、打包完畢。」

「妳會把資料送回去給羅伯特嗎？」

「多半不會，這之中至少有一部分必須送到審查委員會那邊，確保他們手裡有充足的證據，足以撤銷他的醫師執照。另外，我還想將一些文件寄到紐約醫學院，讓他們收在檔案館裡，也許到了某個研究學者手裡，資料還能派上用場。然後——」盧絲再次垮下了臉。「——我認識一名《紐約時報》記者，對方大概會對這份新聞非常感興趣……好了，快去吧！別再讓我分心了，我還想早早完成工作呢。」

愛德華笑著走向門口。「那就晚餐見了。不過在那之前，我可能會先幫妳帶一些午餐過來。」

儘管內心愁苦，盧絲仍不禁對愛德華露出笑靨。

過去數日已是無比煎熬，而最大的難關——眞正的考驗——仍在前頭。但也許，有了愛德華在身邊，她所面對的心傷能稍微緩和一些。

尾聲

一年後

「他們好像到了。」盧絲聽見汽車駛過碎石路面的聲響。「報紙在你那邊嗎？」

「那當然。」愛德華跟隨盧絲走到車庫前門，腋下夾著一份摺起的新報紙。

「你是眞的還沒讀過那篇文章嗎？史蒂芬都沒透露報導內容？」

「沒有，我今早甚至都還沒起床，他就已經出門了。他一大早就得去會診。他也很遺憾，要不是有事，他今天也想來支持妳的。況且，我們不是早說好了不偷看嗎？」

「是啊，你果然是個守信的君子。」盧絲對他讚賞地一笑，跨步走到了小小家園的前門廊上。

汽車甫停，後座車門便猛地打開，約翰與梅西跳了出來。「今天好熱，我們可不可以去海裡游泳？拜託！拜託嘛！」

「孩子們！先讓盧絲阿姨喘口氣，別急著去砲轟她呀。我們不是才剛到嗎。」瑪格麗特笑著下了車，繞過來熱情地擁抱盧絲。「如妳所見，孩子們已經等了一整個春季，等不及要在大熱天去妳的海灘上玩水了。」

「那我們運氣很好呢，今天天氣正好，我也一早就猜到你們會想去沙灘玩。蘇西和梅格已經備好野餐，在海邊等我們囉！我們這就去海灘吧？」

「好耶！野餐！不用用叉子啦！」孩子們歡呼著領先跑去。

「你們要顧著弟弟，他年紀還小！」瑪格麗特提醒兩個較大的孩子，接著問盧絲：「妳看了嗎？」她一面說，一面從大包包裡抽出一份報紙。

「沒有。」盧絲有些惴惴不安地說：「妳呢？」

「我們也還沒看。」法蘭克下了車，和愛德華握手，然後親切地和盧絲相擁。

「那好吧，我們先到海邊再來瞧瞧。」

四個好友穿過了莊園，行走時嗅到了撲鼻而來的馥郁花香。夏日初到，四處充滿了希望與生命的潛力。

如今，莊園看上去與過往大不相同，除了盧絲幾人，還有一些病人在戶外散心。

「亞伯特。」盧絲在草坪上路過伯德先生，對他打了聲招呼。「很開心看到你出來享受好天氣、呼吸新鮮空氣。」

他看向盧絲，面露笑容。

「我們下午也要喝下午茶嗎？」

「那當然，我不是天天都喝下午茶嗎？」

盧絲心裡清楚，光是將木蘭崖居改建成腦葉切除術病人的調養機構還不夠，這只不過是前進的一小步。經歷過腦葉切除治療的病人實在太多，他們需要的照護也遠遠超出盧絲能力所能及的範圍，但她依然想盡一份力。至少，那些術後留在愛瑪汀醫院的人們，現在能得到他們所需的特殊照護，下半輩子也有個稱得上家的地方了。

盧絲、愛德華、法蘭克與瑪格麗特悠然走下岩石階梯。

「你們終於來了！」蘇西笑著和梅格一同從沙灘木椅上起身，上前擁抱法蘭克與瑪格麗特。「我從一小時前就想打開這份報紙，已經等得不耐煩了。要不是梅格在旁邊盯著，我早就打開來讀三遍了。」

眾人哈哈大笑。

「史蒂芬今天不來嗎？」大家坐上其他幾張沙灘椅時，梅格問愛德華。

「很可惜，他今天得去工作，但晚上會來和我們一起吃慶功宴。他那個人怎麼可能錯過喝香檳的機會呢。」

他們都笑了，看著孩子們開心地玩沙。

「那麼，我們開始吧？」盧絲說。眾人分別攤開各自的報紙，閱讀新聞標題：

從奇蹟到災厄：揭密腦葉切除術的幕後真相，魔鬼醫師對數千人犯下的恐怖罪行

盧絲的心臟怦怦狂跳。這篇報導當中的所有情報，都是她提供給記者的——即使發生了那麼多事，她仍爲摧毀羅伯特的一生而感到愧疚。倘若當初能用別種方式阻止羅伯特繼續犯錯，她也不想走到這步田地。

愛德華彷彿料到了她心中所思，握住她的手。「盧絲，妳做了正確的選擇。」

「那還用說！」蘇西附和道。

「要不是有妳，我們今天也不可能像這樣坐在這裡。」法蘭克拉起瑪格麗特的手，夫妻倆看向盧絲的眼神充滿了感激與愛。

「我至今還是不敢相信，事情竟然走到這一步。」盧絲嘆息道。

她爲失去的一切感到心痛。在那場風波過後，羅伯特丟盡了顏面，他的醫療事業就此結束，盧絲也失去了愛瑪汀醫院院長之職。至少，她已經邁出前進的腳步，將羅伯特趕出城裡的連棟別墅，並且投入資金改建木蘭崖居。她聽說羅伯特買了輛旅行車，現在大部分時間都在到處探望從前的病人，至今仍試圖證明自己的「奇蹟」。

母親已在多年前將格拉梅西公園旁的豪宅給了盧絲，盧絲則將豪宅捐贈給曼哈頓女子庇護所——這是蘇西成立的組織，專門協助走投無路的女性尋找新家。在盧絲的幫助下，他們擴大了業務範圍，除了援助和庇護女性以外，還投入了醫學研究，致力探討還未受整體醫界承認的婦女病症。組織最首要的計畫之一，就是開發治療產後疾病的人道療法。

盧絲也進而將車庫改建成溫馨的一間小屋，大部分時間都用來照顧那些她過去以為因腦葉切除術得救的病人。現在回想起充滿希望的過往，她依舊痛苦不堪。在過去，她以為自己與羅伯特造就了美好的新氣象，但現在看清了美麗幻象背後的恐怖現實，她實在痛心。然而，這是她應受的痛楚，她希望自己餘生都帶著此份苦痛走下去。

儘管如此，當盧絲聽見法蘭克與瑪格麗特的孩子們嬉笑打鬧，跑進及踝的冰冷海水又跑出來；當她看見蘇西與梅格依舊相愛、幸福；當她握著愛德華的手，感受到對方無條件且歷久不衰的支持——她卻覺得自己的心裝得滿滿的，已經很久很久沒感到如此充實。

她想起年輕時，自己和哈利在這片海灘上規劃未來的光景。雖然她的人生步上了意料之外的道路，她終究是回到了自己最愛的地方，身邊也圍繞著她深愛的人們。她將用自己的餘生守護他們。

現在，盧絲終於認知到數十年前哈利在世時，她沒能理解的道理——有些疾病不存在解藥。

有時候，你能為病人做到的，就是陪伴他們、體會他們的堅強，並承認他們所受的痛苦。

到最終，這就是哈利留給世界的餽贈。希望這份贈禮足以為世界帶來光明。

（全書完）

作者的話

幾乎每一位早期試閱者，對我提出的第一個問題都是：「天啊，妳是怎麼想出這部故事的？」事實上，我的靈感來得很意外。在開始寫這本書之前，我對精神疾病的治療方法理解有限，只知道我母親和繼父是心理諮商師，而我對腦葉切除術的認知則僅止於電影《飛越杜鵑窩》（*One Flew Over the Cuckoo's Nest*）。

我熱愛各類型的小說，尤其是歷史小說，但在開車時聽的都是非小說有聲書。前幾年，Audible對我推薦了珍妮芙．萊特（Jennifer Wright）一部非小說作品，書名是《早日康復：歷史上最恐怖的瘟疫，以及與之相抗的英雄》（*Get Well Soon: History's Worst Plagues and the Heroes Who Fought Them*）（暫譯）。雖然覺得這個推薦有些莫名其妙，但我好歹在大學主修過歷史，這部作品的評價也不錯，於是我試著聽了有聲書。（順帶一提：這是一部佳作，幽默、機智，而且在我們疫情後的世界中相當應景，應景得令人毛骨悚然。）總之，書中主要在探討黑死病、痲瘋病等赫赫有名的瘟疫，不過萊特也在其中一個章節介紹了腦葉切除術，並特別提及沃爾特．弗里曼二世（Walter Freeman II，一八九五～一九七二年）——也就是將此種療法引入美國，並在後來發明「碎冰錐」簡易版腦葉切除術的醫師。我駭然得知，腦葉切除術的應用不但在二十世紀中期達到顛峰，被施用此種療法的病人當中，竟有超過半數是女性——其中最知名的案例，就是羅斯瑪麗·甘迺迪。

根據萊特的描寫，弗里曼是個魅力十足的思想說客，在美國境內四處遊走，對數千人進行了腦葉切除手術。書中寫到一次事件：在旅途中，弗里曼到一間汽車旅館的房間內，對一名被法院命令接受腦葉切除治療、卻未去醫院報到的男人使用鎮靜劑，然後他決定當場對男子動手術。（在這部虛構的故事中，我將上述事件改編成了羅伯特對山姆·歐倫布魯進行治療的橋段。）在我看來，弗里曼似乎和連續殺人魔只有一線之隔，令我驚駭的同時，卻也勾起了我的興趣。

當時，我正在寫我的第一部小說，那是一部設定在當代的故事，女主角感覺自己受困於近郊生活，活得很不開心。寫這部故事的同時，我還滿腦子想著那位病態的腦葉切除師，不禁心想：如果故事中的女人身處一九五〇年代早期，在腦葉切除術被視為「奇蹟療法」的那一小段時期呢？或者，假如你患有真實存在的疾病——例如在一九五〇年代仍未被視為疾病的產後憂鬱症——然後不幸和瘋狂的腦葉切除師產生了交集？就這樣，《大腦切除師》誕生了。

在一開始，我把瑪格麗特預設爲故事主角。然而有天，一位作家朋友問我弗里曼是否結了婚，我頓時感到好奇：到底是什麼樣的女人，才會陪伴與支持那個對數千人施用腦葉切除術的男人呢？我查了資料，發現弗里曼在現實中的妻子——瑪喬莉．法蘭克林（Marjorie Franklin）——是位經濟學教授，據說經常酗酒。她和弗里曼育有四子，但夫妻關係相當緊張，除了婚姻中夾雜多次出軌事件（出軌方是弗里曼），兩人也不常共處，並且不幸失去了其中一個孩子。

我想講述的，並不是這樣的故事。於是，我創造出盧絲．愛瑪汀這個女強人，在那個女性往往需要靠男性才能眞正成功的時代，她將所有精力都投注在照護精神病人的事業上。歷史上不乏在精神病學領域中披荊斬棘的女性，其中最著名的人物之一是桃樂西亞．迪克斯（Dorothea Dix）[1]，她在盧絲誕生前那一個世代，就作爲精神病人的擁護者出了名——不過盧絲這個角色的原型並非迪克斯，她完全是我虛構出來的人物。我盡可能讓盧絲的生活風格和出入的場所貼近歷史——舉例來說，她在一九一七年的女性參政權遊行中舉的布條，是出自曼荷蓮學院檔案館的一張相片——不過盧絲是美國富家千

1. 一八〇二～一八八七年，美國內戰期間曾擔任陸戰護理長，透過積極遊說各方立法機構及國會，建立了美國第一代精神病院。

金、作為工作伙伴協助提倡及推廣腦葉切除術，並在最後導致腦葉切除師身敗名裂的部分，全都純屬虛構。

但另一方面來說，羅伯特・阿普特這個角色則主要改編自現實世界中的沃爾特・弗里曼二世，而弗里曼的形象則是參考傑克・埃爾—海（Jack El-Hai）細節豐富的傳記：《腦葉切除師》（*The Lobotomist*）（暫譯）。我從埃爾—海的書中抽出了弗里曼的一些個人特徵，塑造出羅伯特・阿普特這個角色，其中包括：弗里曼打扮得像十九世紀的精神科醫師，還留了標誌性的山羊鬍；他十分熱衷於攝影，用細緻的照片記錄下病人的種種；他總是不眠不休地工作，只需要極少的睡眠；他和父親關係不睦，父親是一位痛恨醫學的耳鼻喉專科醫師；他最景仰的人物是外公威廉・基恩（William Keen），基恩是遠近馳名的內外科醫師，是他鼓勵弗里曼學醫，並利用自己的人脈與影響力幫助外孫在醫界站穩腳跟。埃爾—海在書中提出，弗里曼工作的動力，至少有一部分出自追隨外公的渴望。

沃爾特・弗里曼二世和羅伯特同樣是神經學者與精神科醫師，他雖會親手為病人施用腦葉切除術，卻不是神經外科醫師。他善於戲劇化的展演，據說他在醫學院的講課具有十足的娛樂性質，學生晚間約會甚至會去聽他的演說。他會在進行腦葉切除手術時，用一些噱頭吸引觀眾的目光——例如用木工的槌子取代手術槌，或者同時用雙手將兩把碎冰錐刺入病人的頭部（有人認爲他左右手同樣靈活）。

腦葉切除術的發展，以及書中在這方面提及的人物，都符合史實。第二屆國際神經學研討會的確辦在一九三五年夏季的倫敦，在那次研討會上，腦葉切除術的種子悄悄地播下。我在建構故事的時間軸時，也是將一九三五年當作定錨，前後發展故事的來龍去脈。曼哈頓號客輪確實是那場研討會的官方輪船，主辦方挑選的飯店確實是大都會飯店，研討會上的主題與會報也都是出自官方的日程。在展場上，弗里曼隔壁的攤位就是屬於埃加斯・莫尼斯——發明了原始版「腦白質切除術」的葡萄牙醫師——兩人據稱是在布展時建立了專業合作情誼，導致弗里曼後續改良莫尼斯的腦白質切除術，並在美國推廣此技術。另外，莫尼斯也是在弗里曼的提名下，獲得了一九四九年的諾貝爾獎。

約翰・弗爾頓醫師與卡萊爾・雅克布森醫師在第二屆神經學研討會上的報告，確實是關於他們在耶魯靈長類實驗室對於黑猩猩腦額葉的開創性研究，據說莫尼斯便是受他們啓發，後來又進一步影響了弗里曼的研究方向。（說來有趣，據稱當時就是弗里曼負責將展演用的黑猩猩運送到會場。）

我在書中盡可能用符合史實的方式，呈現腦葉切除術在美國的發展與普及化過程，但是換了地點，也虛構出一些病人。弗里曼生前在華府居住及工作，任職喬治華盛頓大學（George Washington University）神經學系的系主任，並在聖伊莉莎白醫院（Saint

Elizabeths Hospital）工作。我把地點從華府改成了紐約，並部分參考了貝爾維尤醫院（Bellevue），虛構出愛瑪汀醫院。書中那篇吹捧腦葉切除術的《紐約時報》報導是我捏造的，不過在現實中，這種新療法在一九三六年問世時，報上確實出現了許多類似的文章。

羅伯特的外科醫師搭檔——愛德華・威金遜——這個角色，是粗略參考自弗里曼的合作伙伴，神經外科醫師詹姆斯・瓦茨（James Watts）。愛德華的身家背景與性格都是虛構的，但瓦茨與弗里曼就如故事中的羅伯特與愛德華，兩人一同成爲美國前額葉腦葉切除術的開創先驅，其中弗里曼扮演科學家的角色，瓦茨則擔任外科醫師的角色。十年過後，弗里曼「發明」了新的經眶穿刺法（「碎冰錐法」），讓全國各地的州立精神病院更方便施用腦葉切除術；據說他在早期的一場手術中，竟眞的用碎冰錐進行操作。這項改變雖允許弗里曼爲門診病人施用腦葉切除術，不過瓦茨仍認爲腦葉切除術應限制在醫院環境中。

在一九五〇年，瓦茨發現弗里曼在他們的私人辦公室裡，對正在接受經眶腦葉切除治療的病人拍攝照片，兩人的合作關係就此告終。然而，不同於愛德華的是，現實中的瓦茨仍與弗里曼維持著還算友善的同僚關係，沒有對外發表自己對於新式腦葉切除術的批評。

沃爾特・弗里曼二世在行醫期間對超過三千人施用腦葉切除術，而受他訓練的醫師則又對數以千計的病人做了手術。在一九四〇年代晚期到一九五〇年代中期，他駕駛據說被他暱稱爲「腦葉切除車」的旅行汽車遊走美國各地，訓練多間醫院的職員，並以汽車工廠流水線的方式一個個對病人施用腦葉切除術。書中的「碎冰錐行動」其實是弗里曼在一九五二年的西維吉尼亞州之旅，他在那趟旅程中共做了兩百二十八場手術。

除了我自創的盧絲，虛構的羅伯特・阿普特與現實中的沃爾特・弗里曼二世之間最戲劇性的差異，是他們事業的終結。一九五〇年代中期，醫學界不再支持腦葉切除療法，醫院開始改而用抗精神病藥物「氯丙嗪」（常見商標名 Thorazine）取而代之。此時的弗里曼已失去了原先在喬治城的地位，並辭去聖伊莉莎白醫院的職位。搬到加州後，他持續對病人施作腦葉切除術，直到一九六七年，其中一名病人在二度腦葉切除手術後腦出血死亡，弗里曼才終於被吊銷了醫師執照。

弗里曼就和書中的羅伯特一樣，偏執地追蹤前病人的近況，而在失去醫師執照後，他餘生都是在四處旅行、探望從前的病人。他最後於一九七二年罹癌病逝。

誌謝

寫到書稿的這一部分（也就是大多數讀者會跳過的誌謝），我心中百感交集。我非常感激支持我、幫助我寫出這本書的無數人，我竟然自己寫出一本小說了！

既然我的小說家之旅是從莎拉勞倫斯學院（Sarah Lawrence College）的寫作專科起步，我首先想謝謝我此生第一批寫作老師：Annabel Monaghan，傑出的作家與我心目中的大明星，不但幽默至極，還能提供全世界最好的評語；Ines Rodriguez，是她幫助我放下我遲遲沒能寫完的故事，著手撰寫暗中啓發我的新故事；Dan Zevin，幽默大師，是他教我怎麼用好笑的文字寫出自己的生活點滴，進而讓我撰寫更嚴肅的虛構故事；還有，特別感謝 Eileen Moskowitz Palma，是妳用簡單的一句話，驅使我展開了旅程：「我覺得這本書能讓妳簽到經紀人。」是妳幫助我判斷停修妳的課程、提筆開始寫作的時機，並且每一次都微笑著確保我付諸行動。謝謝我的第一個寫作小組：Candace、Claire、Elise、Lea、Lexy、Mauricio 與 Rachelle——在我完成這本書的原稿之前，你們被迫讀了一些無比尷尬的床戲，以及一份平庸無奇的書稿，卻還是給了我支持與回饋、零食與笑容。也謝謝我的第二個學生學習中心（SLC）小組：Alexis、Autumn、Susie 與

Christine，是你們和我一同對冒名頂替症候群展開攻勢，讓我逐漸感覺像個「眞正」的作家。

我在 JRA 的出版經紀人 Kathy Schneider 優秀、冷靜且不吝支持我，即使在初稿完成之前她就看見了這本書的潛力，決定放手一搏。妳和 Hannah Strouth 都是心細如髮又很有想法的讀者，一直堅持不懈地爲我爭取機會。還有，老天，妳們的推廣書訊寫得也太棒了吧。Jodi Warshaw 與 Lake Union 的出版團隊全員，謝謝你們相信我這個新手作家，相信我的怪故事，並努力讓它誕生在這個世界上。Tanya Farrell 與 Wunderkind PR 的各位，謝謝你們幫我塑造「作者品牌」，並竭力確保所有人都收到了這本書的消息。

Nicola Weir，是妳提供了我亟需的犀利見解，幫助我破開原稿的障壁，設法將盧絲、羅伯特與瑪格麗特的故事編織成一部完整的小說。如果沒有妳幫忙，《大腦切除師》想必根本就不會存在。

這若是奧斯卡頒獎典禮，現在大概已經開始播「該下臺囉」的音樂了，但我的致詞還沒結束。

成爲小說家的其中一份「額外贈品」，就是這個熱情歡迎我、熱心支持我的女作家社群，這絕對是一份意料之外的大驚喜。Elise Hooper 幫我想了第一段書介，Rochelle Weinstein 早在實際見面前就成了我的摯友，Lea Geller 與整個 Lake Union 大家庭親切地歡迎我加入。還有，特別感謝Susie Orman Schnall——妳在我們初見面時便爲這本書取了名，這一路走來也給了我滿滿的支持與建議；若是沒有妳，我很可能無法走完全程。

謝謝力挺我、爲我加油打氣的好友們：Carrie、Dom、Jessica、Karen、Liz、Melanie、Stephanie與Shelby（我的特工、公關與頭號啦啦隊員）。身邊能有妳們這群了不起的女人，我眞是太幸福了。

謝謝幫我試閱並支持我的家族成員：Elaine、Patti、Doug、Julia、Amy、Joey、Kelly、Alana與Mark。你們提出了好問題、快速試閱了早期書稿，一路鼓勵我朝夢想中的成就邁進。

爸爸和Steven，我怎麼運氣這樣好，爸爸和後爸兩個都是優秀的核稿編輯？謝謝你們兩位小心翼翼、要求嚴格地試閱，並誠實提供回饋。還有，爸爸，你之前偷偷分享了當時還是「最高機密」的原稿，但是我原諒你——我知道，這是因爲你爲我驕傲，我也爲此感到無比光榮。

Lila，我可愛、聰明又伶牙俐齒的青少女，妳打從一開始就對我筆下的故事充滿了好奇。我永遠都會記得，九歲的妳對小朋友們說：「我媽在寫腦葉切除術的書喔。」現在，這本書也登上了妳的好讀網書單。Alex，我的小寶寶，謝謝你對我這趟旅程中每一個步驟的興奮雀躍。還記得我得知自己「要成爲公開出書的作家了！」時，你跳了一支欣喜若狂的舞，那絕對是我此生最快樂的回憶之一。

我媽媽無疑是一九七〇年代的家長，從前就在我睡前讀《女孩子什麼都做得到》（*Girls Can Do Anything*）（暫譯）給我聽。妳一直是我的頭號支持者與討論對象，這次也積極跳進《大腦切除師》的世界，用妳細膩的見解（以及臨床經驗）讓書中世界變得更加豐滿。謝謝妳提醒我，就算我沒領薪水，寫這本書也是我的工作；謝謝妳隨時準備給予我任何形式的幫助；也特別感謝妳以身作則，展現出令人景仰的獨立與毅力。

最終，謝謝我丈夫 **Jack**，他可能早在我意識到這件事之前，就發現撰寫這部故事能帶給我偌大的喜悅。謝謝你大力鼓勵我以寫作爲優先，並在我需要的各方面支持我、給我寫作的機會——即使在疫情期間，家中有兩個學齡孩童的情況下，你也一直扶持我走在作家的這條路上。我愛你。

讀完本書，你的想法會是……？

1. 《大腦切除師》這部小說的靈感取自現實，講述一位醫師的熱忱轉變為致命執念的經過。歷史上還有沒有科學與醫學以進步的名義，跨越倫理道德界線的類似事件？

2. 本書探討了良善立意因自尊而扭曲成恐怖結果的來龍去脈，以及這類事件深遠的後果。你認為羅伯特當真立意良善嗎？能不能找出書中特定的橋段，或是某一系列的情節，點出羅伯特開始偏離原始計畫的時刻？

3. 本書設定於一九三〇到一九五〇年代的紐約，在那個時代，醫學界普遍將腦葉切除術視為「奇蹟療法」。到一九四〇年代早期，這種療法已被廣泛用於治療極端的精神錯亂病人。作者是如何描寫那個時代的精神病治療方法？這是否能多少解釋腦葉切除術被醫學界接納的原因？你在閱讀時，能感受到作者是否真實呈現了當時的事件與社會結構嗎？

4. 在本書開頭，腦葉切除術被形容為創新且開創性的療法，可用以治療當時人們所謂的瘋癲病症。和《飛越杜鵑窩》等同樣提及了腦葉切除術的作品相比，本書的描述有哪些相似之處？有哪些不同之處？

5. 在閱讀本書前，你對這個年代了解多少？如果你本就熟悉這個時代，在閱讀過程中有沒有學到任何新知？如果原本不熟悉這個時代，那麼在讀完本書後，你是否有加深對歷史上這個時間與地點的了解，認識女性在那個時代的生活眞貌？

6. 盧絲一直爲她深愛的哥哥——哈利——哀悼，哥哥自殺一事也深深影響了她的人生方向，她因此決定將畢生精力用以照護精神病人。你覺得，盧絲是不是想彌補過去沒能拯救哥哥的遺憾？

7. 盧絲愛上了自以爲是又熱衷創新的神經學者羅伯特，也愛上了他看似對病人的同理心。在你看來，她是否太輕易接受羅伯特所謂治癒瘋癲的方法，以及他激進的新療法？

8. 這部揉合了歷史小說與懸疑驚悚元素的故事，給了你什麼樣的閱讀體驗？你有沒有因爲我們現今對於腦葉切除術害處的認知，在閱讀過程中感到隱隱不安？

9. 盧絲想作爲妻子支持丈夫，同時也必須扮演照護者與醫院行政管理者的角色，因此產生了矛盾，全書中都可以看見這兩種身分之間的衝突。盧絲後來認知到，自己雖然是支持丈夫的妻子，卻不能因此讓病人遭受虐待——她接受這件事的轉捩點，是在書中哪一幕呢？你認爲她應該更早發生心境轉折嗎？

10. 書中透過瑪格麗特．巴斯特這個角色，眞切地描寫出產後憂鬱症所造成的感受。她身爲年輕家庭主婦，卻因爲自己無法作個「適當」的妻子與母親而感到羞恥，迫切想找到治癒產後憂鬱的方法。隨著時代演進，人們對精神疾病的體認發生了哪些變化？又有哪些部分仍和過去相同？

11. 瑪格麗特相信能透過腦葉切除術「修復」自己。在現今的世界，家庭主婦與母親是否也渴望找到解決內心不滿的速成方法？

12. 盧絲與瑪格麗特都是堅強的女性角色，被要求遵守當時特定的標準。這些標準對她們各自的故事造成了什麼影響？社會設定了對於典型妻子的標準，認爲妻子應該深愛與支持丈夫；這些標準對盧絲與瑪格麗特造成了哪些傷害？

13. 盧絲見羅伯特傷害她的病人與其他病人，因此深深自責。你認爲，她在故事中有機會採取行動，防止羅伯特表現得如此魯莽嗎？還是羅伯特本就注定走上這條路？

14. 此故事雖是第三人稱視角，卻是從盧絲與瑪格麗特的角度出發，透露了她們內心的想法。這對故事造成了什麼影響？假如由另一個角色講述故事，故事會有哪些不同之處？

中英名詞對照表

A

Abby Rockefeller 艾比・洛克斐勒
Albert Burdell 亞伯特・伯德
Alfred Stieglitz 阿爾弗雷德・史蒂格利茲
Alice Darner 愛麗絲・達納
Amarro Fiamberti 阿馬羅・費恩貝蒂
Andrews Sisters 安德魯斯姊妹
American Psychological Association（APA） 美國心理學會
Arnold 阿諾

B

Barbara Hutton 芭芭拉・赫頓
Becky 貝琪
Bellevue 貝爾維尤醫院
Benny Goodman 班尼・古德曼
Benny Green 班尼・格林
Bernard Emeraldine 伯納・愛瑪汀
Better Homes and Gardens 《更好的家園與花園》
Blackwell's Island 布萊克韋爾島
Blue Cross 藍十字保險公司

C

Carlyle Jacobsen 卡萊爾・雅克布森
Carolyn Carterson 卡洛琳・卡特森
cerebral angiography 大腦血管造影
Charles Hayden 查爾斯・海頓
Charlie 查理
chlorpromazine 氯丙嗪
Clark Gable 克拉克・蓋博
Coco Chanel 可可・香奈兒
Cole Porter 柯爾・波特
continuous care 持續性照護病房
convulsive therapy 痙攣療法
Copacabana 科帕卡巴納餐廳
Cotton Club 棉花俱樂部
Craig House 克雷格之家

D

D. Rice (Deena)
D・萊斯／蒂娜
D. W. Griffith
D・W・格里菲斯
Dick　迪克
Dorothea Dix
桃樂西亞・迪克斯
Douglas Fairbanks　范朋克
Dr. Chisolm　基松醫師

E

Edward Wilkinson
愛德華・威金遜
Egas Moniz　埃加斯・莫尼斯
El Morocco　摩洛哥之味
electroencephalography　腦波圖
Emeraldine Hospital
愛瑪汀醫院
Errol Flynn　艾羅爾・弗林
Estelle Lennox
艾絲泰・雷諾斯
Evelyn Leighton　艾芙琳・雷頓

F

fever chamber　發熱室
Frank　法蘭克
Freud　佛洛伊德

G

George Hogart　喬治・霍加
George Washington University
喬治華盛頓大學
Get Well Soon: History's Worst Plagues and the Heroes Who Fought Them
《早日康復：歷史上最恐怖的瘟疫，以及與之相抗的英雄》
God Bless America
〈天佑美國〉
Great War　歐戰
Greenwich Village Follies
《格林威治村音樂劇》

H

Harry Emeraldine
哈利・愛瑪汀
Harry Belafonte
哈利・貝拉方提
Hart Crane　哈特・克萊恩
Helen Emeraldine
海倫・愛瑪汀
Hughlings Jackson
休林・傑克遜

I

I Love Lucy　《我愛露西》

J

Jack El-Hai　傑克・埃爾－海
James Watts　詹姆斯・瓦茨
Jay Hoffman　傑・霍夫曼
Jennifer Wright　珍妮芙・萊特
Jeremy Mandrake
　傑瑞米・曼追克
Joe Hunt　喬・亨特
John　約翰
John Fulton　約翰・弗爾頓
Jonathan Warren　喬納森・華倫
Joseph Kennedy
　約瑟夫・甘迺迪

L

Larry Simpson　賴瑞・辛普森
Lawrence　羅倫斯
leucotome　白質切除器
leucotomy　腦白質切除術
Liana　莉安娜
lobotomist　腦葉切除師
lobotomy　腦葉切除術
Louis Armstrong
　路易・阿姆斯壯
Louise Dillington
　露依絲・迪靈頓
Lucy　露西

M

Madeleine Astor Dick
　瑪德琳・阿斯特・迪克
Magnolia Bluff　木蘭崖居
Maisy　梅西
Manhattan Women's Sanctuary
　曼哈頓女子庇護所
Margaret Davidson Baxter
　(Maggie)　瑪格麗特・大衛森・巴斯特／瑪格
Marie　瑪芮
Marjorie Franklin
　瑪喬莉・富蘭克林
Mary　瑪莉
Mary Pickford　瑪麗・畢克馥
Mary Wollstonecraft
　瑪麗・沃斯通克拉夫特
Mathilda　瑪西妲
Medical Society of the County of
　New York　紐約郡醫學協會
Meg　梅格
metrazol　美德佐強心劑
Metropole　大都會飯店

Metropolitan Club
大都會俱樂部

Midwestern Regional Hospital
中西部地區醫院

Miss Nellie　奈莉小姐

Mona von Bismarck
莫娜・馮・俾斯麥

Monsieur Garneil　賈尼先生

Mount Holyoke
曼荷蓮女子學院

Mr. Barney　巴尼先生

Mr. Barr　巴爾先生

Mr. Flagler　弗萊格先生

Mr. Gilbert　吉爾伯特先生

Mrs. Cathers　卡瑟太太

Mrs. Millhouse　米豪斯太太

Museum of Modern Art
現代藝術博物館

N

Nellie Bly　娜麗・布萊

Neurological Congress
神經學研討會

Neuropsychiatric Services
神經精神科服務處

New York Hospital for the Insane
紐約瘋人病院

New York Philharmonic
紐約愛樂

New York School of Medicine
紐約醫學院

Nolan Lewis　諾蘭・路易斯

Nurse Pauline　寶琳護士

Nurse Riley　萊利護士

O

Officer Johnson　強森警官

One Flew Over the Cuckoo's Nest
《飛越杜鵑窩》

orbitoclast　穿眶錐

Otto Sitting　奧托・斯汀

P

Payne Whitney Psychiatric Clinic
佩恩・惠特尼精神診療所

Penelope Connor
潘妮洛普・康納

R

Rebecca　瑞貝卡

Regina Brooks
芮吉娜・布魯克斯

Ricky　里奇

Rita Hayworth　麗塔・海華斯

Ritz-Carlton　麗思卡爾頓飯店

Roald Amundsen 羅阿爾・阿蒙森
Robert Apter 羅伯特・阿普特
Rockefeller 洛克斐勒
Rosemary Kennedy 羅斯瑪麗・甘迺迪
Roy Haddington 洛伊・哈丁頓
Ruth Emeraldine (Raffey / Ruthie) 盧絲・愛瑪汀／鹿鹿／盧盧

S

Saint Elizabeths Hospital 聖伊莉莎白醫院
Sam Orenbluth 山姆・歐倫布魯
Sara Davidson 莎拉・大衛森
Saturday Evening Post 《星期六晚間郵報》
Serena 瑟琳娜
shell shock 彈震症
Silver Sun boardinghouse 銀陽寄宿公寓
Sophia 索菲亞
SS Manhattan 曼哈頓號
Steven 史蒂芬
Stork Club 鸛鳥夜總會
Susie Davenport 蘇西・戴文波

T

thalamus 視丘
the Octagon 八角樓
Thomas Darner 湯瑪斯・達納
Thomas Emeraldine 湯瑪斯・愛瑪汀
transorbital 經眶穿刺法

U

University College 倫敦大學學院

V

Vanderbilt 范德堡
Veterans Administration 退伍軍人事務部
Vionnet 薇歐奈

W

Walter Freeman II 沃爾特・弗里曼二世
Wildman 懷德曼
William 威廉
William Keen 威廉・基恩
Woolworth 沃爾沃斯
World Federation of Mental Health (WFMH) 世界心理衛生聯盟

BEST 嚴選 156

大腦切除師

原著書名／The Lobotomist's Wife
作　　者／薩曼莎・格林・伍德洛
（Samantha Greene Woodruff）
譯　　者／朱崇旻
企畫選書人／劉瑄
責任編輯／高雅婷
特約編輯／Sienna
版權行政暨數位業務專員／陳玉鈴
資深版權專員／許儀盈
行銷企畫主任／陳姿億
業務協理／范光杰
總　編　輯／王雪莉
發　行　人／何飛鵬
法律顧問／元禾法律事務所　王子文律師
出版／奇幻基地出版
城邦文化事業股份有限公司
臺北市 115 南港區昆陽街 16 號 4 樓
電話：(02)25007008　　傳眞：(02)25027676
e-mail：ffoundation@cite.com.tw
發行／英屬蓋曼群島商家庭傳媒股份有限公司城邦分公司
臺北市 115 南港區昆陽街 16 號 8 樓
書虫客服服務專線：(02)25007718・(02)25007719
24 小時傳眞服務：(02)25170999・(02)25001991
服務時間：週一至週五 09:30-12:00・13:30-17:00
郵撥帳號：19863813　　戶名：書虫股份有限公司
讀者服務信箱 e-mail：service@readingclub.com.tw
歡迎光臨城邦讀書花園　網址：www.cite.com.tw
香港發行所／城邦（香港）出版集團有限公司
香港九龍九龍城土瓜灣道 86 號順聯工業大廈 6 樓 A 室
電話：(852) 2508-6231　傳眞：(852) 2578-9337
e-mail：hkcite@biznetvigator.com
馬新發行所／城邦（馬新）出版集團
【Cite(M)Sdn Bhd】
41, Jalan Radin Anum, Bandar Baru Sri Petaling,
57000 Kuala Lumpur, Malaysia.
Tel: (603) 90563833 Fax:(603) 90576622

封面設計／朱陳毅
排　　版／芯澤有限公司
印　　刷／高典印刷有限公司
■ 2025 年 4 月 29 日初版

售價／ 550 元

國家圖書館出版品預行編目資料

大腦切除師 / 薩曼莎・格林・伍德洛（Samantha Greene Woodruff）作 ; 朱崇旻譯 . -- 初版 . -- 臺北市：奇幻基地出版 , 城邦文化事業股份有限公司出版：英屬蓋曼群島商家庭傳媒股份有限公司城邦分公司發行 , 2025.04
面：公分 . -（Best 嚴選 ; 156）
譯自：The Lobotomist's Wife

ISBN 978-626-7436-84-4（平裝）

874.57　　114003130

ISBN 978-626-7436-84-4

Printed in Taiwan.

城邦讀書花園
www.cite.com.tw

廣	告	回	函
北區郵政管理登記證			
台北廣字第000791號			
郵資已付，免貼郵票			

115 臺北市南港區昆陽街 16 號 8 樓

英屬蓋曼群島商家庭傳媒股份有限公司城邦分公司 收

請沿虛線對摺，謝謝

奇幻基地

每個人都有一本奇幻文學的啓蒙書

奇幻基地粉絲團：http://www.facebook.com/ffoundation

書號：**1HB156**　　書名：大腦切除師

｜奇幻基地・2025年回函卡贈獎活動｜

買2025年奇幻基地作品（不限年份）五本以上，即可獲得限量隱藏版「山德森之年」燙金藏書票！

子版活動連結：https://www.surveycake.com/s/ZmGx

：布蘭登・山德森新書《白沙》首刷版本、《祕密計畫》系列首刷精裝版（共七本），皆附贈限量燙金「山德森年」藏書票一張！（《祕密計畫》系列平裝版無此贈品）

「山德森之年」限量燙金隱藏版藏書票領取辦法

舌動時間：即日起至2025年12月31日前（以郵戳為憑）

參加辦法與集點兌換說明：

. 2025年度購買奇幻基地出版任一紙書作品（不限出版年份及創作者，限2025年購入）。
. 於活動期間將回函卡右下角點數寄回本公司，或於指定連結上傳2025年購買作品之紙本發票照片／載具證明／雲端發票／網路書店購買明細（以上擇一，前述證明需顯示購買時間，**連結請見下方**）
. 寄回五點或五份證明可獲限量隱藏版「山德森之年」燙金藏書票，藏書票數量有限送完為止。
. 每月25號前填寫表單或收到回函即可於次月收到掛號寄出之隱藏版藏書票。藏書票寄出前將以電子郵件通知。若填寫或資料提供有任何問題負責同仁將以電子郵件方式與您聯繫確認資料。若聯繫未果視同棄權。
. 若所提供之憑證無法確認出版社、書名，請以實體書照片輔助證明。

特別說明

. 活動限台澎金馬。本活動有不可抗力原因無法執行時，主辦單位有權決定取消、中止、修改或暫停本活動。
. 請以正楷書寫回函卡資料，若字跡潦草無法辨識，視同棄權。
. 單次填寫系統僅可上傳一份檔案，請將憑證統一拍照或截圖成一份圖片或文件。
. 隱藏版「山德森之年」燙金藏書票一人限索取一次
. **本活動限定購買紙書參與，懇請多多支持。**

個人資料：

姓名：＿＿＿＿＿＿＿＿ 性別：＿＿＿＿ 年齡：＿＿＿＿ 職業：＿＿＿＿＿ 電話：＿＿＿＿＿＿＿＿

地址：＿＿＿＿＿＿＿＿＿＿＿＿＿＿＿＿ Email：＿＿＿＿＿＿＿＿＿＿

想對奇幻基地說的話或是建議：＿＿＿＿＿＿＿＿＿＿＿＿＿＿＿＿＿＿＿＿＿＿＿＿＿＿

限量燙金藏書票

電子回函表單QRCODE

請剪下右邊點數，集滿五點寄回奇幻基地即可參加抽獎，影印無效。

1 A Year of Sanderson 2025